U0331203

李其纲作品系列·虚构作品

李其纲 著

华东师范大学出版社

浮云苍狗

——李其纲中篇小说选

图书在版编目（CIP）数据

浮云苍狗：李其纲中篇小说选 / 李其纲著. —上
海：华东师范大学出版社，2016
ISBN 978-7-5675-5566-2

Ⅰ.①浮… Ⅱ.①李… Ⅲ.①中篇小说-小说集-中
国-当代 Ⅳ.①I247.5

中国版本图书馆 CIP 数据核字(2016)第 174224 号

李其纲作品系列·虚构作品

浮云苍狗
——李其纲中篇小说选

著　　者　李其纲
责任编辑　阮光页
责任校对　时东明
封面设计　高　山

出版发行　华东师范大学出版社
社　　址　上海市中山北路 3663 号　　邮编 200062
网　　址　www.ecnupress.com.cn
电　　话　021-60821666　行政传真 021-62572105
客服电话　021-62865537　门市（邮购）电话 021-62869887
地　　址　上海市中山北路 3663 号华东师范大学校内先锋路口
网　　店　http://hdsdcbs.tmall.com/

印 刷 者　江苏苏中印刷有限公司
开　　本　700×1000　16 开
印　　张　17
字　　数　215 千字
版　　次　2016 年 8 月第 1 版
印　　次　2016 年 8 月第 1 次
书　　号　ISBN 978-7-5675-5566-2/I·1578
定　　价　45.00 元

出 版 人　王　焰

（如发现本版图书有印订质量问题，请寄回本社客服中心调换或电话 021-62865537 联系）

《浮云苍狗——李其纲中篇小说选》简介：

本书收李其纲的《浮云苍狗》等六部中篇小说。

李其纲的小说创作受到文学评论家的重视，并写入北京大学教授陈晓明的文学史著作《中国当代文学主潮》（第二版），该书评价说："浮云苍狗，世事多变，知青的历史已然终结，记取的是这代人曾有过的活法。这是李其纲与同时期的知青小说、新写实小说以及先锋小说颇为不同之处。"南京大学教授吴俊评论李其纲小说的风格："李其纲与其说是作为一个小说的作者而存在，毋宁说他就是那个时常坐在我们身边来与我们共同回忆往事的老朋友。他的人情味也随着阅读的进行而弥漫于作品与读者之间。"

李其纲简介：

　　1954 年 2 月 20 日出生于上海一纺织厂中。上海市燎原（辽源）中学 69 届初中生。1970 年赴江西省崇仁县插队。1974 年返沪，在街道生产组、印刷厂做过工人。

　　1978 年 8 月，考入华东师范大学中文系。在校期间，任华东师大"夏雨"诗社首任主编。

　　1982 年 8 月，毕业后进入《萌芽》杂志社任小说组编辑。1985 年，任《萌芽》杂志社编委、小说组组长，后任"萌芽丛书"编辑室主任。1996 年，任编委、纪实文学组组长。

　　新概念作文大赛创意者。2008 年，任《萌芽》杂志社副主编。2013 年至 2015 年，任《萌芽》杂志社执行主编。主要工作为分管新概念作文大赛、《萌芽》（新概念作文版）。迄今，是新概念历史上唯一担任过工委会总干事的人。

　　诗歌《魔方、积木及其他》入选谢冕主编《中国新诗萃》；文学评论《道德化的痛苦与历史发展的阵痛》获首届上海市文学作品奖文学理论奖；与徐芳合作出版文学评论集《小说与诗歌的艺术智慧》（复旦大学出版社）、散文随笔集《岁月如歌》（华东师范大学出版社）；出版小说、纪实文学集《我们如此之近》（百家出版社），长篇小说《股潮》（上海文艺出版社）。中国作家协会会员，一级作家。

目 录

坐在草底下的人 /1

过去 /54

浮云苍狗 /87

秋天里的羁绊 /133

空旷 /163

调酒师的女儿 /192

附录一　陈晓明所论中篇小说《浮云苍狗》/253

附录二　小说：对一种文体的追求/吴俊/255

坐在草底下的人

克劳德·西蒙曾在二十六年前引用鲍里斯·帕斯特尔纳克的一句话作为《草》的题铭："没有人造成历史，也没有人看见历史，如同没有人看见草怎样生长一样。"

——题记

引　子

平工村坐落在这座南方城市的西北郊。能够吹刮到平工村的风，无论是夏季猛烈的太平洋风暴抑或是十二月从西伯利亚匆匆赶来的西北风都是从不远处包围着平工村的毫无个性色彩的高楼群中间漏过去的。在千篇一律毫无个性色彩的高楼群中间，平工村显得太有个性特征了——深灰与褐黑错错落落蔓延开来的低矮寮棚和瓦屋，一间棚与另一间棚、一间屋与另一间屋之间的几何形状绝对不会雷同。

太阳平静地照耀着城市。阳光和风一样毫无顾忌地从高楼群那儿漏进了平工村，漏进了忠实地厮守于平工村一侧的中坊路上。我沐浴在阳光下也沐浴在平工村的宁静之中。在城市中难得看见的晚炊袅袅升腾于寮棚和瓦屋的尖顶之上，盘旋如鸽。

以前的日子也是这样一片宁静，可是就是在这宁静之中尔育死了。我相信了宁静是一种表象，是深灰和褐黑在视网膜的刺激上过于强调平稳和过渡而造成的表象——让我执著于大海就是这样的颜色，而忘记海底的涌流是永远不会披露什么颜色的，但它们无可辩驳地存在着，如同尔育之死是一种确凿的存在一样。

尔育死得蹊跷。尔育死后的相当长的一段日子里，尔育之死是平工村人们饭余茶后的话题。对于尔育之死人们有两种解释：自杀或自然死亡。大多数的人们是倾向于第一种解释的。第一种解释和日本国的豪富村本君有着不可分割的联系。尔育濒临死亡的前夕，约摸十天左右的日子，村本君来到了这座南方海滨城市，也来到了平工村。从那时候起，宁静实际上已经在平工村上空消失了。市政府外事办公室在村本君飞离日本的前夕，已经和区政府外事办公室频频电话联系，电波在平工村上空穿梭往返，它们的频繁无形中凸出了村本君的财产数字对于这座南方城市的工业可能产生的不可估量的影响。"区外办"严格遵循"市外办"的指令，频频与街道办事处联系，并卓有成效地使街道办事处意识到村本君莅临平工村的重要性，使得街道办事处把做好尔育及其子女的思想工作摆到了议事日程的第一位。因为不论怎么说，村本君飞临上海的最重要的目的是领走他的儿子，而村本君的儿子也就是尔育的儿子——从血缘上来说是村本君的儿子，从领养关系上来说是尔育的儿子。尔育的儿子名叫兆槐。思想工作的难点在于：兆槐管尔育叫父亲叫爸爸叫老爹已经叫了四十余年，而对于村本，他除了知晓村本君的完整姓名是村本寺一之外毫无其他印象。四十余年的岁月会养成巨大的惯性，街道办事处的任务就在于扭转、遏制这种惯性。他们成功了，我指的是街道办事处成功了。事情最后的结果有点出人意料，岂止兆槐，就连尔育的所有亲生骨血——兆杨和兆静也都随着村本先生的波音 747 专机飞离了上海。一个星期后，尔育死了。不论怎么说，尔育是在孤独中死去的，是在他的儿女们远离他后死去的，并且，极有可能是忍受不住晚境的凄凉和孤独自杀而亡的。无疑，富有同情心的平工村的大多数人们，更愿意接受尔育是因孤独而自杀的解释，这和他们根深蒂固的对于死亡的传统的诗意解释一致起来：先人在归天的时候得有后人厮守于一侧送上一程，名曰送终；而尔育的骨血在他垂暮之年竟然全都跑到东洋国去了，尔育以自己的死亡方式向他的不肖子孙投去最后愤怒的一击。

整理尔育遗物时，在尔育的床头发现了一瓶打翻了的安眠药——苯巴比妥。白色的药丸在褐黑的水泥地上格外触目、凌乱，给人一种意味深长的关于死亡的遐想。白色药丸的散漫状态同样构成了尔育自杀之说的源头。

回想起接到尔育病危住院的消息时，我匆匆穿过市区赶往医院。到达医院时正赶上医院食堂的晚餐开饭时间。穿红条子住院服和蓝条子住院服的病员们三三两两端着饭菜从我面前鱼贯而过。我迟到了一步。我需要赶上的不是晚餐，而是躺在病榻之上的真实的尔育。两分钟前，尔育被人抬到了一个没有呼吸没有空气的铁格子里去了。只有兆杨媳妇愣愣地厮守在尔育的病床前，似乎亟盼着尔育回到这一张病榻之上。床头吊着的纸牌上写着：

床号：48　　姓名：吴尔育

性别：男　　年龄：70岁

我注视着床褥。白色床褥上留有清晰的人体躺卧过的皱褶，那是尔育在这世界上最后的生命的残留。伸出手去，能感觉到皱褶处尚存的温暖。这温暖也正在一寸一寸地消失，直至无。

一位梳着齐耳短发、小男孩般的年轻护士走了过来。她麻利地撕去了吊在床头的那张纸牌。只剩下一根细细长长的白线晃晃悠悠。

在她走出自动弹簧门的时候我拉住了她。我避开兆杨媳妇问了她：是自然死亡吗？问话的时候我职业性地晃了晃自己的证件。

你说的是谁？她瞥了一眼我的证件。

你刚刚撕掉牌子的那位。

你没接到"死亡通知书"吗？没接到的话，可以到急诊值班室，楼下105。

"死亡通知书"上明白无误地写着：

死亡原因：脑溢血

死亡时间：1988年8月27日下午5:58分

还是引子

我应该相信哪一种解释？

自杀？抑或是自然死亡？尔育，你苍老蹒跚的步履为何突然加速，如浮云匆匆而去如舟楫直下东溟？却留给我一个永恒之谜。

一位哲人如是说：在每一块墓碑之下都埋葬着一部世界史。或许，拂去蒙罩在时光之上的尘埃，我能窥见你灵魂的真象，窥见你在生命史的制谜之处如何制谜——那谜面也就自然而然地涵容了你真实的人生。但我能吗？我能有那样的膂力掘动你真实的人生吗？

我只能试试。试着去回顾你漫漫迢迢的一生。

1

故事是从那个夏天开始的，就是说，对于尔育历史的回顾可以从那个夏天开始。

那个夏天使尔育闻到了另一个夏天的气息。这两个夏天似乎一正一反拧成根绳索，越来越紧地勒着尔育的脖颈。给水站近旁的那棵杨树高高大大的，浓密的枝柯叶瓣仿佛有着成吨的重量，压得挨在树荫下的尔育的家和唐二妈的家愈发显得低矮。隐约有口号声呼喊声从隔了几条弄堂的中山环路上传来，这使得老杨树上的蝉鸣有了另外的意味。尔育觉得有一条洁白的绳索正沿着蝉鸣的方向缓缓垂下。

书店三层楼高，红砖、平顶，处在两条马路相交的位置上。两条马路合并成一条马路时，刚好呈"Ｙ"状。房子的设计者很聪明地利用这"Ｙ"，把房子建成了"▽"状，嵌在了"Ｙ"当中，从高空鸟瞰时就成了"Ｙ"状，像一棵分权的树举着一个鸟窝。但尔育当时的感觉不是一棵树与一个鸟窝的组合关系。尔育觉得书店像一只拦腰碎裂的半截船，他就乘坐在这半截船上企图漂洋过海。

尔育在书店的职业是给村本经理当翻译。这样的职业使尔育在上班的时候多了些看到村本咬牙切齿的机会，在下班的时候又多了些自己对着镜子里咬牙切齿的机会。尔育不满意自己，那时的尔育正年轻，血气方刚，因而尔育看到镜子里的自己张牙舞爪咬牙切齿的模样，深深可怜着自己的命运，可怜着民族的命运，可又不知道浑身的蛮勇在哪儿才能够得到发泄。尔育当上村本的翻译完全是一种偶然，知道尔育命运底蕴的人也可以认为是命运对尔育的一次垂青。尔育毕业于日本国东京帝国大学。抗日战争全面爆发后，侵华日军总司令部曾发布过一条秘密指令，凡毕业于日本国帝国大学的中国人，都必须查访到下落，令其为日本天皇效劳，倘若不从的话，可就地秘密处死，绝不能让其中的任何一人投靠共产党或国民党或其他抗日武装力量。从侵华日军的这一纸秘密指令中可以看出日本人对尔育这类"日本通"的防范是相当严格的，他们意识到知识可能转化成的力量。

尔育当时不可能知道这一密令，他知道曾有过这么一个关系到他生死存亡的密令时，他的大半截身躯已经埋下了土。尔育是在图书馆的封闭式学习班上，从一个叫"麻花"的工宣队员嘴里才知道这么回事的。麻花很认真地看着他，很认真地问道：一九三七年，你毕业于日本东京帝国大学，是吗？

他答道：是的。

你为日本侵略军都干过些什么？

日本人开的"大株"书店经理村本的随从翻译。毕业于帝国大学的尔育已经不会区分或者说已经不敢区分"日本侵略军"和"日本书店经理"是两个概念，这两个概念的最大相同点在于"日本侵略军"和"书店经理"都是日本人。

还有呢？

没了。

胡说。我们调查过，毕业于帝国大学的中国人都成了汉奸，没有成为汉奸也给日本宪兵弄死了。为什么独独你那么自在呢？

尔育惶惑地把头埋得更低。

你知道侵华日军司令部有过一个命令吗？凡是帝国大学毕业的，都得当汉奸，不当汉奸就得秘密处死。

我不是……不是当了汉奸吗？他第一次知道了日本人的这个命令。这个命令使他置身在一个怪圈当中，一个关于自身命运的逻辑悖论之中。能够逃逸这怪圈的办法有二：一是死，而且要死在当年；二是当汉奸，货真价实的汉奸。第一个办法显然不可能做到，他还活着，即使现在死也不足以说明当年。他只剩下第二个办法。

那好，你老老实实交代，你有哪些汉奸行为？党的政策是坦白从宽抗拒……

面对麻花义正辞严、逻辑无懈可击的提问，尔育曾经冒出过一个念头，是不是要对麻花讲讲龟田少佐。但这个念头很快被尔育自己否定了。他没法说清楚龟田少佐，何况龟田少佐已经被作为战犯，由远东军事法庭判处死刑枪决了。一九四六年，龟田就死了。抬出一个战犯来，事情只会来得更糟而不会更好。

你回国是在一九三七年，是吧？那好，回国后，你跑到哪儿去了？

江苏清泾。

在清泾待了几年？

四年。

为什么要到清泾去？谁派你到清泾去的？你不要以为我们什么都不知道，你在清泾无亲无眷，你的老家在浙江宁波，你跑清泾去干什么？

也许该对麻花讲讲那只骰子，一只，而不是一双。一双可以掷出大字、小字、天杠、地杠，但那次他只用了一只。那时他刚从日本回国，但回国后他不知道该干些什么。芦沟桥事变尽管已经发生了，但在他的家乡宁波，最热衷的话题似乎仍是花会①和女人。父亲是当地的豪富，拥有钱庄、缫丝厂、糖厂、纸厂和学校，这样，父亲也就轻易地产生一个错觉，他也可以拥有一个儿子，一个东洋留学归来的儿子。父亲在为他接风洗尘的盛大家宴上，笑吟吟地对他说：你第一件要做的事，成家。媳妇说好了，喏，坐对面那桌上的陈婉沁小姐，陈家与我们家是老世交。他的筷子那时正在拨弄着一瓣臭冬瓜。在往常，这样的菜是断断上不了大宴席的。但那次，也许是父亲为了让他更强烈地感受到家乡的气息，特意安排了这一道他自小爱吃的家乡菜。或许是留洋日久，这道家乡菜在当时丝毫没有唤醒他游子归来的意识，令他回想起他的奶妈如何在他儿时的耳旁，哼唱着"冬瓜臭，冬瓜香，冬瓜臭了才会香"的歌谣。他怔怔地没有下箸，陈婉沁小姐在这时和臭冬瓜一起搅进了他的意识深处。他本能地推开了那只脆薄如纸的青花瓷盘装着的臭冬瓜。宴席散后，回到自己的卧室，他就想完成对父亲的反抗。他从麻将牌里找出一

———————————

① 花会：一种带有迷信色彩的赌博方式。

只骰子，又从皮箱里摸出一本《中华民国分省地图》。在异国他曾许多次抚弄过这本地图。也许潜意识中他并不想离父亲太远，他熟稔地翻到"江苏省浙江省安徽省上海特别市"那一页。那一页密密麻麻布满了大大小小的城市和县镇。他虔诚地如同少年时代玩麻将时那样，对着那只象牙做的骰子吹了口气，然后就将那只骰子掷在地图上。这时他听到一声雷鸣，雷鸣过后却是巨大的寂静，如同千千万万棵草根紧紧扭着、攥着大地胸腔时爆发的那种寂静。那种凝固了的巨大寂静需要充满对命运的想象，那时他就充满了那样的想象，充满了对于泥土之下草根的想象。甬江上划子的桨声和小火轮凄厉的低诉隐隐传来。他打了个寒战，低首瞧时，那只骰子不偏不倚停留在江苏清泾那个小"○"上。后来他就到了江苏清泾。

　　我在听完这段故事后就发觉，是那只骰子救了尔育，使他最终能够享年七十有三撒手而去。因为尔育倘若不是这样不知不觉、悄无声息、神出鬼没地到达江苏清泾的话，一九三八年八一三全面抗战爆发后，上海沦陷为孤岛，南京宁波杭州相继落入敌手，日本宪兵是很容易找到尔育的，这样的话，尔育的确只有两条路可走，不是死就是当汉奸。而在一九三八年，龟田少佐尚在日本国内陆军省任职。几年后，龟田少佐差不多是和尔育同时到达上海的。这一点很重要，这和尔育的命运有很重要的关联。

2

　　就在蜿蜒清澈的清泾河边尔育经历了他人生道路上的初恋。在当时形形色色的救国理论中，尔育选择了"教育救国"的理论。这样，他就很自然地在清泾县立一中认识了他的一个女学生，名字叫黑霞。黑霞的"霞"字是尔育改的，起初那姑娘名叫黑丫。

　　尔育在这一场初恋中是被动的，他没有主动去进攻他的学生。

　　黑霞的父亲是清泾河上打鱼的。老头终年累月拴着条小船如同拴着条粗布腰带。船艄上兀立着几只鱼鹰。有时那鱼鹰也叉开脚爪兀立在他的肩头。鱼鹰褐黑的羽翼与老头褐黑的肩头相亲相近，爪上缠绕的铜圈也就常常相磕相碰弄出几声响来。这已经注定尔育和黑霞的故事中不能没有清泾河的涟漪和清泾河里的鱼。

尔育在帝国大学的严厉校规中养成了一种习惯，早起。天麻麻亮，尔育就身着运动衫裤绕着县中的大操场跑步，直至跑得满身热腾腾像刚出锅的馒头，又松又饱满。然后他就细步荡到城西的点心铺子，喝碗小磨磨出的、冲得酽酽的热豆浆，啃一副扬州烧饼油条，再转身在市场上蹓跶一圈。

他很快就养成了吃河鱼的习惯。在日本，在宁波老家，他吃惯的是海鱼，但在清泾，他很快爱上了河鱼。黑霞的鱼摊子置放在城西点心铺的斜对面。第一次买鱼，黑霞怎么说也不愿收他的钱，嘴里一口一个先生不停。第二次他不依了，说你不收钱就不让你叫先生。黑霞绽开一朵笑，黑亮的眸子滑过他淌着热汗的脖颈，然后递过一块帕子：先生，不嫌鱼腥味的话，就擦一把。

黑霞在班里最大，坐在最末一排。那年月，能狠下心来让女孩子读书的人家不多，大多是富户人家，像黑霞这样打鱼为生的人家或是土里刨食的人家，极少。他问过黑霞缘由，黑霞告诉他，是她哥让爸这么做的。你哥呢？他又问道。黑霞朝北边呶了呶嘴，他算是明白了。北边有一块抗日根据地，他也曾动过念头是否到那儿去，但终于没去。

尔育是在洗脚的时候决定不到北边去的。尔育一生有许多重大决定都是在洗脚时候作出的。那次他有个机会，一位中学里的女同学路过清泾到北边去。那位叫邹燕桦的女同学问尔育是否愿意同行。尔育说我晚上考虑考虑。那天晚上他跑到学校厨房去打了四瓶热水。竹壳的热水瓶一字儿排在床头。尔育坐在竹榻上，脚舒舒服服浸在木制脚盆里。待到一盆水快凉了，就再加点热水，然后用脚趾试试水温，或者说用脚趾先尝尝味道，如同嗜酒的汉子先用舌尖品品酒味是否醇厚、酒香是否浓烈。脚趾被烫着的那一会儿，快感油然而生，麻酥酥的一股劲直往脑门上窜。待到四瓶水都用完，尔育差不多像喝完了四大盅白干，肌体蓬松软和，思维敏捷异常，血液汩汩如涌泉般通畅。尔育用毛巾仔仔细细擦干了脚趾缝里的水渍后反问了一句：为什么一定要到北边才能够抗日呢？

我得说明，这种对于尔育为何没去北边的臆测是在事情过去五十余年后由我作出的。我太了解尔育对于洗脚的酷爱，或许在当年这种酷爱的程度已经妨碍了他对于北边的想象。北边不可能这样奢侈地洗脚。但我不能肯定这一切，我能肯定的只是历史并不如历史学家想象的那样纯粹、那样断然排斥洗脚因素。

尔育不可救药地成为"教育救国"论者。他以他的理论赢得了生命史中的黑霞。不过，话也许可以反过来说：正是黑霞在清泾县立一中的存在，使尔育成了一个坚定的"教育救国"论者。

最初他和黑霞肌肤的接触是在鱼摊子上。鱼为媒，后来他想到黑霞就想到这句话。起初是随意的、漫不经心的。黑霞找钱给他，黑霞拎鱼给他，指尖总会滑过他的掌心。他没在意，他也不会在意，这样的和男人接触在黑霞是每天如此。但有一天，黑霞在拎鱼给他时，迟迟不愿松手。她那紧握一条活蹦乱跳草鲫鱼的手掌顽强地蜷曲在他的掌心。他感觉到那只手掌的蠕动，像有一只温柔可爱的小兔子藏匿在他的掌心。草鲫鱼泼剌泼剌甩动着尾巴，他说不清他感觉到的是草鲫鱼甩动带来的重量还是那只攥着草鲫鱼的手渐渐加重的分量。

持续了三秒钟，或许更长。

那天黄昏他到清泾河边去。那是夏天，是清泾河最温柔的季节。黑霞和她父亲坐在河岸边的一块坡地上。清泾河在这里甩了个大弯。河湾的水浅，绿得淡淡的，能瞧见卵石无数躺在河底。坡地上长满没膝深的丛丛蒿草，黄昏的气息里溢出苦艾草的药香味。黑霞父亲在坡地中央搁了一张船上挪来的可以折叠的小圆桌，正在独自饮酒。老人见他来，并不惊讶，打了个招呼，又兀自喝起来。不时挥一下手，驱赶着嗡嗡嘤嘤转个不停的虻蝇。尔育瞧见尽管燃着驱蚊的艾草，但那浓烈的烟味并不能遏制蚊虫和虻蝇对人血的迷恋和追逐，老人精赤的身子上，不时总闪出几个爬动着的黑点，那黑要比老人的黑肤色更深些。黑霞见他来，高兴得又往火堆里紧加了几把艾草。很多年以后，当尔育记起黑霞时，他已经记不清那个黄昏他和黑霞说了些什么，记住的只是鼻孔里呛满的艾草味——那点燃的和未曾点燃的艾草味。

夕阳很快沉落在清泾河底，给人的感觉是那茂密葳蕤的水草把那橘红色的光晕吮吸得一干二净，然后它们共同消失。河岸上，老人睡着了，有节奏的呼噜声已经难以惊飞栖留在河岸的老槐树上的雨燕。鱼鹰兀立在船首，脚爪上箍着的铜圈有时在船帮上敲出很响的声音。那个黄昏气压很低，这使得艾草旺得不是很透，蚊虫和虻蝇嗡嗡的声音随着黑暗的到来愈显强烈。鱼不时跃出河面透气，河面常常如同绷紧的鼓皮般发出咚的一声震动。尔育似乎有点受不了蚊虫和虻蝇的联合袭扰了，胳膊肘、腿肚子、后脊梁上皆有了红色的小肿块——想必是红色的。黑霞就说：下河吧，河里蚊子咬不着。

于是下河。于是记忆里有了这条夏季里的温柔又野性未驯的清泾河。

他没想到黑霞会那样大胆那样热烈。他知道那儿的民风把性看得并不是过于神秘，但他还是感到惊讶。月光中，他瞧见黑霞的胸脯、腹背和大腿如银鲤般亮闪闪的，在黑黝黝的河面上一隐一现。河岸上隐隐传来远处村庄的狗吠和田野上的蛙鸣。大地在狗吠和蛙鸣中显得亲近，又显得苍茫，令人难以琢磨。年轻的尔育把头埋进水中，黑霞也把头埋进水中，他们一起沉进水中。清泾河默默地掩盖了这一切。清泾河在他们紧紧相拥在一起的时候，也无声无息擦着他们的身体缓缓地流淌。这使得日后尔育对于这个夜晚的回忆总像一张没对准焦距的照片，模糊而又难以把握。最激动尔育的体验中有着清泾河的喧响和波浪。那喧响和波浪使他难以忘怀又沮丧不已，好像他在那个夜晚获得的并不是一个纯粹的黑霞。

3

黑霞在尔育的一生中只不过是颗彗星，虽然美丽辉煌却短暂得让人无法逗留。我之所以在这个故事里写到黑霞，原因有二：① 尔育与黑霞的故事发生在夏天。我热爱夏天，或者说，至少在这篇小说里我热爱夏天。② 故事的情节进展的确与黑霞之死有着密切的关联。

黑霞是在与尔育耳闻着清泾河的波涛声做爱后的第三天暴病而亡的。这太残酷。尔育在黑霞死后心理上的那种痛苦那种迷惘那种飘忽那种难以吞咽的孤独以及那难以抹去的负罪感，都不必细述了。有一点可以肯定，尔育正是在这样的心境下提笔给父亲写了封信。在这之前，父亲根本不知道尔育的行踪，尔育弃家出走前只给父亲留了一张寸把长的纸条，让父亲不必找他，他去走自己的路了。在这封信中，尔育告诉父亲，当父亲接到他的信时，他已在上海了。他说他现在唯一想做的事情就是离开清泾，至于到上海后他干什么住哪儿连他自己都不知道。

尔育是稀里糊涂到上海的。

尔育无论如何没有想到，正是他在清泾四年这唯一的一封家信暴露了自己的行踪。命运的改变也就不可避免。日本宪兵早已严密监视了尔育父亲的一切信件往来、人际往来，目的就是要抓获他这个帝国大学的毕业生。

尔育是在虹口区海宁路拐角那儿给日本便衣宪兵抓获的。那时他正站立在号称虹口区最高乐府的皇家饭店斜对面。日本宪兵凭着帝国大学的毕业照正遥遥辨认着他。他浑然不觉。霓虹灯的广告让刚从清泾来的乡巴佬尔育兴奋不已：

旅馆　房间宽敞空气畅通
餐厅　中西大菜咖啡美点
舞厅　音乐兴奋情调神秘
酒吧　异国吧孃美艳贴体

　　玻璃转门前，商标似的站立着一位女招待。她一动不动，双目平视，两肩夸张地端着，像一架水平仪般扁平；肩的动作迫使她收腹，好把腹部那儿腾出一块地方放置左手，而右手则无比美妙地作出个"请"的动作来。她的那件西装一定是特制的垫肩，又宽又高，腹部却收得奇紧。尔育盯着她看了有一支烟工夫，仍不能分清她是活人还是无生命的模特儿，直到她换了一个姿势，用右手按住腹部，左手作"请"的动作时，尔育方才发觉她是个不折不扣的大活人。

　　在这一刹那，尔育觉得岁月的遥远。都市的气息对他来说已是久违了。与此同时，他觉得清泾的岁月，那波浪那鱼鹰那蛙鸣那点心铺那嘈杂的鱼摊那沉没不了的野性的黄昏正在被装置在一个巨大的发射器中，砰然射向天外。正是由于这种岁月的沧桑感，使他在日本宪兵司令部看见龟田少佐时，没有感到分外惊讶。

4

　　尔育那时以为自己必死无疑。

　　坂垣师团，在华北，那儿缺个翻译。

　　田中旅团，在武汉，搞文书。

　　新加坡？

印尼？

那到海军去，大日本的海军所向无敌。

他固执地沉默着。在沉默中他看见了为他准备的电椅或是三八大盖，刑场。他假设着自己已经死了。他已经看见那个日本军曹举起了军刀，刀刃上闪着金属的蓝色寒光，没有一丝声响地劈过他的肩、他的腰，他被拦腰劈成两截，他的脑袋落地，像一只旋转着的弧线球……脑袋在滚动中听见了龟田的声音：生存永远是盲目的。爱祖国爱天皇也是一种人的盲目生存的本能，就像一只工蜂遵循本能忠实于蜂后一样。他滚动的脑袋在泥地上大喊：那我有我的本能，我的祖国！

这时候龟田出现了，果真出现了。龟田出现后就挥手示意左右的人退下。房间里只剩下龟田和尔育。龟田用中国话对尔育说了一句：你命大。然后就用尔育熟悉的眼神看了尔育一眼。

写到这里，我不知该怎么写下去。因为尔育在事情过了四十年后仍然记得龟田的那种眼神。那时尔育在龟田的眼神中看到了东京帝国大学方方正正的体育场。尔育是拖后自由中卫，龟田是守门员。黑白相间的足球在观众的呐喊声中旋转着、飞滚着。对方的一名前锋接到了同伴的一个传中球，然后疾停，盘球甩掉了右后卫后与龟田形成了一对一单刀赴会的局面。龟田急急地扑击出去，对方前锋绕过龟田拔脚怒射。在这当口，尔育飞身赶到，奋不顾身一挡，球接触身体后改变方向飞出界外。那时尔育看到的守门员龟田的眼神与尔育在若干年后、在日本宪兵司令部看到的龟田少佐的眼神相仿。

到这家书店去吧。书店，你得知道，是书店。干一年，一年后随你到哪儿。陕北，重庆，哪儿我也不管。但是，下不为例，懂吗？下不为例。

尔育就这样稀里糊涂到了村本先生开的那家"大株"书店。当然，那时的尔育并不知道，就在尔育出了宪兵司令部到"大株"书店的路上，书店老板村本已经接到了龟田的密令：尔育若有通共通蒋嫌疑立即报告。

尔育是在这一事情发生了四五十年后，在与年逾古稀的村本先生闲聊中才知道龟田打给村本的这一电话内容的。尔育与村本闲聊时，我在场。我的心头充满了疑惑，为了解除这疑惑，我不得不趁尔育不在场时小心翼翼地问村本先生：书店，嗯，书店是卖书的吗？村本先生朗朗大笑：那当然，书店不卖书干什么？我不得不尴尬地重新提问：我是说，书店里是不是有……村本先生没听完我的话就道：你，我明白了。没有，绝对的没有。书店，民间的。那时，虹口，日租界，日本资产多多的有。

我不知道是不是应该相信村本的话。我是应该把村本看作四五十年前那个强奸过玉蓉，尔后又成为玉蓉丈夫最后又遗弃玉蓉的恶棍呢，还是应该把他看作一个年逾古稀银髯飘拂善心回归的老人？

5

我对尔育的身世，最感兴趣的热点之一是尔育娶玉蓉的具体时间。倘若能够搞清这一点，将有助于对尔育、对村本认识的深化，或许最终将有助于揭开尔育死因之谜。多方探听的结果，知情者语焉不详。归结下来有两说。一说尔育是在一九四三年夏娶玉蓉为妻的；还有一说尔育是在一九四五年娶玉蓉的。但不论持哪一说的知情者，他们都肯定了一点，尔育是在村本遗弃玉蓉后娶玉蓉的。

为了表示对历史的尊重，我将这很矛盾的两说都给予艺术的展示和想象。

一九四二年夏天。珍珠港事件已经在一九四一年十二月七日爆发，美军损伤惨重。苏德战场上，鲍卢斯指挥一百五十万德国军队铁桶般包围着斯大林格勒。中国战场上，抗日战争正进入最艰苦的相持阶段。

那时的尔育觉得"大株"书店的洋楼像拦腰断成两截的半只船，他就乘坐在这半只船上企图漂洋过海。尔育的这种感觉是对的。我能够想象这幢离火车站不远的房子，每天将容纳多少嘈杂和喧嚣。尔育每天穿越火车站旁的那条小路来"大株"书店上班。他的膝盖、胳膊肘和臀部每天得小心翼翼地在破衣褴褛的难民们的坐姿、站姿、睡姿以及他们的扁担、箩筐中穿行。他的呼吸很随意地就和他们的呼吸融汇在一起。这种景象肯定会在尔育心头激起他对自己职业的一种厌恶。尔育毕竟是个"教育救国"论者。尔育到书店后，书店不会给他带来任何愉悦。在那个时代书店和中国的许多地方一样，日本人很少，但日本人却成为主宰。尔育在书店干了两个月后就想离开书店。尽管龟田关照他干满一年后随他的便，但龟田的身份和国籍对于尔育来说恰恰又是不能容忍的。尔育不会把龟田的话放在心上。这样，尔育的离开书店就变成了逃。逃就不是一件简单的事，尔育至少得观察观察。尔育观察了一个多月，发觉并没有什么日本人或中国人暗中监视自己。他很快就拟定了一个逃的计划。这次他没有用骰子，而是理智地选择了浙江老家。老家那儿亲戚多、村庄多、河多，要藏个尔育就像在大山里藏个洞，是很容易的事。

就在尔育准备将计划在那天晚上付诸实现时，发生了一件事。那天中午尔育接到了村本从家里打来的一个电话，让他送几本书到村本家中去，买书的主顾是村本在国内的友人。放下电话尔育有点惴惴不安，他不知此行吉凶如何。他毕竟只到了"大株"书店三个多月，三个多月使他不可能真正了解"大株"书店的性质。越是不了解恐惧则越是必然的。而且，村本的这只电话恰恰是他准备实施逃跑计划的前夕。思量再三的结果，尔育还是决定去。他的推测很有逻辑：倘若日本人已经开始怀疑他，他现在肯定已被暗中监视了，不去的话只有充分暴露自己；倘若日本人还没有怀疑他，他去的话则不会有什么事发生。

村本的家在海宁路拐角那儿的一幢日本式小楼里，途中要穿过一个二百公尺左右的窄巷。尔育就在这条窄巷里撞上了玉蓉。七月的正午的阳光，被弯弯曲曲的窄巷分割得很不规则，很凌乱。阳光很强烈很凌乱地洒在玉蓉身上和脸上。她的披肩秀发与凌乱的阳光一样毫无规则可言。一个周身通红的婴儿袋鼠似的紧紧拥在她的怀里。那个婴儿就是兆槐。

扑咚一声，玉蓉跪下了。嘴里喃喃道：救救我，先生，救救我的……孩子。

尔育迅速认出了玉蓉。他进"大株"书店三个多月，玉蓉的美足够在这段时间中让他难以忘怀。玉蓉的美和黑霞的美属于截然不会被混淆的两种美。玉蓉苍白、憔悴，满怀心事、满怀忧郁，她的美呈现出常年照不到阳光的一种病态，袅袅娜娜像尔育想象中的林黛玉。在这三个多月中，尔育一边冷静地欣赏着玉蓉的美，一边冷静地听到了"大株"书店所有的中国雇员对玉蓉的议论。玉蓉在被村本强奸后生下了一个孩子，然后就嫁给了村本。人们似乎不太愿意议论玉蓉手臂上、脚踝上、腿肚上不时会出现的乌青色伤痕。尔育却假定过那些乌青色的伤痕是皮鞋头或藤条或戒尺或砚台之类的东西作用的结果。玉蓉是书店的出纳，但整个书店由她弄出的声响，除了她手下的那架算盘外，几乎没有。她话不多，走路是悄悄的，好像总是踮着脚尖；吃饭是悄悄的，好像总是紧抿着嘴。尔育又假定玉蓉的这些努力旨在使人们忘记她，不要再议论她。因为就在这三个多月里，尔育耳朵里已灌进不少关于玉蓉的闲话。闲话的主要基调就是玉蓉不是个烈女。人们在同情玉蓉被强奸的事实后，又隐隐透出了玉蓉在事情发生后应该自杀、应该逃跑，或一刀宰了村本。当然，人们在表述这种倾向的时候是含蓄的、曲折的，往往要通过对尤三姐的尊敬或是对尤二姐的鄙视来达到。而人们尤其不能容忍的是，玉蓉为什么竟然还嫁给了村本？竟然还把那个孩子生下来？

尔育在玉蓉跪下地的时候已经明白玉蓉干出了什么事。玉蓉想带着孩子逃跑。孩子是她玉蓉的。在玉蓉脸上尔育看见了那种源自母性本能的坚毅。在这当儿，玉蓉的眼睛里已经没有了都市窄巷中的人群，没有了头顶上的天空和太阳，也同时没有了她自己的凌乱和在这凌乱中显示出来的美丽，唯一剩下的是她怀里的孩子——符咒一般昭示她命运的孩子。尔育在和玉蓉成家后，问过玉蓉当时他的判断对不对，玉蓉告诉他，尔育的判断没错。我从村本家里偷偷抱出孩子后，最担心的就是在路上碰到书店的人，但偏偏碰上了你。心一慌，就跪下了。

在玉蓉跪下的时候整个世界矮了半截。她飘拂的素花长裙绽放在窄巷的卵径之上，她仰视都市：哥特式教堂的尖顶消失了，钟楼上的粗壮之针如同英伦三岛老虎牌啤酒瓶的圆肚默默无语，有轨电车的铁轨蜿蜒如同巨蟒平面地缠绕着都市，电火花哗剥闪烁着，如同天空下逃遁着的灵魂颤栗着迸发出的呓语……

玉蓉的下跪既然改变了世界，也就不可避免地要改变尔育的命运。在那个灼热喧嚣的夏季，尔育不可能带着一个未脱断乳期的婴儿东跑西颠回浙江老家。经过和玉蓉的商榷后，他们远离了当时的闹市区，而在荒僻的西北郊找了个栖身落脚的地方。那地方就是平工村。

这是关于尔育与玉蓉婚姻关系构成的一种说法。这一说法的时间背景是一九四二年。这一说法中的村本十恶不赦。倘若这是确实的话，我觉得我有理由怀疑四五十年后年逾古稀的村本先生对于"大株"书店性质的解释。凭什么说"大株"书店就一定不是日本特务机关披着文化外衣的派遣机构？龟田为什么一定要指定尔育去做村本的随从翻译呢？一个人在过了七十岁后就不会去掩饰他在年轻时犯下的罪行吗？何况，四五十年后的村本之所以跑到中国来，就是想领回他的儿子，在儿子面前他不觉得自己过去做的那一切太残酷了吗？愧对自己的儿子也会迫使他说出一连串的谎话。但我不可能将我的疑惑托给村本先生，也不可能东渡扶桑跑到日本国去内查外调。"大株"书店的性质只能是个永远的谜。

现在我得说说尔育和玉蓉婚姻关系构成的另一种说法。这一说法的时间背景是一九四五年。

一九四五年二月十一日苏、美、英雅尔塔会议召开。一九四五年五月八日，在柏林近郊的卡尔斯霍尔斯特，德军最高统帅部代表凯特尔签署了无条件投降书。一九四五年八月十五日，日本天皇诏书下达，宣布无条件投降。第二次世界大战结束。

按照这一说法，尔育留在"大株"书店的时间不是三个多月，而是三年。三年使得尔育对于"大株"书店那幢呈"♡"形的房子感觉要丰富得多。他有时觉得那房子像拦腰碎裂的半截船，有时又觉得那房子很像一个温馨的岛，在高处俯瞰它时，又觉得它像一匹马驹的平视图，他似乎就骑在这匹马驹上驰骋在某个坦荡辽远的草甸子深处。他知道自己关于岛、关于马驹的感觉的缘起，全因为玉蓉的存在。玉蓉是尔育之岛，是尔育栖卧身心的迷濛幽远的草甸子。可以说，正是由于玉蓉的存在，才使他留在"大株"书店整整三年。

我能够假定那一切都不曾发生过吗？听着年逾古稀的知情者慢声细语地说起当年，甚至说起玉蓉出色的烹调手艺，我能假定那一切都不曾发生过吗？

那天海宁路上因为某个变压所坏了，临时停电停水大检修。书店关照每个雇员自己带菜带饭，而不在书店斜对门的"大足"餐屋包伙。玉蓉带了个特号大饭盒，里面装了满满一饭盒的白斩鸡，玉蓉殷勤地将饭盒端到每个人面前，眼巴巴地希望那些人伸出筷子夹一块白斩鸡，好像不是她在给予人们什么，而是她在向人们乞讨什么。有人说肝火旺，吃不得鸡，老中医关照的；有人说刚补了牙，鸡肉塞牙缝；有人说一辈子还没吃过鸡，看见鸡就打恶心。在经历了四五个人之后，玉蓉的步子发软，踩出的步子像浮在河面上的乳白色小球，听凭着风浪的追逐无所适从。尔育当时觉得，玉蓉差不多要哭出来了。尔育没等玉蓉转到他这儿，一个箭步跨过去，一筷子下去挟了两块，塞到嘴里大叫：好吃，又嫩又香又滑，不咸不淡不酸，抵得上皇家饭店的手艺。

在尔育大叫大嚷的时候，村本出现了。村本彬彬有礼地说道：今天我关照夫人做了个鸡，白斩鸡的有，大家尝尝。村本说完后，那些说过话和没说过话的人们纷纷举箸。尔育这时却用身子挡住那饭盒，道：不吃的还是不吃吧，勉强下肚败坏了肠胃。说完把满满一饭盒的鸡块往自己碗中一倒，又礼貌地朝村本一鞠躬，用日语说道：谢谢啦，村本君的厚意。

我想为这件事尔育得遇上点麻烦，但告诉我这事的老翁说：没有。怪的是从这往后村本和尔育好上了。在村本和尔育好上的同时，玉蓉也和尔育好上了。老翁说到这里有点暧昧。老人的暧昧不同于年轻人的暧昧，老人的言语态度暧昧时，它让你觉得整个世界就藏匿在他纵横绵延的皱巴巴皮肤里。我想老人倘若直截了当说的话，意思就是从那个时候起，玉蓉有心于尔育了，而在往后的日子里，有一段只有天知地知村本知玉蓉知尔育知的三人关系史。

我不可能把这一切探听清楚。但老人还说了一九四五年夏天的另一件事。

那个夏天在这个南方城市中产生了强烈的人口对流运动。一方面，许多人从重庆从桂林从内地的许多地方流回来；另一方面，又有许多人纷纷流出去，而流出去最多的地方无疑是昔日的日租界虹口。村本也是在那时回国的。

尔育在那时已被村本解雇。村本的日本老婆也在那时到了上海，还拖着个十岁的女孩子，听说那是村本和日本老婆生的孩子。

我问老人，村本为什么要撵走尔育呢？

老人说，这不是秃子头上的虱子，明摆着的么。谁愿意光天化日之下戴着顶绿帽子呢？我再一次假定，这当中有一个属于尔育和玉蓉的夜晚，而这夜晚被村本发现了。村本的可爱之处在于他没有把尔育交给租界上的警察或是日本宪兵，只是仅仅把尔育撵走了事。然而这仅仅只是我的假定。

无须假定的一件事实是：村本和日本老婆一起坐上那艘"樱花丸"号归国了。这一点看来毋庸置疑，因为无论持哪一种说法的当年知情者都共同声明：他们看见过村本的那个日本老婆。当那个日本老婆出现时，玉蓉就消失了——或是与尔育私奔或是被村本遗弃后再找到尔育缔结秦晋之好。反正村本没有在一个狭仄的空间范围里同时占有两个女人。

在听完了构成尔育和玉蓉婚姻关系的两种说法后，我难辨真伪，我只能慨叹于历史的浩瀚、混沌和深邃，我只能瞧着我笔下的主人公们被禁锢在二十世纪四十年代初期粗重、强壮的紫红色光芒之中——那光芒应该属于未被他们带到天堂或地狱的宿命，就是说，那光芒是留给他们自己隐秘的灵魂的。

当然我不会甘心在他们的灵魂之门前却步。在尔育健在的时候，我就试图用酒盅去叩打那沉重如铁的灵魂之门。我不止一次地拉着尔育喝两盅。尔育酒量不大，浅浅的两盅白的下肚后话就开始稠起来。这时的尔育谈宁波老家，谈清泾——那幽濛之河上的幽濛遥远的岁月，谈上海滩的趣闻轶事，就是不谈"大株"书店和在日本留学的岁月。尔育对涉日的话题讳莫如深。

我只得作罢，取其两种说法的共同点归纳如下：尔育确实在"大株"书店作过村本的随从翻译。村本确实强奸过玉蓉而后又与玉蓉结婚最后将一个男孩留在了中国。那个男孩确实就是兆槐。玉蓉确实在一九四二年——一九四五年的某一天成了尔育的妻子。

6

历史不会比此刻升腾于眼帘之中的盘旋如鸽的蓝色晚炊更为真实。深潜于尔育的个人历史之中并没有使得我对尔育的死因有更加清晰的了解。它提供的最真实的画面只不过说明尔育青春血脉的旺盛和强劲。年轻的尔育反抗过腰缠万贯的父亲，反抗过龟田的精心安排，反抗过芸芸众生对于玉蓉既定的道德鉴定——这样一个不断反抗着的尔育绝不可能自杀。倘若我拘泥于一个人的青春并以他青春的所作所为作为依据来对他的后半生行为进行判断的话，那我无疑永远不可能突出问题的重围和陷阱，进而搞清尔育的死因。从这个角度而言，青春是一种欺骗，是一种充满诱惑力的欺骗。

平静如水。村本君到来掀起的浪花迅速平息，平工村的岁月重新平静如水。夜晚照样在沙沙沙的麻将洗牌声中结束，早晨照样在另一种沙沙沙声中开始，那是另一种韵律，那是由竹制的马桶刷子摩挲杉木桶身后发出的韵律，它们古老却预示着崭新的一天的开始。

就在这平静如水的日子里，兆杨媳妇接到了兆槐从东京寄来的一封航空快信。信看来是兆槐全家老小抵达东京稍事安顿之后发出的。兆杨媳妇接到兆槐航空快信的时候，尔育的追悼会尚没有举行。兆杨媳妇没有将尔育死讯通知尔育在日本的所有亲人。主意是我出也是我定的。我觉得没有必要让那么多人在刚刚抵达异国只有一个多星期的日子便为是不是能够返国以尽孝心而为难。

兆杨媳妇是在单位里接到兆槐的航空快信的，就是说，这封避开寄往平工村的信函有着不希望尔育看到的内容。

果然是这样。信尽管很短，寥寥数行却透露出兆槐对尔育的深深牵挂之情。兆槐以一种强有力的暗示结束了这封信：尔育可能会

22

自杀。兆槐忐忑不安地叙述他曾见到过的三只棕色小瓶所装载着的白色药丸。药品的名称叫"苯巴比妥"。兆槐记得尔育把这三只棕色小瓶放在紧靠阁楼的那只五斗橱的第一只抽屉里，他让兆杨媳妇经常去关心关心这棕色小瓶的下落。

这三只棕色小瓶为什么会引起兆槐关于死亡的联想，兆槐没说。他为什么会想到尔育可能会自杀呢？为什么是他，而不是兆杨、不是兆杨心细如针的媳妇呢？我的思路蓦然洞开，或许我可以变换一个角度来探讨尔育的死亡原因及方式。

对一个老人来说，儿孙们的命运——他们的福祉和灾祸在某种程度上也就构成了他们自身的命运。这种根深蒂固的老人所独有的意识也许正是人之暮年对于生命的一种把握形式：看见自己的生命在另一个自己所创造的生命中得到绵延得到发展，那另一个生命也就无形中成为他自身的生命。这样的话，我为什么不可以通过追忆尔育儿女们的命运轨迹来窥探尔育的命运变化呢？或许尔育的儿女们就是折射尔育灵魂映象的三棱镜。

故事可以从兆槐开始。

7

兆槐的故事仍然可以从那个夏天开始。那个骤然之间让尔育苍老许多的夏天仍然可以成为一个故事的季节。

正是下午三四点钟光景，天忽然阴了，像是有一块抹布很随意地在天空上抹了两下。然后兆槐就看见门前给水站的那只巨大的淘水桶中，乳白色的桶面上漾开了一圈又一圈的涟漪。像那样的淘米桶现在当然是找不见了，但那时它还确实存在于大都市的这一角落里。桶是木质的，杉木，两个汉子抱不过来。给水站早晨 4:30 分开始供水，这时看水的唐二妈做的第一件事就是给水桶放满清水。这满满一桶水就为二百来户人家的平工村提供了一天三餐淘米的去处。在桶子里淘米不用花费"水筹"，就是说不用花钱。过了中午，桶子里的水开始稠起来，牛奶一样白，桶面上以及桶的边沿漂浮着、粘糊着稀稀拉拉斑斑驳驳的黄色和褐色颗粒。经常淘米的兆槐知道，那黄色和褐色的颗粒是谷糠。到了晚间，6:30，给水站打烊之前，准时会有一架拖车将这满满一桶淘米水运走。拉车的叫天恒，是离平工村不远的云潭生产队的农民。顺便说一下，平工村位于中山环路的西北边沿上，六十年代末期，出了中山环路就是一片连着一片的田野、阡陌和河流。天恒每晚给唐二妈三角钱，扣除这一桶水的基本投资 0.04 元，唐二妈盈余 0.26 元。然后天恒就可以名正言顺地将这淘米水拉到生产队的养猪场去，猪吃了淘米水拌的麸糠，爱长膘。兆槐起先在算一笔账，一笔很可笑的账。在那个夏天兆槐总觉得无所事事，手中干着活也觉得无所事事，但胡子已经密密麻麻如一柄猪鬃刷子，周身麻辣辣的血也如无数韧劲很足的细尼龙绳子，绑得筋肉和五脏六腑发疼。他却仍然觉得无所事事，无所事事又忧心忡忡，这注定了那个夏天是产生悲剧的夏天。这是后话。当时兆槐觉得那笔账很可笑，就是说平工村二百来户人家每天花去的实际淘米费 0.04 元，却生产出 0.26 元的利润。

接下来，雨下大了，兆槐站起身，准备自动站到唐二妈的"麾下"。逢到雨天，唐二妈和她的闺女根娣总要招呼几个身强力壮的男人，将淘米桶搬移到她家门前一块遮雨的油布毡搭的棚下，不然，雨水稀释了浓稠的乳白色淘米水，0.26 元也就没了。

这时发生了一件不可思议的事。若干年后兆槐想来，仍觉得那件事发生得不可思议。淘米桶中部的一块木板在没有任何外力碰撞的情况下自动破裂。当时没有一个人经过那儿。当时兆槐正在算着那笔很可笑的账，因而兆槐目不转睛地盯着那只象征唐二妈母女俩财源的淘米桶，这样，兆槐也就可以确认，没有小孩从远处扔瓦片扔石头掷中它，事实上淘米桶周围也没有瓦片、石头之类的东西。

后来兆槐想到过，也许它年久失修了，但兆槐仍然觉得惶惑，那长年累月蓄积起来的破裂为什么独独发生在他眼皮底下，独独发生在那个夏天的那一天呢？他总觉得这种破裂与后来发生的事、与他以后的命运有一种无法言传的联系。

乳白色的淘米浆水如同瀑布从桶的中部倾泻而下。很长时间内，兆槐的眉棱上挂着这一股倾泻而下的乳白色瀑布。记忆把感觉和思维交给了凸起在前额的那两块眉棱。豁口不宽，双拳相握那么大，口子呈锯齿状，这使得乳白色的瀑布如同真正的黄山瀑布那样，有着几股水流分层次而下。

犹豫只是一刹那的事。兆槐面对跺着双脚不知所措的唐二妈很快找到了办法。他知道0.26元对相依为命没有任何外援的唐二妈和根娣的价值。他迅捷蹲下已经被血绑得发疼的身子，用脊背挡住了豁口。好在是夏天，他只穿着一条裤衩。水流浇在他光溜厚实的背脊上，漫过他的肩，他的腋下，漫出一片他的血需要的清凉。他的腋下黑毛茂盛，水流也就濡湿了他腋下的那片浓荫。那是乳白色的水，到死兆槐也不会忘记那水流的颜色是乳白色的。瀑布给堵住了，他很冷静地吩咐唐二妈和冲出门的根娣：拿脸盆来，再去借几个水桶。

在那个夏天还没有后来风靡全市的、长长的拖到脚跟处的睡裤。那时平工村的绝大多数男女老幼们到了夏天都习惯穿一条短裤衩。区别是女人们的长些，男人们的短些；女人们是花花绿绿的，男人们不是蓝就是灰的。兆槐穿着一件灰的，抑或蓝的？恍惚中那条短裤很紧，是隔年的，因而蹲下身时，下身勒得很疼。根娣穿一条短裤，上身穿一件碎花圆领衫。根娣十八岁，十八岁的根娣那时也发育得恰到好处。根娣手持脸盆，小心翼翼地将脸盆伸到他的腹背底下接水，眼睛辣辣地睃巡在他的胸脯上。他感到一阵心跳一阵潮热，接着他就在根娣低首接水的一刹那，看到了自己命运的改变。事后他觉得事情就是从那儿开始的。他发觉根娣的胸部弥漫着一片淘米水，但又要比淘米水来得结实，似乎是淘米水在那儿凝结成两座小山。

8

兆槐相帮着唐二妈和根娣挽救了那桶淘米水。由于长时间浸在那乳白色的浆液中，也由于雨点越来越大，兆槐十分清楚地感觉到自己浑身湿透了，准确地说，是那条唯一的裤衩湿透了，那湿淋淋的感觉来自于湿淋淋的裤衩。

兆槐是一九六一年高中毕业的，当年没考上大学，后来又连考了三年，都没考上。他就读的那所中学不算差劲，是市里颇有名气的重点中学。他在学校里的成绩也不能算差劲，除了美术教员说他对色彩缺少感觉外，其他各科成绩从初一到高三，始终在班上名列前茅。玉蓉每次在兆槐赴考场前，都按照平工村沿习的苏北乡俗，给兆槐裹上几只粽子，意即"中"了。这使得兆槐每当过端午节时，瞧见玉蓉藏起几张挑拣出来的又宽又厚的芦叶就觉得一阵心慌，他就想到这芦叶在两个月后将和他一起走进考场，一同承受酷暑的溽热。相比之下，倒是尔育来得镇静，每次送兆槐赴考场都有点"风萧萧兮易水寒，壮士一去兮不复还"的悲壮。尔育说：好好考，你一定要好得比别人不是一小点、一大点，而是好许多！兆槐使劲点点头，意思是他听懂了父亲的弦外之音。到了第四年上，那年的端午节，兆槐注意到玉蓉没有像往年那样挑拣出又宽又厚的芦叶藏起，这使他猛然产生一种解脱的快感。他累了，那年他才二十一岁，就觉得自己很累很累了。他想到新疆去，尔育不同意，说：你有沙眼，那地方风沙大，你的眼受不了。在尔育很笨拙的借口中，兆槐感觉到了一种……父爱。后来核计他的职业，尔育坐在床头闷了半天，才像老水牛那般抬起头，说：好歹你也有半肚子墨水，要不到邮局门口摆个摊子，代人写信？兆槐一听，火了，找出一支读书时用的钢笔，一拗两断，说：我这辈子就不吃捏笔杆子的饭了！再后来他跟着对门灰眼他爸，在中山环路人来人往的地段，摆了个修锁配钥匙的摊子。

我敢说，兆槐尽管那时已发誓一辈子不再吃捏笔杆子的饭，但他身上仍不乏一种很优美的书卷情调。他埋葬了他的初恋又在怀念着他的初恋。他初恋的女友是他高中时的同学。那女孩子考上了哈尔滨工大。那是所培养造导弹人材的学校，那所学校的政审之严格让兆槐简直无地自容，兆槐在那时依稀知道父亲尔育为日本人干过事，他想，我这辈子不可能和一个造导弹的人攀上缘分。

那年我可能八九岁，刚上小学。有时我光顾他那修锁配钥匙的寮棚式工作摊，常常见到他嘴里衔着一只口琴，呜哩哇啦吹着一支很好听的曲子。那曲子就像把暮秋时节的蟋蟀叫声移到了大汗淋漓、烈日当头的盛夏，有一种遥远、有一种迷茫、也有一种沁凉。我当然不可能记得那曲子叫什么，记得的只是童年时那种周而复始的感觉。在我嘴唇上端长出胡子的时候，兆槐早就不吹什么口琴了。他见了我的胡子，冲我神秘一笑，说：下面也长啦？然后说一些荤话也不再忌讳我在场……

我已经把话扯远了。我现在回头说那个夏天。那天兆槐是提前收摊的，逢到暴雨天，兆槐都是提前收摊的。但那天提前收摊的原因，不仅是因为兆槐看到了那片追逐而来、越变越浓的雨云，还因为兆槐看到了那队穿越中山环路、臂膊上套着"红卫兵"袖章的人群弯进了通往平工村的那条弄堂。兆槐预感到那群人和自己的家也有某种联系。一个星期前，尔育已经在家拾掇打扫、东清西理了。所有可能与"四旧"勾连的东西都该烧的烧，该扔的扔了，该上交的上交了。尔育手里掭着一只金戒指、两只银镯子，还有一只金锁片，捆捆扎扎包起来，准备上交。玉蓉说：这是建设公债买的呀。

尔育说：说得清楚吗？后来尔育把这些金银交到图书馆的"文革"小组去了。

雨停了。批斗会是在雨停后在居委会后院的那块空地上举行的。尔育的家正对着那块空地。当尔育、玉蓉低头站在自己家带来的长凳上接受批斗时，兆槐也和兆杨、兆静一起站在自己家里的另一条长凳上，踮起脚，伸眼朝门上的气窗那儿向外望去。

口号声一阵阵传来。口号声停下来时，红卫兵们就历数一长溜被批斗对象的罪恶历史。东头那家胡家是逃亡地主，西头那家邵家是还乡团，再西头那家程家有人在台湾当国民党团长。这时兆槐并不觉孤独。他只觉得惊奇，小小的平工村里原来埋藏着这么多与他家相同命运的牛鬼蛇神。

轮到父亲了。红卫兵们开始历数父亲的罪状。兆杨和兆静情不自禁把头伸到他壮实的胳膊下。兄妹三人簇拥在一起。这时他也不觉得孤独，他只感觉到作为兄长的一种责任。他把他的胳膊伸展开来，围护着兆杨和兆静，好让弟弟和妹妹感觉到他胳膊的温暖和坚实的弹性。他想象自己的胳膊是一道港湾。

但从什么时候他的胳膊开始软了，开始垂下，像垂下一副挽联，以后就再也没有抬起来？从什么时候兆杨和兆静开始用一种陌生的眼光看着他，像看着一粒从眼中揉出的砂粒？我是村本的儿子？是日本法西斯的儿子？是强奸？强奸！强奸强奸强强强……我就是这样来到这个世界上的？我来到这个世界上时已经带着不可饶恕的罪恶？

后大塘是早年平工村孩子们的伊甸园。后大塘是一个潭。平工村右侧傍着冲河，左侧傍着后大塘。潭是死潭，孩子们常在潭边打水仗、玩纸船、挖蚯蚓、捉蚂蚱。但后大塘一到夏天奇臭无比，终日浮着一层绿苔的水面浓稠得像发过酵似的，麇集着成群结队的蚊蝇。夏天的黄昏孩子们是不到后大塘去的。

后大塘是从那年夏天开始消失的。市里的某家工厂看中了这块地皮。那年夏天每天总有两卡车的煤渣被拉来填塘。后大塘那年夏天看上去像一个正在夭折的生命。塘的一半已给填了，是褐黑色的煤渣；塘的另一半仍是那浓郁得瘆人的绿。后大塘的末日景象在当时的兆槐心头唤起的是怎样的感觉呢？我这样问，是因为兆槐在这儿完成了他对自己生身父亲的报复，即对村本寺一的报复。

就是那天黄昏，批斗会仍在热烈地进行中。后大塘空寂如山谷，平工村能动的活物似乎都聚集到居委会后院的空地上去了。夕阳缓缓沉落在后大塘残缺的半个身体中，那夕照的艳红和塘的惨绿形成非常不谐和的对比。煤渣倾泻形成的岸，像残损的狗齿，在充满欲望地啃啮着塘中的夕照。兆槐缓缓行走在塘边，煤渣在他脚下发出咯喳咯喳的声响。这时他看到了一幅不可思议的画面：根娣正弯腰走在塘的另一侧捡拾着什么。兆槐想了想，明白了，根娣在捡煤渣。根娣穿的那身衣服，仍是他下午在给水站旁看到的碎花短裤和碎花的圆领衫。夕晖无际无涯，从脚下伸延到天边，显出一派辽远和迷茫。根娣沐浴在夕晖中，只有沐浴在夕晖中的根娣方才显示出人世间的真实和暧昧：那光毫无忌讳地在根娣身上勾出一条浑圆饱满的曲线。

黑色的煤渣，乳白的淘米浆，一种强烈的色块对比如同电流击穿兆槐。他想到了父亲，不是尔育，是另一个父亲。凭着这一条罪恶之躯他应该做些什么才不愧对他的降临呢？末日的后大塘蛇一般撩拨起兆槐的野性。他听到了根娣的呼喊和哭泣，但他觉得那呼喊和哭泣像是从即将消失的潭底升起来一样。我也消失了，消失在潭底。他听到自己在对父亲说。兆槐哥兆槐……你不……不能……根娣的呼喊和哭泣在一刹那也曾唤起过他的柔情，他知道只要用柔情回报柔情，那弥漫的乳白色浆液迟早也会柔柔的、洁白的成为他归宿中的湖泊。但我为什么要洁白要温柔呢？我是这样来到这个世界上的吗？这个世界给予我的是这样的吗？

那年夏天煤渣不可抗拒地覆盖了后大塘。

9

在筹备尔育的追悼会期间，兆杨曾从东京挂回一个长途。长途是挂到公司的，我刚好在公司采访。在兆杨与公司的公务谈完之后，我接过了电话机。我说了尔育辞世的消息，我想兆杨的神经能够承受。我还说了尔育死因不明，自杀和自然死亡的迹象都相当充足。兆杨的意见与兆槐截然相反，他断然咬定尔育绝不可能自杀。自然死亡绝对是自然死亡，他的大声叫嚷即使隔着几千公里的空间距离也使我的耳膜震荡不已。

10

讲述兆杨的故事，可以从那个夏天开始，也可以不从那个夏天开始。在兆杨的故事中，重要的是那条冲河。

冲河不宽，涨潮时容得下三四艘木船，退潮时只容得两艘驳子擦着船身而过。兆杨从小爱在河边蹓跶，常常放了晚学独自一人溜到河边，呆呆地玩到掌灯时分，看船上人家升起一缕缕晚炊。在兆杨发育之前，兆杨最喜欢的游戏之一是对着河面撒尿。兆杨站在平工桥上，掏出鸡鸡瞄准桥栏杆上几指宽的水泥缝隙，一线尿便热热地喷薄而泻。从桥面到河面有五六米见高，尿的五六米的长度就给了兆杨说不出的愉悦。最妙的是，无论是从桥洞下穿行而过的船上人家，还是桥上的过往行人，都不能看清兆杨的鸡鸡，兆杨的鸡鸡藏在水泥栏杆的缝隙中。大多的时候，船民们是躲得了兆杨尿的扫射的，但偶尔也有被兆杨突袭弄得懵头懵脑不知所措的，这时兆杨哈哈大笑乐一阵子，瞧着船民们愤怒地挥起竹篙抽打在水泥栏杆上。竹篙尖端的钢铁与水泥栏杆相撞后爆出点点火星。

在冲河的流水声中，在冲河上机动船小马达的突突突声中，在驳子船的欸乃橹声中，兆杨一天天长大。冲河使兆杨充满了漂洋过海的欲望。而当有一天兆杨被这种欲望压迫得挥拳砸向父亲时，兆杨和尔育同时发觉，兆杨长大了。事情是由门前的一挂葡萄树引起的。让人不可理解的是，当年平工村的心脏地带有着一个小花园。小花园属于居委会管辖，葡萄的所有权自然也归居委会所有。但那挂葡萄树对缺油少盐的平工村的孩子们永远是一种残酷的诱惑，因为那些葡萄永远也不会有颜色变紫的一天。那天居委会主任瘸子老郝的幺儿子"洋枪"拖着兆杨潜入了小花园。在兆杨和"洋枪"满嘴青涩地爬出小花园的竹篱笆时，瘸子老郝的一只跛脚上的大头皮鞋正威严地晃荡在他们头顶。"洋枪"把教唆的责任卸到了兆杨头上。瘸子老郝轻易地相信了幺儿子的话。傍晚时分，尔育回家时也同样轻易地相信了瘸子老郝的话。父亲当着瘸子老郝的面抽了兆杨一只耳光，这只耳光煽动起了兆杨的全部血性。兆杨当时读小学六年级，他觉得父亲这一只耳光是为了瘸子老郝而完成的。他的脸上留下了五道火辣辣的血印子。父亲接着又抽了两次、三次，在瘸子老郝赞许的眼神下，父亲越抽越轻松，越抽越顺手。终于，兆杨大喝一声，一拳砸向了父亲。尔育显然被这一拳砸懵了，当他醒过神时，兆杨已从他的腋下哧溜窜出。接下来兆杨跑，尔育追，就在尔育快要追上兆杨时，兆杨已经跑到了冲河岸边，只见他敏捷如猴跳上足有他肩那么高的水泥堤坝，纵身一跃跳到一只机动水泥船上。尔育当时的想法是儿子跳河了，而兆杨后来觉得就在这一刹那，他才真正抛弃了父亲。父亲越来越遥远。在兆杨的心中，那种漂洋过海的欲望，开始胀破他的血管他的紧绷绷的衣衫。他熟练地摇动马达的转轮，他早已千百次在岸上在心里重复过这一动作，他觉得臂膊间充满一种可以炫耀的力量。正是向晚时分，船的主人上岸去了，兆杨觉得他就是这艘船的主人。启碇了，兆杨将锚链哗哗收起。父亲像岸像泊在港口的孤零零灯塔，目送着兆杨远去……

有了第一次与父亲的交手后，在以后的岁月里就有了数次与父亲的交手。在这一次又一次交手中，兆杨觉得他越来越熟悉父亲，但尔育却越来越觉得儿子陌生得不可理解。

那年夏天兆杨十八岁。那时的冲河已经浑浊得不像一条河，终年流动的液体像是被稀释了的柏油。只有到了夏天，强烈的太平洋刮来的季节风将黄浦江的水倒灌进苏州河，苏州河再把黄浦江的水倒灌进冲河，冲河才露出些许美丽的浊黄色。平工村五岁往上三十往下的汉子们，在冲河那短暂的美丽中，总是成群结伙沸沸扬扬跳进冲河。冲河的河面上漂着木桶、澡盆，平工桥上不时有人纵身跃进水面，最甚时几个人站在桥栏杆的横条上叠罗汉，然后，站在最高的人率先跃向水面，底下的人再一个接一个如同多米诺骨牌泻向河中，河面上砸出一朵又一朵水花。这样的时候是兆杨最激动最兴奋的时候，他总是叠得最高的那一位。他跃进水中的时候，两岸观者如潮，欢呼声喝彩声也如潮。

在水中潜游的时候，他一个猛子总是扎得很深很远。冲河撩拨着他、压迫着他，而这时他觉得已经把所有的欲望给了冲河，包括他十八岁时那种隐秘的欲望和激情。他在水中计算路程的方式很有些特别，最出色、距离最长的那一个猛子，他总是习惯地依靠放尿来计算。热烘烘的尿液在冲河浑厚而又温凉的刺激下，缓缓地慢慢地渗进冲河深处。在这样的过程中，兆杨知道他又一次完成了少年时代的凤愿，又一次完成了对父亲的背叛和对自己的欺骗。漂洋过海，他渴望的似乎就剩下漂洋过海了。一泡尿放完，他抬起头，在河岸上睃巡——

我能说那时的兆杨是渴望在河岸上发现父亲的身影吗？

那个夏天是使尔育倏忽间苍老了许多的夏天。即使不是在那个夏天，尔育也是绝不会出现在冲河河岸上的。热衷于冲河河岸的是尔育熟悉且又陌生的邻里们，是那些大姑娘小媳妇老太太拉人力榻车的踏黄鱼车的剃头的卖菜的卖大饼油条的……尔育对兆杨说：拿去，新城游泳池的游泳票。兆杨笑嘻嘻接过游泳票，刚离开尔育就把游泳票拦腰撕断扔进冲河。兆杨对伙伴们说：跑那么远，不也就是个游泳吗？

尔育当然不可能知道他买回来的游泳票的下场是如此悲惨，但在那个夏天，尔育曾经有一次心潮激荡地站在冲河河岸上。这在尔育是唯一的。尔育站在河岸上目睹兆杨在河中奋勇救一个女孩子。好样的孩子，孩子好样的！尔育热泪盈眶。尔育觉得这件事是他在那个夏天的唯一安慰。

那么，我该怎么说呢？在我知道了兆杨的全部故事后，我只能面对尔育的亡灵说，不是这样，或者说事情不完全是这样。

11

兆杨没有想到他就是那样告别冲河的。目睹了冲河上那残酷的一幕，然后告别冲河。

那女孩叫小茜，后来他知道，她和他同龄。她的两只白藕似的手臂在冲河上凌乱地挥舞着，身体随着冲河的水流向西漂。从东面驶来一艘船，渐渐靠近小茜。这时兆杨并没有想到跳下去，他想船上的人只要把竹篙横过来小茜就有救了。但船驶近小茜时，打了个"S"形的大弯，企图绕过小茜，仿佛小茜是个狰狞的暗礁。水中的小茜或许是凭船舵冲激而来的水流的变化感觉到了这点，或许是头拼命抬起的一刹那看到了那船，或许是一种求生的本能引导着她，或许是冲河的流水裹携着她，反正小茜竟然奇迹般地接近了那船，两只手紧紧攀住了船帮。但这时掌舵的船老大突然不顾一切地沿着船帮飞奔而至，他像剥豆一样毫无顾忌毫不犹豫地掰开了小茜的手指。小茜的身体訇然跌入水面，砸出一朵蓬勃苗壮的水花。许多年以后，兆杨如果夜半从恶梦中惊醒，让他惊奇的一定是黑色天宇中被放大被固定的一幕：一双手在紧紧地充满欲望地抓扯着天宇，天宇被抓扯出的窟窿中山泉似的冒出了星星。

在冲河上行船的船老大们是不救人的，河岸上的平工村的人们知道这点，但围观的人群中仍然爆发出一阵又一阵激烈的詈骂。其实他们是在骂自己，因为他们中也没有人跳下去。并不是怕水，也并不是怕冲河中那个伸出双手绝望地挥舞着的女孩子，而是怕命，命是无法取代的，你跳下去你就在企图取代那个女孩子的命，冥冥中你就得承受命的报复。

兆杨跳下去了，兆杨就得承受命的报复，至少平工村的人们这样认为。

兆杨挥臂划向小茜的时候泳姿潇洒优美。水花无声无息簇拥在他胳膊肘旁，似乎只要兆杨愿意，那白色的花在胳膊肘上将永不凋谢。兆杨游的是漂亮的自由式，但当时的兆杨并不知道，这是他在冲河中的最后一次亮相。

问题出在小茜的那件衬衫上。兆杨好不容易把昏厥的小茜抱上岸时，小茜的那件衬衫的钮扣全部脱落了。兆杨永远也无法解释那些站在岸上的人们是怀着怎样的心理来理解他的。

小茜被抬到救护车上没多久，兆杨换上一身干衣服，就被派出所的警察很和蔼地邀到派出所里谈谈。谈话的焦点在于有人看到兆杨搂住了小茜的胸部，谈话的艺术性在于派出所的警察充分肯定了兆杨的见义勇为，该肯定的肯定，该疑惑的疑惑。然后就是翻来覆去问小茜的衬衫钮扣为什么会全部脱落？

为什么全部脱落？我他妈怎么会搞得清楚。兆杨差点没骂出声来。这件事就是挪到下一辈子兆杨也不会搞清楚。搂住小茜的胸部？小茜胡蹬乱踢，我好不容易逮住胸部，我不搂胸部搂哪儿才算对？要是在岸上哪一块地方都不该我来搂，也用不着我来搂！但兆杨什么都没说，一个字都没说。在那个夏天他经历得够多的了。他已经知道了尔育和玉蓉的罪状，知道了兆槐不清不白的来历和不清不白的所作所为。兆槐这时正关押在派出所的拘留室里。所幸的是，或者说不幸的是，唐二妈念尔育一家待她们不薄，接受了尔育的一点赔款，私了了。但在兆槐粗暴地蹂躏根娣时，弹棉花为生的荆老头刚好经过后大塘，荆老头把这事捅给了群众专政队，群众专政队又上报了派出所，警察以流氓罪而不是以强奸罪拘留了兆槐。

兆杨想到了兆槐。他想平工村的人们也会由兆槐而想到他兆杨，所以他选择了沉默。他全身的每一块筋肉都被某种看不见的力量凝固着，他的身体散发出强烈的浮雕意味，只有我知道，这种浮雕意味对兆杨来说将意味着时间和空间上的无限。

玉蓉接受不了两个儿子都进派出所的事实，接受不了她站在批斗会上弯腰低头的事实。批斗会的第二天，她把那只她站立过的长凳拖到屋外，抢起斧子劈得粉碎。兆杨见到斧子的寒光和粉身碎骨的长凳就知道母亲活不长了。果然，隔了没有几天，就在兆杨救起小茜的那个晚上，玉蓉跳进了冲河。玉蓉跳河的地方是兆杨救起小茜的地方，兆杨救起了小茜却没能救起母亲。夜晚的冲河太黑了，除了船上人家点燃的烛光外，再没有一丝光亮。

从此兆杨不在冲河中游泳，他一低头，就能在冲河的流水中看见母亲的身影。照平工村人的说法，小茜的命是不能取代的，谁想取代谁就得付出命的代价。兆杨付出了母亲的命作为代价。

小茜后来跟着兆杨到了江西。小茜说，我这条命是你捞起来的，好歹报答你一场。但很快兆杨就发觉，小茜不是块能报答人的料。

兆杨几乎没有犹豫就拿小茜对他的那份报答换取了一个推荐上大学的名额。那名额原来是给一个县上出名、地区出名的"上山下乡积极分子"的，但那积极分子在接到推荐上大学的表格时，同时爱上了小茜，在表格和小茜之间他选择了后者而把前者给了兆杨。

小茜只是为了报答兆杨。小茜后来说她从来没有爱上兆杨。当时的小茜只是有点恍惚，她对兆杨说，那人的普通话咬得很准，z、c、s、和zh、ch、sh分得很清，很好听。兆杨听见小茜说这话时正在水田里耘禾，几只蚂蟥顾头不顾腚地钻进他因水土不服糜烂的疮口里。他瞧见自己的血使得蚂蟥褐黄色的躯体迅速膨胀并且变得微微泛紫。他慢悠悠点燃一支烟，然后用通红的烟蒂一丝不苟地瞄准蚂蟥头部烫过去。他专烫蚂蟥头部，即使这样烟蒂不时灼伤自己的皮肤和乌黑粗浓的汗毛也在所不惜。蚂蟥头部锥子般旋在他的皮肤层里，他听见自己的皮肉和汗毛与蚂蟥头部一起发出丝丝烧焦的声音。汗毛鬈曲如蛇。

我怎么会爱上她呢？兆杨回城时对我说。见鬼，我一见她就甩不掉一个念头，她跟我来江西是我拿母亲的命换来的。

兆杨读大学时碰上过一个货真价实的大家闺秀。老头子是局以上的，以上到什么程度兆杨也没搞清。那女孩子主动追求兆杨，穷追不舍，一直追到平工村。兆杨说：结了婚，你就和我住这儿，行吗？女孩子说：为什么一定要住这儿呢？房子……有的是。兆杨冷笑一声：我娶房子还是娶你呀？

吹了？

能不吹？我娶她那样的，谁侍候谁啊？爱情，打娘胎里爬出来我还没见过。要我说爱情全是你们这帮文人墨客活得不耐烦了，编撰出来骗人也骗自己的。世界上只有男人和女人，男人和女人结婚再养出男人和女人来。

我很想说说尔育年轻时的经历，但我没说，我想兆杨知道的不会比我少。在兆杨大声阐述他的爱情理论的时候，尔育正在一丝不苟地刮着胡须，或许胡须妨碍了他的听觉，或许他听见了但不愿和儿子辩论爱情，我只听见刀片猝然落地的一声脆响。

12

我忘了补充一句，在与兆杨通话的那只国际长途中，我曾问过兆杨，凭什么你断定尔育不会自杀。兆杨在电话那头咬出一个字：chán

馋？

禅！禅是一种境界，迷恋这种境界的人是断然不会自杀的。在我家书橱第三格你可以找到那本美国人李普士写的《禅的故事》。那本书里重要的篇章都划上了杠杠，有我划的也有父亲划的，但你可以很容易地分辨出哪些是我划的哪些是父亲划的。我划的那些完全是为了与父亲针锋相对，父亲晚年迷恋禅宗，我是以禅制禅、以其人之道还治其人之身。

根据兆杨所说，我找到了那本《禅的故事》。果然如兆杨所说，书中划满了形形色色的杠杠。我立刻断定那笔触严谨的杠杠出自尔育之手，那狂蛇一般卷曲飞走的杠杠必是兆杨所为。在风格迥异的杠杠之下，我找到了两则很有意思的禅的故事，因为它和兆杨的逻辑推论有关，最终关系到尔育死因之谜，不吝篇幅摘其要点如下：

就是这样吗？

白隐禅师是位生活纯洁的圣者。有一对夫妇居处离白隐很近，家中有个漂亮的女儿。不意间，两夫妇发现女儿的肚子大了起来。夫妇俩震怒后免不得要追问来由，经一再苦逼之后，姑娘终于说出"白隐"两字。夫妇俩怒不可遏去找白隐，但白隐只有一句答话："就是这样吗？"孩子生下来，被送给白隐。此时白隐虽名誉扫地，但他并不介意，只是尽其所能照顾孩子。一年后，那位没有结婚的妈妈终于吐露真情：孩子的亲生之父是在鱼市工作的一名青年。她

37

的父母立即将她带至白隐处，向他道歉，并将孩子带回。白隐无话可说，只在交回孩子时轻声说道："就是这样吗？"

在命运手里

有一位名叫信长的武士，决心打败实力比他强上十倍的敌人。他很有信心，但部下很怀疑。在他带队行进途中，他在一座神社前面停下说道："我要在此投钱问卜，如果正面朝上，我们必胜，否则则输。我们的命运操在神手里。"

信长默默祷告后当众投下一枚硬币，结果正面朝上。于是他的部下都急着要去攻打敌人，恨不得马上就打赢这场硬仗。

"谁也不能改变命运的掌握。"打胜之后，他的一位随从说道。

"诚然如此。"信长说道，说着抖出一枚硬币，两面都是正面。

哪一则禅话是尔育划的杠杠，哪一则禅话是兆杨划的杠杠，不需要任何说明也可以知晓，就禅的本质而言，禅是相当世俗化的。

13

在村本先生抵达上海的那一段日子里，平工村上空曾经流言四起。流言是针对尔育的。不能说流言的蔓延没有任何理由。市外办、区外办、街道办事处对村本来沪的高度重视，以及关于村本先生愿意拿出一个亿的美元来改造平工村、造它个十来幢二十层楼大厦的传说，都在无形中为流言插上了飞翔的翅膀。人们没有理由不重视村本，也没有理由不感激村本的慷慨大度。何况，大和民族与汉民族在传统伦理文化方面的高度相像也极大地赋予了村本先生浓郁的人情味：村本先生是到上海来领走他唯一的儿子的。村本先生回国后结了两次婚有了七个女儿。有了七个女儿的结果理所当然地使得村本先生越来越想念他唯一的儿子。

在村本如同气球越升越高的同时，有关尔育的传闻却不妙起来。人们开始怀疑尔育曾经有过的历史，因为正是尔育曾经有过的历史构成了村本父离子散的痛苦人生。人们开始认为，尔育在当年充当的就是一个夺人之妻的不光彩的第三者角色。于是，四五十年前"大株"书屋的半截船式的洋楼以及洋楼墙沿朦胧的月光和树影又开始生动地浮现在老人们和他们的后裔的唇际。

尔育一家除了尔育之外谁都听到了这些传闻，但似乎没有人打算把这些传闻告诉尔育，家人们觉得没有必要扰乱尔育静如止水的心境。

执意要破坏尔育宁静心境的是兆杨。他把他听到的传闻绘声绘色添油加醋和盘托出。尔育正在洗脚，他的脚前一字儿排开四只气压式热水瓶。他静静听着，脸上没有任何情感的起伏变化。兆槐侧立一旁不断地向兆杨挥手示意，让他住口。但兆杨越说越流畅，兆槐终于没有耐心将哑语坚持下去，蓦然吼出一声：住口！

尔育愣了一下，接着又埋头认认真真掰开脚趾擦干其中的水渍。

兆杨似乎看在兆槐那一声住口的份上，开始变换话题：爸爸，你应该去找村本，去算一笔账。你若不去的话，我代你去。

什么账？尔育终于将冲着脚盆的腚抬起在灯光之下。

你的名誉损失费。你的后半生所遭受的苦难他有推卸不掉的责任。

兆槐沉默了。话题牵涉到今日的村本他只有选择暧昧的沉默。但这时尔育却不可思议地嘀咕出一声：你敢？！

兆杨没有继续顶牛，但后来的事实证明他果然敢。当然，一个多月后，当我从尔育的书橱里翻出那本李普士的《禅的故事》时，我也明白了兆杨为什么果然就敢，因为他在尔育岿然不动依然不改的洗脚姿态与那一声"你敢"中显然顿悟到了"就是这样吗"的一丝禅机。

兆杨叫了辆的士驶进樱花度假村。的士在村本先生下榻的总统级套房前停下。兆杨走进有着浓郁日本情调的楼宇时，村本先生正斜偎在一把金黄的藤编沙发上养神。

先生，我想到贵国去。兆杨用相当纯熟的日语单刀直入，尔育家的人对语言几乎都有一种天分。

……还是别去吧，你父亲老了。村本先生掏出一厚叠绿颜色的美钞。

谢谢。兆杨当仁不让，接着又道：不过，先生，比之钱来我更需要的是您的担保。

唉……村本先生长叹一声开始了长长的沉默。在村本先生长长的沉默中，兆杨语调深情而又缓缓地谈起了兆槐，谈起了冲河，谈起了儿时的葡萄梦，谈起了"文革"披露的父辈们的生活，谈起了平工村上空飞翔的流言，最后，仿佛漫不经心地谈起了一位刚认识的《读卖新闻》的朋友。

我想兆杨在故伎重演。兆杨告诉我这一场景时，我就不客气地指出：兆杨，你这是故伎重演啊！

大学毕业前夕，兆杨突然悄悄跑到了安徽宿县，在那里整整待了一个多月。没人能搞清他在分配的关口跑哪儿去了。后来，他就找主管毕业分配的辅导员谈心。仿佛是无意，聊起了宿县。宿县的地理位置，宿县的风土民俗，宿县人爱划的酒令，宿县北面的符离集烧鸡如何味美，宿县的城西公社，城西公社的小磨麻油……

你到过宿县？辅导员问。

我有个同学插队在宿县城西。我到那儿玩过。

你……听说过什么？

没有。什么都没有。宿县真是个好地方。

辅导员是首届工农兵学员。上大学前，在安徽宿县城西公社插队。

你真有个同学插队在宿县城西？庆贺兆杨分配留沪的酒宴上我问道。

没有。兆杨很坦然地笑道。

好吧。我答应你。村本先生抬起头，接着问道：只是……你为什么一定要到日本呢？美国不行吗？

我是搞电器的，日本电器不错。我想把东芝、夏普、三洋、松下赶出中国，至少赶出上海。

你行？村本先生赞赏地离开了藤编沙发，站了起来。

我想试试。

现在，如果我告诉你们兆杨出国之前是某家区级电器公司的经理，你们信吗？

14

现在轮到兆静了。按照故事和年龄的秩序都应该轮到兆静。在兆静的故事里天空开始下雪，那别离了天空的雪花开始把故事搅得混沌迷茫而又纷纷扬扬着一种来自天宇的过剩的热情。

尔育压抑不住想给女儿很多的快乐，在那年冬天他力图将显得僵硬蹒跚的步履变得矫健孔武，如同一棵枝柯遒劲的老树企图通过树叶生长的速度昭示内在的蓬勃。葡萄园随着深挖防空洞的强劲号召荡然无存，留下一片开阔的空地横卧在平工村心脏地带。空地上唯一凸起的是防空洞水泥砌就的进出口通道，方方正正凸起在空地中央又漏出几只黑森森的进气眼。雪花铺白了那片空地，铺不白的是那几只眨动着的进气眼。堆雪人去，尔育对兆静说。堆雪人去，兆静响应尔育的号召。形形色色商店里出售的玩具是兆静童年奢侈的梦幻，她能够拥有的梦幻是来自天空的赐予：风筝、蝉与匆匆飞翔匆匆迁徙的一年两度的雁阵，还有的就是这洁白如羽的十二月的雪。堆什么呢？尔育问。这还要问，堆人啊！大人还是孩子？大人。男的还是女的？女的。于是就堆，就堆在那只凸起的水泥砌就的进出口通道上。那果真是一个比真人还大的雪人，那黑森森的进气眼填没几只剩下两只果真就变成了人的一双生动深邃的眼睛。兆静给雪人围上她的围巾。兆静给雪人戴上她的帽子。兆静准备脱鞋。尔育说，孩子，这是雪人啊，她不会冷的，她没有神经没有知觉。兆静说，不，她冷。尔育说，这是雪人，太阳出来它会化掉的。兆静说，太阳没有出来我没有看见太阳。尔育坚决地说：孩子，这是雪人这是雪人啊！兆静蓦然大放悲声：爸爸，这是妈妈这是妈妈呀，妈妈！

15

兆静是尔育唯一的女儿，用得上掌上明珠这四个字。兆静最小，用平工村盛行的苏北民俗来称，叫做"小老巴子"。兆静是玉蓉四十岁时生的，平工村的人们私下里也管兆静叫"四十姑"。四十是个奇妙的整数，在女人的一生中过了四十一般不会再逢上整数的年龄坎上生儿育女了，因而，当年平工村人这么叫兆静实际上更多的意思是在为玉蓉骄傲。兆静日后并没有在丈夫面前提起她小时候的这两个乳名，在丈夫的家族和门第前，兆静永远有着一种惶惑。兆静对于童年的记忆，对于那个扎羊角辫的小女孩的记忆是尔育所称呼的"小静子"。哪怕平工村人把小老巴子、四十姑叫得震天响，尔育依旧方寸不乱，柔柔地唤着：小静子，和爸一块儿看电影去。小静子，给爸把那双木屐板拿来。

兆静不像平工村长大的孩子。平工村人在兆静读大学和兆静结婚后回平工村走动的时候爱这么评价兆静。兆静不知道这话是褒还是贬，但听了后觉得很受用。与尔育相反，兆静对平工村几乎有一种与生俱来的仇恨。尔育对这一点很豁达，他能够做到的是坚守自己。他对平工村有一种痴迷，他觉得若是换一个地方，他这下半辈子只会更糟而不会更好。在医学院求学时，兆静对尔育说：爸，以后我不一星期回来一次了，两星期回来一次吧？尔育点点头，充满理解和慈爱地看着兆静。过了一段日子，兆静又对尔育说：爸，功课紧，我三星期回来一次吧？尔育照旧点点头，他点得格外用力，下巴颏那儿颤动着，似乎想用那颤动抖去小静子冒出的内疚和惶恐。和丈夫热恋时，学历史的丈夫几次拐弯抹角地提出要到平工村去看看，都被兆静或含蓄或温柔或坚决地给挡了回去。有一次，历史学硕士给逼急了，一种追寻现实中的历史活化石的欲望被撩拨得汹涌澎湃，他说：我非去不可。兆静回得更绝：那好，等我给你准备好两个急救包一个氧气瓶一瓶硝酸甘油一瓶颠茄再去不迟，不然的话，你到那儿憋出病闷出病染上病路上捡到个病来我变不出个大活人还你爸你妈。历史学硕士傻眼了，在兆静被逼急了的这一通机关枪般的"扫射"中，历史学硕士闻到了许多他经久难忘的气息。也许这就是平工村的气息，女人直爽泼辣男人慓悍刁勇……兆静把这些情况如数家珍一五一十地告诉尔育，尔育哈哈大笑。似乎他早就料到他的小静子迟早会泄露平工村女人独有的气息。

这时候，总是在这样的时候兆静要缠着尔育，让他挤牙膏似的一点点挤出爷爷的形象来。她对爷爷充满敬佩和神往，不时随着尔育的描述和感叹爆发出她的感叹：爷爷真伟大，这么多工厂商店，简直不可思议。爷爷要不跑到台湾去的话，准保和荣毅仁一样，不是个人大副委员长也是个政协副主席，最赖也是个政协委员。

或是换一种针对尔育的疑问：爸爸，爷爷虽说死了，可你为什么不给伯伯写信呢？根据遗产继承法，你也有一份呀！

尔育淡淡一笑，他无法讲清历史也无法讲清自己。

若干年后，他的小静子说：爸爸，我要到日本去。这事挺烦，看来要村本先生帮忙。尔育也是这么淡淡一笑，这淡淡一笑完成的是尔育自己——他没有把自己的爱包括自己的恨硬塞给他的小静子。

一九八七年夏，在村本先生抵达中国之前，历史学硕士已经东渡扶桑。

他们还没有孩子。没有孩子的女人在丈夫去了异国是什么心情可想而知。但他们是现代的，充满现代人的冷静、达观和缠绵。

在丈夫出国前的一天夜里，夫妻俩有过温情脉脉而又相互体恤的长谈。

兆静对丈夫制订了一项"三不政策"：① 不单独驾车外出。② 不单独参加日本人的宴会。③ 不单独走夜路。丈夫为了报答妻子的关怀，又加上第 4 条：不单独与女孩子看电影看戏、喝咖啡喝威士忌。兆静满意地笑了，歪着脑袋说：这不是封建，是非常时期的非常政策。

然后他们约定，彼此等待两年。两年内，第 4 条土政策对双方都有同等的约束力。两年后，如果兆静仍然搞不到签证的话，历史学硕士和兆静共同制定的第 4 条土政策自行失效。历史学硕士犹豫一阵子后说道：不，我三年，你两年吧。兆静说：不，我三年，你两年吧。

那好吧，都是三年。

三年，差一天也不行。

一分钟也不行。

一秒钟也不行。

我不知道这是不是一个玩笑，但接踵而来的兆静与历史学硕士长达一年多的分居却是毋庸置疑的事实。

即使在最后关头，兆静在丈夫与父亲之间也充满了惶惑，如同曾经有过的夏日海滨的踏板滑浪——难以驾驭的平衡在于一朵浪与另一朵浪之间。即将分别的前夜，兆静忧心忡忡地对尔育说：爸，我还是，还是……

尔育仿佛知道兆静要说什么，摩挲着他的小静子的头发就像企图溶解某种冰块一般说：去吧去吧去吧。倘若尔育把摩挲兆静的手放下，用自己的一只手去摩挲自己的另一只手，这话就像尔育对自己说的，充满了对自己上路前的祈祷和祝愿。七天后，尔育就上路了。

16

兆杨没有忍住，最终他还是告诉了兆静尔育辞世的消息。他手里捏着一把长弓就没法不把箭射出去，但他的箭矢省略了兆槐，他没有把消息告诉兆槐。难以推测是什么原因，究竟是血缘的因素还是巨大的地位差异在暗中作祟，抑或是相反，兆杨的省略兆槐正是置身于兆槐的处境为兆槐着想：对另一个父亲的过分热切并不会给村本带来愉悦。

兆静接到尔育辞世的消息疯了一般，不顾一切要赶回上海见上尔育最后一面。兆杨解囊为兆静购买了一张东京直达上海的飞机票，并在兆静的提包里塞进一只泰国产的楠木骨灰盒。他对兆静说：我抽不出身，正在为公司谈一笔大宗买卖，你代我尽孝吧。

在中山环路的一家"梦"餐厅中，我见到了兆静。她似乎处在一种极度的惶惑之中。见了我的面，当我将尔育之死的两种可能和盘托出时，她就神经质地嚷道：自杀。父亲极有可能自杀。父亲有过自戕的历史，你知道吗自戕！然后她就喃喃低语：我不该离开父亲，不该……

17

那段历史可以劈成两半，或者说，它本来就是以两个半边的形式出现在兆静面前的。兆静从她在晋淮医院实习时的指导教师王尔博医生那儿听到了故事的一半，又从尔育生前所在的市二图书馆的老葛那儿听到了故事的另一半。

兆静从医学院毕业后，分配到了晋淮医院。这家医院是市里数一数二的大医院，刚好也是市二图书馆的定点挂钩医院。兆静报到的那一天，父亲对兆静说，我有点头晕，去开点药，陪你一块去吧。路上，兆静看着步调欢畅的父亲，便知道了父亲的心意，父亲是在分享她的喜悦。父亲信奉不为良相便为良医。

也就是在兆静报到的那一天，内科主任王尔博医生将兆静拉到一个角落里，指着尔育问道：这老人，是你……？兆静答道：我父亲。

王尔博医生对于尔育有着一种特殊的记忆，兆静就在那个夏天走进了王尔博医生的特殊记忆中……

是一九七二年还是一九七三年，我记不清了。反正那时候马路上的标语日渐稀少，空气渐渐变得凝固、结实起来。你可以假定那是冬天。那一年我忽然变得衰老起来，原来我体壮如牛气壮如牛，但那一年我生了许多莫名其妙的病，感冒腹泻红眼睛牙疼中耳炎等等。你说得对，这些病算不上莫名其妙，严格地说，是这些病来得莫名其妙。我开始检查起自己的致病原因，就是说力图找到病源。我到中医那配补膏补药，和妻子协同作战，合理安排饮食起居，然而这些努力白搭，病还是照生。我又到自己科室里折腾，钡餐 X 光摄影、纤维胃镜、肝功能化验、肾功能化验、肠功能化验，折腾得我自己觉得五脏六腑像用梳子捋了一遍，结论还是正常。

这时候王尔博医生结识了尔育。尔育那天来就诊，口诉的症状是感冒。尔育的面相给王尔博医生印象极深，眉棱很硬，像鹰翅；双颊又很饱满，像蝴蝶翩翩。尔育看上去又坚毅又和善，他替尔育诊治不觉就添了一份细致。他翻了翻尔育前面的病史记录，这一翻使他大惊失色。他发现尔育这一年来生的病几乎和他相差无二。他又从抽屉里挖出自己的那份病历，一对照，生病日期也不过相差一个星期左右。他不解地看着尔育，像看着自己的影子。两个星期前你腹泻过？嗯，拉肚。肚子并不疼，就是拉稀？对啊。拉得也不算太稀，就像……泡饭？对啊。次数也不是太多，每天也就三四次？对对对，对啊。

后来的几天王尔博医生是在惴惴不安中度过的。每天上班的第一件事是量体温，下班回家的第一件事仍然是量体温。但一个星期后，他还是感冒了，无可奈何、不可抗拒地感冒了。

那一段日子里王尔博医生在这个世界上最怕见到的人莫过于尔育了。

王医生后期患的病，是不是和医生的职业有一定联系，是一种精神性的或者叫什么心源性的疾病呢？当然，这并不排斥他认识尔育前，某种疾病的流行和社会大环境的联系。用流行病学的观点来看，应该允许这种偶合出现吧？我尽量倒出腹中那点可怜的医学知识，攥着掌心的冷汗问兆静。

我也不清楚。这得问精神病学专家。但对后者我和你想的一样，是一种偶然，仅仅是一种偶然。

我想说，但这种偶然发生在人流喧嚣、拥挤着无数胳膊和腿的城市生活中不能不让人感到恐怖感到神秘感到无可名状的、如同漂浮于高空中的颤栗。但我没说。"梦"餐厅之外的中山环路上正一辆接着一辆地驶过轿车、客车、载重车、面包车，但我不认识其中的任何一辆车任何一名驾驶员，面对生存的广阔我又能说什么呢？

毫无疑问，王尔博医生对尔育那一年的骨折必然有着相当强烈的印象。在尔育胳膊断裂前的两天，尔育曾去看过内科。王尔博医生没用尔育排队候诊就迫不及待把尔育拉到自己桌子前。

哪儿不舒服？头晕。还有呢？没了。就是头晕？就是头晕。然后就是测体温、观口腔、听心脏、量血压，折腾下来的结果，尔育一切正常。王医生松了一口气，埋头去开处方笺。

开几天病假给我吧？尔育突然固执地说。

病假？王医生觉得奇怪，尔育从来都是不要病假条的。尔育对他说过，他干的活是没人可替代的，病休的话只是挖去他自己生命的一部分，他不需要用自己的一部分生命去欺骗自己的另一部分生命。

开两天吧？王医生说。尔育这时嘀咕了一声，但王医生显然没有听清尔育的这一声嘀咕。其实这一声嘀咕对尔育的那条胳膊相当重要。尔育说：七天。王尔博医生只听到一串"chi"声，这声音让他联想到"吃"音，从而联想到吃药。

当然要吃药。休满两天后你再来看看。王医生很亲切地关照尔育。

两天后尔育果然来到了晋淮医院。但这一次尔育进的不是内科病室，而是外科病室。

故事的另一半在老葛那儿。

那年，有个大型日本友好代表团访华，翻译不够用。市里到文化系统各单位调集翻译人材，尔育被选中了。

市二图书馆的头儿老葛并不以为这是个什么了不得的大问题。他想尔育的眼睛没准会像西藏阿里地区常见的温泉，冒出许多灼热的液体。老葛拨通馆内老式的西门子公司电话机，却怎么也听不清尔育在另一头嘀咕些什么。末了，老葛只得委派办公室的小王姑娘去叫尔育。

尔育正在一号书库。从钟楼底下的一号书库到馆革委会办公室有一段路，途中要经过一个花坛和厕所。尔育跟在小王后面走到厕所那儿时，突然对小王说：我要上厕所。小王在厕所外等了一会，觉得自己不该守在这么一个地方，就喊道：我先走啦。到了办公室，老葛问：人呢？小王答道：在后面，马上就来。但尔育并没有马上就来，事后尔育对老葛说，他当时腹部胀得不行，冷汗从头淌到脚，小便像酱油汤在池子里漫开来，出来后只得奔医院去了。

显然，尔育告诉王尔博医生的症状与告诉老葛的症状大不一样。倘若根据告诉老葛的症状来诊断的话，七天病假是没有问题的。

老葛觉得尔育从厕所出来后直奔医院，这件事有点蹊跷，这不太像吴尔育的处世，不太尊重他，也不太清楚自己"敌性内处"的身份。老葛本来想追问尔育，但两天后尔育的胳膊折断并错位了。人的胳膊不是轻易能够折断和错位的，这件事实打消了老葛追问的欲望。他看了看尔育胳膊上的石膏绷带，屈起右手食指敲了敲，"咚咚"传出很真实的石膏被敲击后的声音。老葛带点遗憾地对尔育说：不容易呀这么一次机会。当翻译，跟着日本人，我们是反复研究慎重决定的。这牵涉到对你信任与否、信任到什么程度。

尔育默默点了点头。

尔育点头的神情像个孩子。兆静说，这件事情上父亲像个孩子。

我想尔育宁愿付出胳膊折裂错位的代价，而不愿再去充当日本人的翻译可能也是一种习惯，一种无法解释的习惯。像失恋的情人再也不愿靠近当年第一次幽会的所在。中学里，踢足球，冲撞中我在距球门45°角不远的地方撞落过一个牙齿。我知道掉落了的牙齿不可能再生长到原来的牙床上，但我发了疯一样在足球场的草棵里寻觅了半天，直到太阳西落也没有找到。后来的一段日子里，我踢球的时候就不愿再靠近那个45°角。我在回避着那一小块可能有着我失落的牙齿的土地。

难以想象的是尔育如何把自己的那条胳膊弄得折裂弄得错位的。某个冬日的黄昏或是清晨或是深夜，铁棍或是砖头，操起自己的一只手一只胳膊去敲击自己的另一只手另一只胳膊，铁棍或是砖头与胳膊猛烈相撞，然后骨头与骨头相撞，骨头与骨头相撞的结果产生骨头折裂、骨头错位……

无法想象。兆静没有看见这一幕。兆静从王尔博医生那儿听到故事的一半，从老葛那儿听到故事的另一半后，曾经试图把这个故事整合起来，但一半加另一半仍然不完整。

能够肯定的是尔育有足够的自戕的勇气，倘若进一步推论的话，也可以合乎逻辑地得出尔育同样有足够的吞咽苯巴比妥告别世界的勇气。

关于尔育死因之谜的天平开始倾斜。1：2，一边是兆杨，另一边是兆槐和兆静。

18

我为索解尔育死因之谜的日夜奔波终于惊动了我的朋友老石。老石是公安分局刑侦队的。老石对我说，那还不好办，尸体烧了没有？没烧，让陈法医帮你划上几刀。我说不是我，是尔育。

于是尔育又从那个铁格子里被拖出来。我在解剖室外的长廊上盘桓不息，从洞开的小窗那儿我看到了一丝不挂高大魁梧的尔育，胸脯的骨骼肩膀的骨骼臀部的骨骼脚踝的骨骼完好无缺。完整的尔育像沉浸在一个千年的梦里没有醒来。破坏尔育沉睡之梦的是我。世界与尔育已经无关，但我却与死去的尔育有关，我像出自本能一般不能容忍我所熟悉我所热爱的尔育带着谜离开这个世界。为了我的本能，死去的尔育不得不承受刀刃之宰割。我请求尔育原谅，我沉浸在医院来苏水的氛围里请求尔育原谅。陈法医手中的钢刀避虚就实直扑主题，就是说直扑尔育的腹腔和胃囊。两个小时之后，具有法律意义的有关吴尔育死亡的病理检查报告出来：

经查，死者胃部留有Ⅲ级程度的苯巴比妥侵蚀痕迹。

什么意思？

Ⅲ级程度是一个临界程度，就是说它既可能是出自抑制惊厥的需要而服用，又可能因剂量过大而导致中枢机制衰竭、导致中毒直至死亡，这里关键是个体的生理差异。

我说：通俗地说，这一剂量既可能是为了安眠也可能是为了自杀。

陈法医说：可以这么说。

尔育白白地挨了几刀。阿弥陀佛。

19

哀乐在大厅中间低回，尔育静静躺卧在鲜花丛中。大厅正中挂着尔育的巨幅遗照。照片显然没有对准焦距，尔育瞳仁中应该发黑的地方在放大后显出一片模糊的苍白，这使得尔育对世界的注视有点走神，也使人们无法把照片上的尔育和鲜花丛中的尔育变成同一个尔育。

人们分成泾渭分明的两拨子人，缓缓绕着尔育而流。一拨子人是尔育生前所在的市二图书馆的男女老少，他们男的西装领带，女的素裙曳曳，步履合乎规范地踩在哀乐的点子上；另一拨人就是平工村的那拨子人，他们穿得随便说得随便走路的姿势也随便。

此时此地，两股水流环绕着尔育的一生被融汇被统一在一个瞬间。在这一瞬间，我的思路蓦然洞开。我想尔育即将冒烟然后装进那只泰国制造的楠木盒子里并不意味着尔育死因之谜的揭橥。1∶2的结局不会是我满意的结局。我将继续，我的下一个目标应该是耗去尔育后半生相当多光阴的市二图书馆。

20

市二图书馆的建筑风格是典型的上一世纪的巴洛克建筑风格。走廊连着走廊，台阶连着台阶，曲曲弯弯透透迤迤，倘若不把握方向的话，可能永远走不出这迷宫似的走廊和台阶。装饰物臃肿不堪，壁板雕、墙线脚、画镜线、壁炉膛、圆形柱，一物连着一物，似乎永无止境。

就在这凝固了的上一世纪的语言之前，老葛指着一排卡片柜对我说：它死了。和尔育一起死了。

常见的图书馆里的那种卡片柜。有一长溜两大排，一排有48只抽屉，两排有96只抽屉。每只抽屉拉开都能看见铁丝穿行其中的一长摞的卡片。卡片的质地是道林纸的，不算厚也不算薄，一只抽屉能装下三百张。我算了一下，$300 \times 96 = 28\,800$，共有28 800张卡片。

还差四只抽屉就完成了。100只抽屉，尔育死也可瞑目了。老葛瞧着墙上挂着的尔育的遗像，耳语般地低声说道。最后我总算听明白了，这已经整理好的28 800张卡片，是馆藏的法文版图书，从三十年代一直积蓄到今天。这类书的整理、分类、摘要工作都是尔育在做。尔育整整干了三十年。只有尔育知道眼下这些书蒙着灰尘躺在从1号到12号书库的哪一个角落里。从三十年代到今天，差不多半个世纪，图书馆的书库不停扩展、搬迁，每搬迁一次图书的下落就被搞得不明不白。尔育从五十年代接手搞法文版图书以后，就成了法文版图书的导游。从左拉到波特莱尔，从瓦雷里到罗布-格里耶，从戴高乐到密特朗都在他的肚子里装着。倘若尔育再活上一年，尔育就可以把这些目录整理好，把每本法文书的栖身之地在目录上一一标明——这些书就活了，就没有必要仅仅依靠尔育一人充当导游了，那两长摞卡片也可以成为导游。但尔育突然撒手而去，没人再知道这28 800本图书一本本躲在哪一个书库的哪一个角落里。

除了他的死因之谜，尔育又留下了一个谜团。但这个谜团却启示了我，难道尔育会置他的96只抽屉三十年的生命而不顾，一头去追随海明威、川端康成和茨威格吗？即使人生再痛苦他不是也坚持了七十年了吗？为什么不可以再坚持一年完成那最后四只抽屉从而到达辉煌的100，就像到达辉煌的人生顶点一样呢？

这欠缺的四只抽屉证明，尔育不会自杀，即使他有自杀的愿望的话，付诸行动也应该在一年以后。

现在天平再度呈现平衡状态，2：2。

不是尾声

平工村上空的蓝色晚炊盘旋如鸽，市二图书馆的巴罗克建筑凝固着上一世纪的语言——我的下一个目标是选择在前者之中还是后者之中呢？或许还可以再辟蹊径，我听兆静说，在她出国之前她曾看到父亲给台湾的兄长写信，在那封辗转美国的一位亲戚然后到达台湾的信函中，尔育或许会袒露他晚年苍凉心境的所有奥秘，那封信从时间上来推算毕竟是他留给这个世界的最后文字。

对我来说，紧接着的难题是怎样获得那封信？

坐在草底下的人

过　去

我依靠想象撰写故事的上篇并以此语权作题记。

上　　篇

一

麦子在那年春末夏初之际稀稀疏疏。它们在广袤的故乡田野上仿佛要呐喊出某种声音，又最终什么声音都没能够发出。在它们浅绿和淡黄交织的茎秆的某一处有一道若隐若现的伤痕，它们在那儿与大地上的霜气、雾气、水汽以及一切能够转化为浆液的东西隔断了。它们干旱。

山子听得出麦子们没能发出的那种声音。在五月之末的一个清晨，他在田垄之上走得缓缓悠悠。他渴望听到那种声音。他是听着那种声音长大的。它沙沙。它飒飒。它们沙沙飒飒宛若在大地上行走。父辈们告诉山子，那是麦子们灌浆拔节孕穗的声音啊！如果在这个五月清晨时分山子能够听到这种声音，山子对自己说那就不走决不走。小风咬着山子。山子被小风咬着就知道他注定听不到那种声音。这像蚊子一样轻轻咬人的小风预示着一个阳光蒸腾的上午和下午。它们没有浆液的滋润它们不会发出声音。

师父在往日的清晨总是显得平和慈祥。师父常道一日之计在于晨。晨乃天地之精气至纯至粹之际。只能以平和之身方能吸附搜集晨时天地之精气。但在那个五月之末的清晨师父显得烦躁异常，在他深褐色的掌背爬出一层亮亮晶晶的汗粒。汗粒凝集着、成长着，最后相继滚落在练武溅起的一层浮灰之上。它们砸出的细小的窟窿颜色比之浮灰要深一些黑一些。山子清晰地看见了师父的烦躁不安。细小的窟窿眨眼之间和浮灰一起飞扬。山子心里明白那就是师父的烦躁。以前的日子师父不是这样的。师父做早晨的功课：猴拳、九节鞭、三节棍。一圈下来师父皮肤依然干爽得像等待收割的麦田。

山子嗫嚅着告诉师父：得走了。定下来了。后天。

师父的眼光阴沉地掠过练武的打谷场的平坦光秃的泥地。他的眼光罩得住打谷场之外的很大的一块田野，但他的眼光不敢在发不出声音的麦子们中间降落。

师父没说什么。九节鞭在空中划一道弧炸开一声响亮的唿哨。然后他把蛇皮做成的鞭子扔给山子，说：要。

山子不敢怠慢。山子在空中接过师父抛来的九节鞭。一条长蛇在他臂上或卷或曲，在他背上或盘或绕。山子呼呼作响变作了一条蛇。

师父紧绷着的脸上漫出一丝笑意。

山子接着玩猴拳。

山子接着玩三节棍。

师父的笑意渐深渐浓，渐渐地像夏天的绿意。

中午到我那儿喝酒。师父说。山子十六岁。山子从没在师父那儿喝过酒。山子在师父那儿拿惯了斟酒的酒壶。山子拿酒壶，师父拿酒盅，这层关系若按规矩山子至少十八岁才能解脱。可是在这个苦艾草散发出淡淡药香的清晨师父说中午到我家喝酒。恍惚之间山子就匆匆忙忙长大了。

山子怎么也不会忘记那条通向师父家的官道。他漂浮在夹住官道的阔叶胡杨之间像一只羽毛丰盈的鸟脚板蹭着胡杨的叶子发出唧唧的欢叫。从官道上可以眺望古黄河河道逶迤西去。密密匝匝的芦苇使得这一片古黄河河道消失了历史的苍茫。山子看见芦苇丛中钻出一只兴高采烈的野鸭子。又看见一只野鸭子引出一群野鸭子。它们呱呱叫喊紫色的苇穗摇晃不定。

再远处，古黄河河道泛出一片碱花。碱花浑浑茫茫铺展到浑浑茫茫的天际。然后就是海。有碱花的地方就是离海近了。古黄河在山子的家乡入海，然后留下了那宽宽荡荡的一片碱滩。

官道上，师父对山子说：我对不起你死去的父亲。

山子在这时隐隐约约理解了一个极陌生的词——父亲。

师父说你父亲是为山门而死。

那时山子不懂何为山门，但他记住了父亲是为山门而死。

师父在官道上把那杆拼接得结实匀称、节与节的过渡之间镶着黄金的九节鞭馈赠给少年山子。山子在那光可鉴人的红木鞭杆上看见了一个字：通。少年山子不知道这一个字已经决定了他命运的一部分。山子在那时一往情深的是鞭杆上师父的手掌厮磨出的五道浅浅的凹痕。

过了这个灾年就回吧。师父说。

嗯。少年山子说。

拿到那笔款子就回吧。师父继续说。

嗯。少年山子继续说。

这时临近晌午。这时官道上没有人迹没有人声。这时唯有阳光蒸腾之中弥漫的土腥味胀满少年山子的鼻腔。重要的是他再也忘不掉这时的官道像一条缠绕在他腰际的布带。

二

他想打一只狼，却打到一只麂子。在古黄河河道茂密的芦苇丛里他举起乌铳撂倒了那只毛色与狼相近的麂子。那只麂子在最后的时刻正在用它的前蹄刨动一丛芦苇的根部。从沙堆的颜色可以判断出，它已经刨动了相当长的一段时间，它的前蹄已经很累。在它极力挣扎时它的前腿仍处在痉挛之中。山子没能搞清那种痉挛是由于霰弹的作用还是由于累。他看到了沙堆颜色的变化：靠近芦苇根部的地方沙堆显示出水气浸润着的褐黄色，而隆起在死去的麂子旁的沙堆则显示出饱含阳光的灰白。山子忽然想到它是由于干渴才在这儿刨动芦根的。山子眼光中粼粼泛出一层怜悯。他的双手不由自主地代替麂子的前蹄深入到芦苇根部的沙壤之中。他接触到了块状的芦根，凉意从指尖那儿慢慢爬过手掌爬过手臂从肩关节那儿跃入大脑之中。他悲哀地想到母亲和妹妹在明年春上或许会和这只死去的麂子一样，将她们的双手深深插进沙壤之中去挖、去掘动能让她们活命的芦根。而那时他又在哪儿呢？

一只麂子让母亲有了三件事要做：收拾麂子，继续纳鞋底，捡花生。三件事母亲都是为他做的。麂子肉和皮、千层布鞋底、花生都将被母亲打进一只蓝布包裹之中。他将捐着这只蓝布包裹开始他漂泊的旅程。

坐在院落的竹椅上，看母亲收拾红色淋淋的麂子肉该是一件多么让少年山子愉悦宁静的事情啊！在时光漫漫逝去许多年之后，在山子的回忆中，母亲留给他最生动的画面莫过于母亲面对麂子肉的画面了。他活跃在画面之上像一个精灵，依偎在母亲的脚旁；他也像一个成熟的男人，完成了一个男人份内的事，看着和他不一样的女人继续完成这劳动的另一半。母亲把一坨食盐敲得细细碎碎，再把细细碎碎的盐粒揉搓进麂子肉的深处。母亲一遍遍地擦，一遍遍地揉搓，像在努力把一个故事讲完整。阳光穿过院落的竹篱，穿过竹篱上缠绕的葫芦藤蔓，在他身上，在母亲月牙白的斜对襟衣衫上，在小妹光裸着的脊背上，投下葫芦叶子和藤的形状，斑驳、零落，像一个再也不会完整的故事。

他说，妈，我来吧。

母亲说，你好生歇息，赶明儿要搭长路。好长的路哩。妈都没走过这么长的路哩。母亲说得泪水涟涟。

雪白的盐粒，红色淋漓的麂子肉，在母亲深褐色的手掌之中继续摩擦，继续旋转，后来它们在正午的阳光之下渐渐缩小。

他记得他对母亲说：妈，麂子肉你和小妹留着吧。小妹听到他的话细细弯弯的眼睛流出一抹亮色。那年，小妹该满十岁了。

母亲说，别，城里人稀罕个野物。你留着，用得着的时候送个人，换个钱，都能救救急患哩。

母亲还说，鞋底送你二舅，他脚板平，布鞋好行路。花生送你上海的师父，虽说东西薄，也算你的一份心意。

他咬咬牙，点点头。那时他不会知道，那时母亲也不会知道，日后这三样东西没有一样是遵从母亲的嘱咐得到归宿。

三

那是最后一个黄昏，他没有忘记到庄子边沿的土地庙去。他在那儿度过了十六岁之前的许许多多个黄昏。土地庙前有块奢侈的空地，他眷恋的是那块空地。

耍九节鞭。九节鞭好看。

三节棍。三节棍是真功夫。

耍猴拳。猴拳好玩。

他就是在男男女女的同龄伙伴们的叫喊声中成为中心，成为那块空地，那已经飞掠而过的无数个黄昏的占有者。

只有桂子在那片叫喊声中缄默无语。在她被清泾河水洗濯得格外黑亮光滑的发髻上插一朵素白的小野菊。

她不插牵牛，因为山子说牵牛花太弯。

她不插茉莉，因为山子说茉莉花太招摇。

她插小野菊，山子说好说合适。

桂子噘起嘴说，山子哥，你是在骂人哩。哪儿没有小野菊啊！它开得贱，沟渠、田垄、官道，哪儿都有它哩。你是在骂我贱哩。

山子说，你才冤枉人哩。我喜欢它就是喜欢。你愿插就插，不插拉倒。我喜欢它白，喜欢它开得长久。你愿插就插，不插我还逼着你不成？

桂子一跺脚，一朵小野菊被她从发髻上扯下，然后丢到沟渠里，打了个漂，没了。但到第二天，她的发髻上又会生出一朵比之昨天更大一点更精神一点的小野菊。那时山子的眼光就得小心翼翼地避开桂子投过来的嗔怨和忿怒。

桂子插小野菊，山子在黄昏时分就得耍石锁。桂子说：山子哥，我不喜欢看你玩三节棍。它太武。

山子说九节鞭呢？

桂子说，更不爱看，蛇一样的，看了夜里做恶梦，老梦见一条蛇缠着……你。

山子有点心动，又说，猴拳呢？你总爱看耍猴吧？

桂子说。谁爱看啦？活蹦乱跳的，老像长不大似的。

于是山子舞石锁。于是山子只要看见桂子发髻上在黄昏的迷濛时分闪烁的白色小野菊就会不顾众人的呐喊舞开石锁。

他把手臂弯成三角。左臂和右臂形成两个三角。石锁在少年山子身上似乎获得了某种灵性，从左三角区域轻盈地腾挪到右三角区域，从山子的裆下腾挪到山子的头顶，然后山子用胸脯上的胸大肌去承受它，用肩胛骨上的三角肌去承受它。它像一只灰兔在山子身上或东或西地蹿跃，而从远处的另一个角度注视它，它像一只灰鸽环绕着山子飞翔。它不会飞离山子。只要山子愿意，他就是那只灰鸽永远挣不脱的鸟笼。

他想他那时就是依靠石锁掠夺了桂子的。后来他在城市里舞过三节棍，舞过九节鞭，也舞过猴拳，却再也没有舞过石锁。他把那只石锁留在故乡了，留在桂子的视野之中。

你是一块石头，一块石头做的锁。桂子说。桂子说时一双眼睛热辣辣地瞧着山子。这时月光很好。这时很好的月光下桂子的胸脯起伏的厉害。她穿旧时的月牙白的小褂。去年的衣服已裹不住她今年的身体。在月牙白小褂之下似乎也有两只灰鸽不甘寂寞地扇动着翅翼。

那我就送你一块石头，这块石头做的锁就送你哩。山子怯怯地说。

我……收下。桂子说。

在这时少年山子和桂子已经走在古黄河河道上。他们走过了那片芦苇丛，他们听见苇喳子被他们莽撞热切的脚步惊起，扑愣愣在夜空中做盲目地遨游和叫唤。他们渐渐离村庄很远，他们渐渐离大海很近。月光之下的碱滩愈发显得洁白亮眼。碱滩之上他们听得见大海发出的潮声。

那好大的城也靠海吗？桂子说。

靠海。山子答道。他想专注地听涛声，听到的却尽是自己的心跳。

那海和咱这儿的一样吗？

是海还能不一样？是天还能不一样？山子想当然地答道。

不一样就不一样，是人还不一样哩！是地还不一样哩！桂子说。然后她又说，你和我就不一样哩！

咋不一样呢？山子说。

桂子不吱声。桂子往海那儿走。桂子突然驻足，桂子说：我想抱你，你想抱我吗？

山子愣了片刻。山子突然发一声吼：想！想想想！他已经抱住了桂子。他已经扳倒了桂子。他已经压在了桂子身体之上。他捉住了那两只扇动翅翼的灰鸽。它们在他手中噗噗跳动，它们心甘情愿地把他的手当作了鸟笼……

然后他听到了海的潮声。那忽然变化了的潮声把他惊醒了。他想到了一座城市。他想他马上要到那座城市去了。他带着无比的惊恐叫了一声：桂子，明年！明年！

夜潮这时漫到了他们脚下。夜潮这时把螃蟹拖回到波涛之中。

桂子不甘心地说，山子哥，到城里你不会变心吧？

山子说，不会！

桂子说，你变心的话我就把石锁扔我们家的咸菜缸里，让它沤在咸菜缸里，镇在咸菜缸里。那么壮的一块石头，腌咸菜管用哩。桂子说完咯咯径自笑了。

山子说，我不变心呢？

桂子说，我用它当锁，锁我的心，也锁你的——心！在说到"心"字时她把手插在山子的心之上。

山子趁势抓住桂子的手说，不变！不变！变了就是那块石头！

夜潮这时已漫过了他们的脚踝。

四

船在清泾河启碇，船穿过里下河。船穿过邮湖。船在邮湖的湖心岛沙滩那儿搁浅。船不大。船有篷。船的篷之下有四只船舱，山子占据了靠舵的一只船舱。隔着山子的船舱住着一个人。他在船搁浅之前从建湖上来的。他戴着一顶毡帽，帽檐比山子看过的所有的帽子要宽，帽子也就显得深，像桶。少年山子不敢问那人的姓名，他在心弄管那人叫"桶"。他不是种田的。山子一看他的脸他的手就知道他不是种田的。桶始终阴阴沉沉，寸步不离他携带的几只麻袋。

船在邮湖搁浅。船在邮湖搁浅时桶比谁都要焦急。天渐渐擦黑，邮湖在暝色四合中像一个垂死者的眼睑，有着某种急于倾诉的波光，但这波光却难以泛起波涛，只是在无风无光无星的初夏之夜向黑暗之谷更深地滑去。终于，最后一点波光也仿佛被一个逃离的生命席卷而去。船是毫无疑问搁浅了。桶终于踱到船老大那儿，他一把揪住船老大的衣领说：今夜开不了这船，把你的命留在邮湖。桶的口音表明他是远离邮湖的南方一带的人。

船老大说，这能怪我吗这能怪我吗？

桶说，走了就不怪你。

少年山子这时听到一声嘹亮的汽笛在邮湖湖面荡漾不息。他还看到在古运河河道常见的小火轮亮着贼亮的灯光急驰而来。

少年山子平静地走到桶面前说：你放了他。

桶瞧了瞧他的年龄，他的手和脚，然后说：他是你爹？

山子说，不是。

桶啰了啰下巴，示意山子离开。

你放了他。山子继续说。

桶差不多被激怒了。他差不多要说出他早就想说的一些话了。但他忽然松了手。他对山子说，你有好主意？

山子点了点头。

在小火轮经过湖心岛的沙滩时，排浪像倒塌的一堵又一堵墙。船上的人在搁浅的船的另侧等待排浪的到来。然后他们在山子嘎嘎变声的嗓子发出一声吼时一起发出同样的一声吼。船被吼声席卷而去。船被邮湖的排浪席卷而去。船终于回到了邮湖的波涛之中。

桶欣慰地看了看麻袋们，看了看少年山子。在这一刹那，少年山子与麻袋们等值。

五

船在吴淞口告别长江。船在吴淞口那儿转进黄浦江。船在昔日的公园桥那儿转进苏州河。船在潭子湾那儿告别苏州河转进菜子浜。

到了告别船的时候，少年山子不知道该怎样告别。他知道的只是必须完成这一场告别。他已经看到了炮台，看到了比小火轮大得多的轮船，看到了鳞次栉比的高楼大厦。他知道他看到了这些就到了城市就到了必须告别船的时候。

桶先上岸。桶掮着麻袋上岸。桶给山子留了个地址：庆培里16号。桶说：小兄弟，有什么事到那儿找我。你说找阔疤老五就是了。他摘下毡帽挥了挥手。山子看到了被毡帽覆盖着的桃形刀疤。

现在少年山子必须告别船。他不可能像桶或者说像阔疤老五那样告别船。

他眷恋船。似乎告别了这艘船他就告别了故乡，告别了母亲、妹妹，告别了师父，当然也就告别了石锁和桂子。

正是早晨。许多年前的菜子浜有着早晨的氤氲之气弥漫，它来自于夹峙菜子浜两岸的芦苇、稻菽和星罗棋布的鱼塘。少年山子看到那股氤氲之气在船首萦绕不绝。随着太阳渐开，氤氲之气渐渐呈半透明状。在这半透明状中少年山子恍惚看见一个女性的裸体。从背影看她像桂子，但她转瞬即逝。

少年山子从来没有见过桂子的裸体。他不能肯定也不敢肯定那裸体的女性是谁。太阳迅速升高。他必须在太阳升高时离开船。

他终于决定，沿着一只野鸭子凫水上岸的路径离开船。他不知道那只野鸭子最终将把他引向何方。他只是觉得在他必须上岸时出现的那只野鸭子或许昭示着今后命运的一种轨迹。

他喜欢野鸭子。尤其喜欢在古黄河河道的芦苇丛边听野鸭子的叫唤。

我仍然依靠想象撰写故事的下篇。在我撰写故事的下篇时，我正在浙江富阳参加上海作协举办的创作夏令营。与我们同室的吴亮在继续他的城市心灵学的研究。他撰写了一个又一个题目：《商场与乐园》、《城市假面》等等。城市在他的解析之下衍生出千丝万缕简单的抽象的线条，又由千丝万缕简单的线条变化成错综复杂的网络系统。我说城市就是如此。我说城市还可以从另一个角度开始解析，譬如语言。我说我写过一个题目："城市：一个动词的退化与另一个动词的亢进"，副题是"——弥漫与吞噬"。我说弥漫需要空间的某种保证，而城市的空间被分割被宰割了，这一个词只能在被分割被宰割的空间丧失它原来的功能。我还说吞噬在城市却进入一种亢奋状态，它无处不在、无时不在，你在城市时常会有一种被吞噬感。比如商场、比如影剧院、比如车站、比如陋巷、比如高楼，它们不动声色地吞噬了许多东西：物的和非物的、人性的和非人性的、乏味的和充满故事性的……在我如此表述时我忽然顿悟到故事的下篇应该如何想象。

下　　篇

一

女仆阿米看见他从一辆奥斯汀车上下来走进一条弯曲的巷子。然后那辆奥斯汀车消失在人流汹涌车流汹涌的大街上。当女仆阿米一个人凝视着前面渐渐缩小的背影时，阿米忽然间不能够肯定那飘飘逸逸的背影是不是她老爷的背影。

这是一个阿米多次经过却从来没有深入过的地方。阿米的哥哥家离这个地方不远，但这并不妨碍阿米无法表达这个地方。这个地方确确实实是阿米说不清楚的地方。阿米知道这个地方10年前发生过一场械斗。有许多人在这场械斗中死了。阿米还知道这个地方在这场械斗发生后的第二年不可思议地出现了一个有钱的寡妇。更令阿米不可思议的是这个有钱的寡妇始终没有搬离这条弯弯曲曲的陋巷。她带着一个女孩固执地生活在陋巷之中。

老爷不应该出现在这样的地方。那个背影不是老爷的背影。当阿米重新回到极司菲尔路的哥特式洋房时，阿米始终在回忆中重新描摹那个背影的形状。她在是与不是之间反复徘徊，但是随着回忆的深入她渐渐肯定那个背影是老爷的背影。

她推开东楼底层老爷的吸烟间，没有发现老爷像往常那样躺在烟榻上。她听见吸烟间的壁钟在这时敲响十点。上午十点，在往常这是老爷不会变更的吸烟时间。阿米看见两颗烟丸躺在一只洁白的马蹄形瓷盘之中。她伸手摸了摸铺着一层金黄色福建篾席的烟榻，它凉爽宜人，没有正在慢慢消失的人的体温。接着她摸了摸烟榻之侧的华生牌电扇的马达部位，涂着一层橄榄绿的电扇给了她与福建篾席同样的凉爽的触感。

女仆阿米这时觉得这一个日子奇怪。她抬头看了看在百页窗之下悬挂着的一本精制挂历。她看见了这一个日子：一九二九年六月五日。

在这时她的老爷或者说山子正禁锢在这一个日子中无法逃脱。这一个日子对她的老爷或者说山子而言是一个命定的日子，他不可能遗忘这一个日子，就是说他不可能不在这一个日子里展开回忆。

一九二九年六月五日。这一个命定的日子是如何展开的呢？在少年山子起床时这一个日子没有任何先兆。太阳像往日一样从高楼背后升起。它没有在云层中渐渐弥漫一种橙红色的早霞，或者说它的弥漫被高楼阻隔了而没有到达少年山子的眼帘之中。少年山子在看不见早霞的晨光中心头郁结着难以诉述的惆怅。

母亲说，到了上海先找你二舅。母亲给了他一个地址：木坊路

过 去

197弄3号。

师父说，到了上海什么事都不管不问，先找到瞿镜河。他和我同辈。师父指了指送给他的九节鞭上的"通"字说。你找到他，他就是你师父。什么事都得按师父的吩咐，按山门的规矩办。师父也给了他一个地址：梵航渡路903弄1号。

这样，加上庆培里16号，少年山子的蓝布包裹里有了三个地址。他其实有了三种选择，但在一九二九年六月五日少年山子并不知道他藏匿在包裹之中的三个地址意味着三种选择。

少年山子没有按母亲的嘱咐首先到二舅那儿去。少年山子在那时只有十六岁。母亲在他心中意味着柴扉竹篱以及葫芦藤蔓支撑起来的一个鸟巢。他只有在疲倦时才会需要这个温暖的、永远不会拒绝他的鸟巢。但他现在需要的是翱翔。他想他长大了。他想他不会遵循母亲的嘱咐去重复母亲的归宿。

城市的夕阳橘红中透出丝丝缕缕的黑晕。这是一个闷热异常的初夏的黄昏。当少年山子站立在梵航渡路903弄1号的黑漆大门前时，天已经完全擦黑了。

大门完全敞开，显示出与另一些紧闭着的门们的不一样的气魄。它显示出它在这座庞大嘈杂的城市中用不着畏惧什么。敞开的门镇定自若。没有人在这扇敞开的大门前停留，匆匆的步履在这里更加匆匆。

该怎样描摹或叙述少年山子站立在这扇大门前的感受呢？他肯定已被城市的庞大镇服了，他像一只家养的小狗蓦然被放逐到无边无涯的森林中。在故乡，黄昏意味着归来，意味着大人们在野外荷锄而归，意味着孩子们从清泾河岸的灌木丛中捉回许多纺织娘的歌吟而归，但在城市，黄昏似乎意味着开始，意味着许许多多的人物开始进入故事进入角色。一些饭馆在这时开始营业，一些赌场在这时开始喧嚣，一些剧院在这时准备拉开帷幕而演员们正在后台化妆和试装。少年山子肯定感受到了这一切，感受到了这一切却又说不清楚这一切。或者说，在这时他油然而生一种渴望，渴望有一个人能听听他对这一切的感受。但在这座拥挤着无数人的城市，却没有一个人是他所认识的。少年山子干渴之极，面对的水却是咸味的海。在少年山子降临人世之后，他第一次开始咀嚼孤独。

就这样，少年山子跨进了梵航渡路903弄1号大门。在他跨进大门时一只敛翅歇息在石狮上的麻雀突然飞起。他的脚踵随着那只麻雀的飞起有一种谐振般的轻微颤抖。在这时，故事的准备其实已经完成，一个来自于古黄河河道旁的乡间少年已经不可能成为一个拒绝者，拒绝这扇门对他的要求。

一个成熟的男性的声音喝住了少年山子。一个汉子从墙沿的一只机凳上站起，抱拳向少年山子作了一揖，说：老大贵姓？

在下姓潘。山子说。

那么老大在帮？

赶船不上，在旱码头进家。山子继续说。

汉子露出笑意。汉子说，老大哪一个字？

悟。山子说。

汉子前膝迅速弯出一个恭敬的弧度，朝少年山子一拜说，师父受弟子一拜。

山子连忙执手还礼，说：这、这……

汉子说，一师皆师，一徒皆徒，师父不必过谦。

少年山子在这时感受到莫大的安慰。他感觉到一种力量，他是这种力量的一个组成部分，但同时他又必须服从于这种力量。他忽然明白师父为什么会反复告诫他到上海后先找到瞿镜河。他感谢师父。他很自然地想到了那条穿越故乡土地的古运河河道。师父说先祖们就是在这条河道上创立了山门，组织漕运。师父说先祖们的名字叫翁岩、钱坚、潘清。师父说那些好听的双音节词时喉咙里有着邈远的涛声和桨声。那条河对师父而言与生俱来。那条河对父亲而言与生俱来。那条河对山子而言同样与生俱来。那是一条与生俱来的河。少年山子不可能成为这一条河的拒绝者。

那天停电。那个初夏之夜刚好停电。那个初夏之夜因为停电显得很蓝。关于停电的叫喊声咒骂声此起彼伏响彻在城市很蓝的夜空之下，然后它们渐趋沉寂。与此同时少年山子看见一颗亮得耀眼的陨星从深邃浩渺的蓝色中滑掠而过。有一个人死了，少年山子想。然后少年山子看见烛光在城市的许多窗牖中如一些笋尖长长短短、或高或矮地摇曳闪烁。

他看见了一片更辉煌的烛光。几十支重达一斤的粗壮的蜡烛的炽烈光芒撑起一座大殿浑圆开阔的穹顶。先祖们高高在上。在炽烈的烛光下他们显得庄严、沉默和神秘。那过于炽烈的烛光似乎只能够来自于他们的眼睛、来自于他们栖身的上界。他们不再是挂在墙上的一幅画。

瞿镜河端坐。他的脸线条刚硬，凸出的颧骨刀削过一般。他四十开外，比山子想象得要年轻。他套一件黑色的柞蚕丝织就的对襟衫，敞开的领口微微泄露出一撮胸毛。他坐在那幅画下，坐在那幅画之下安放的一只紫红木太师椅上。太师椅两侧分别安放着两只青铜香炉。香炉之中五支香合抱在一起燃出氤氲青烟。少年山子知道这是山门里的"五子抱头香"。燃这样的香往往说明山门里有什么事要发生了。瞿镜河端坐在先祖们的那幅画之下以及两只香炉飘袅而出的青烟之中。在他口中念念有词诵读了一番类似祭祀的话语后，他抬头看了一眼紧跟在内巡查后进来的山子一眼。山子赶紧送上师父送给瞿镜河的名片。瞿镜河点了下头，表示他知道了，然后他示意山子像他众多的徒弟和徒孙一样，跪立在香堂两侧。

来自于古黄河河道旁的一个村落的山子这时的头脑一片空白。他看见了那幅画，看见了青铜香炉中氤氲逸出的青烟，他还看见了青烟飘飘忽忽遮罩着的两幅楹联一般的文字：

清净道德，文成佛法，能仁智慧
本来自性，圆明兴理，大通悟觉

少年山子看见了师父的那个字：

通

少年山子还看见了自己的那个字：

悟

少年山子熟悉这二十四个字，熟悉这两个字。在家乡，在师父为他举行的拜师仪式上，它们用篆隶书写；在这里，它们用魏碑书写。遒劲的魏碑的线条与瞿镜河的脸部线条相似。少年山子知道，他不可能拒绝这二十四个字、这二十四个字之中的两个字，无论它们是用篆隶或者魏碑书写。

山子右膝着地跪拜在这二十四个字之前的瞬间。忽然想到母亲给他的蓝布包裹已不知被他丢置在香堂的哪一个角落。但那蓝布包裹已不是重要的了。在这样的烛光这样的一幅画之下，麂子肉又有什么可稀罕的呢？它与香堂的氛围格格不入。

瞿镜河缓缓说出了山门里即将发生的事。那件事是关于一场械斗。跪拜的人群发出了一声合抱在一起的吼叫：干！

"五子抱头香"在这一声吼叫的裹挟之中有轻微的摇晃。但又有谁注意到这种摇晃呢？许多这样的事在山门里发生过，今天则不过是昨天的继续而已。

在登车出发之际，在香堂门槛的右侧，山子发现了他的那只蓝布包裹。他几乎没有思索就把那只包裹夹在腋下跳上一辆道奇十轮卡。

这一场械斗山子发挥得淋漓尽致。一个急剧膨胀陌生无比的城市空间潜入在少年山子的肺腑之中。他像一个溺水者面对的是从来不曾涉足的陌生水域。在水域之上他出自本能地抓住一切能够被抓住的东西：木板或草，救生圈或树枝。少年山子抓住的是嵌有"通"字的九节鞭。

他第一次面对同类的活生生的生命挥舞他的九节鞭。九节鞭在城市上空炸响。在它炸响的同时有惨烈的叫声崛起。初夏之夜气压很低空气湿度很重，这使得九节鞭炸响的呼呼之声染上某种压抑。或许不是空气的原因，而是空间的原因，狭仄的城市空间妨碍了九节鞭炸响的呼呼之声的传播，妨碍它成为一串急促的马蹄之声，而在古黄河河道所展示的广袤空间中，它曾是由近渐远、渐次被拓深被绵延的马蹄之声。它响得邈远，它显示的是大地的邈远。

一条陋巷尽头的狭仄的空地。它仿佛就是为某一次械斗而准备的。它被黑灰色的煤渣铺展得很平。它热乎乎的，它离开焦炉的时间不能算太长。它覆盖了很多东西：西瓜皮、蛋壳、鸡屎或许还有孩子们玩耍的弹子洞。或许它就是为这一场械斗而准备的。一些血将浸湿这黑灰色的煤渣。它们沿着煤渣之间的孔隙成为被藏匿的东西。在天明的时候居住在陋巷的人们可以看见煤渣之上的一些血，而更多的血是看不见的。

少年山子不可能知道这些血中将混合着他二舅的血。在最初的混战中他舞动得小心翼翼，把握着极好的分寸感。九节鞭的梢头总是长着眼睛一般舞动在对手的肩头、胳膊肘、小腿、大腿外侧以及屁股上。梢头在他的手感中仿佛像一支船桨，有着某种阻力但又能把这种阻力轻盈地剪开。只是在后来，一个对手舞动着三节棍与他缠绕在一起时他才忘记了那种旋律感、那种分寸感。那人的三节棍舞动得很好。那人的三节棍让山子感觉到似曾相识。它像故乡原野上逃窜着的狐狸和狼：狡猾、柔韧而又凶狠。这一棍法似乎也来自于师父。在这时少年山子蓦然涌上一种宿命的感觉：不是他死就是他的对手死。

山子的对手或许产生了和山子相似的感觉，他的棍法有刹那的静止和迟疑。他想说点什么，但这时械斗双方都注意到这鞭与棍的缠绕和激战。有人叫道：×他妈的，给他点红颜色搽脸！

梢头的手感在这时渐渐起了变化。它渐渐像井中的辘轳，渐渐地离开井面也渐渐地沉重。最后它爆发出一声钝响，像一只舢板撞在岩石之上。接着少年山子看见一滩他熟悉的血喷薄而出染红一堆煤渣。他还看见一双他熟悉的眼睛怔怔地凝望着蓝得深邃的夜空。

一双弯曲的像汤匙般的眼睛来自于相同的祖先。少年山子熟悉眼睛的这种或弯或撇的弧度。他在这种弧度凝视之下裸足奔跑、穿衣、喝生水、劈柴并且长大。

少年山子扔掉手中的鞭子荡气回肠地叫出一声：二舅！

现在祁立宇站在昔日的煤渣曾经铺过的空地上。煤渣荡然无存，那个乡村少年悲恸欲绝的呼喊声荡然无存。一个十岁左右的小女孩披散着蓬松凌乱的羊角辫不顾一切地裸足奔跑在煤渣之上。她不顾一切地扑向父亲，扑向父亲脊背上的淋漓鲜血，然后她带着她父亲的血拼命撕扯木然如鸡的山子的头发。她哭泣，并且像一个成熟的女人那样长嚎。她咬山子的肩，一粒完整的黄金瓜籽原本挂在她的嘴角，随着她嘴唇的咬动那粒瓜籽完整地嵌进山子肩部的血痕之中。现在那个女孩的哭泣荡然无存，那粒完整的黄金瓜籽同样荡然无存。

煤渣已被粗糙的水泥地坪取代。水泥地坪之上搭建着一座草台戏班的戏棚。祁立宇正挥手撩起戏棚右侧的蓝布门帘。毫无疑问的是，他打算走进这门帘之后的世界。

在女仆阿米的想象中，老爷走进的也是蓝布门帘之后的世界。在她搜索枯肠穷尽对那条陋巷的想象和传说之后，她忽然想到酷爱淮剧的老爷肯定是到那个草台戏班去了。阿米依稀记起嫂子曾经告诉她：陋巷深处有个草台戏班，戏班的女角中有一个人和阿米长得相像。嫂子的话勾起了阿米的醋意，但在醋意之中又蕴含着某种暖意，因为这毕竟说明老爷是喜欢她阿米如此这般的眼睛和鼻子、嘴唇以及它们与脸型的那种组合。

女仆阿米或然产生一种极浪漫的想法：她可以和草台戏班的女角同时出现在老爷面前吗？作为极为相似的两个女人的同时出现，老爷会做出何种选择呢？女仆阿米这时彻底记起了那条巷子：木坊路197弄。

二

少年山子记住了一种弧度：中间是穹顶似的浑圆，两头是蚕叶般的尖梢，或者说比之蚕叶的尖梢要扁圆一些。

它与汤匙的形状相似。

许多年过去之后，在阿米的回忆中也出现了这一种弧度。阿米在回忆中隐隐约约感觉到她的老爷家省略了这种弧度。在老爷家没有一柄瓷质的汤匙。它们是紫铜的或者是银的或者是金质的。它们的柄瘦长而与剑的形状相似。阿米想老爷家很阔。

少年山子记住这种弧度的目的是为了不再见到这种弧度。也就是说在很长的一段时间内他不敢想到母亲，当然也不敢回家去见母亲。他杀死了母亲的弟弟。母亲的弟弟是他的二舅，他杀死了二舅。

少年山子怀着对母亲的负罪感开始了他在这座城市中的生活。他开始仇视他的身体、他的生命以报答他的母亲。他想就是他的身体、他的生命扼杀了母亲弟弟的生命。他还想他的仇视与那个扎着羊角辫的十岁小女孩的仇视一致。母亲说，到上海先找你二舅。他没有听母亲的话。他听母亲的话就不会杀死二舅。他愧对母亲。

他首先仇视的是他的手。是他的手甩出了那最直接的盘旋如金蛇狂舞的一鞭。在一次械斗中他的手背被捅开寸长的伤口。接下来他仇视他的脚，是他的脚在二舅中了一鞭之后又蹚出让二舅仰天而卧的一击。在一次械斗中他的脚被一块秤砣般的铁块狠狠砸中，一截脚指甲与脚分离而远遁。再接下来他的肩受伤，然后又渐次挨到屁股、挨到脑袋。

山子难以预料的是，他越是仇视他的身体，他的身体所获得的褒赏越多。在他的手受伤痊愈之后，他有了一副来自于意大利的麂皮手套。在他的脚受伤痊愈之后，他有了一辆来自美国的雪佛莱轿车。在他的肩部、臂部和脑袋分别受伤之后他有一天获得了一间花园小洋房。

手套保护他的手。小轿车代替他的脚。花园小洋房则以它的茉莉、刺槐、丁香的浓郁香味簇拥着他的肩和他的脑袋。他的皮肤被来自于巴黎的高级润肤霜涂抹得像光滑的道林纸。他的肩被培罗蒙西服包裹得棱角分明而又温文尔雅。城市成为他生命史中的反讽。似乎他越是在城市的各个角落疯狂地仇视自己的身体，城市越是给他的身体以太多的宠爱和庇护。

或许不。或许他没有在任何地方任何时候都仇视他自己的身体。有时他怀有瞬时的温情。在少年山子那儿最初这是一个以逆命题出现的现象：给对手的身体某种怜惜。如同死人是棺材铺老板的衣食父母一样，山子的对手也是山子的衣食父母。他的对手越是强悍骠勇，他获得的犒赏越是丰厚充裕。他怜惜对手的深层心绪也就是意味着怜惜自己。

只能说城市给予他的褒赏和庇护促使他产生怜惜之情促使他对城市心旌摇荡。摇曳出一片早春绿叶、一团柔软的夏夜雨意。

确实是在夏天。起初他粗鲁地用脚趾踢一个汉子的大腿。汉子的大腿毛发葳蕤盈溢着夏天的汗腻和油腻。那是一场和夏天有着太多联系的械斗。那个汉子的大腿自然在夏天赤裸着。在他的大腿之中蜷缩一只绿意盎然的西瓜。通过这场械斗山子弄明白一个简单的事实：在城市中出现的西瓜不仅和田野和驳船的航运有关，而且还和械斗有关。谁是这一场械斗的赢者，谁将能垄断这座城市在夏天需要的几百万只西瓜。那个武艺高强的汉子为了西瓜倒在了山子脚下。他处在将死未死之中。他在呻吟。他无力扭动大腿。他的大腿内侧有着山子的九节鞭劈开的一道鲜红的伤口。他的短裤被九节鞭的鞭梢挑到了一个瓜棚的棚檐之下，像一面飘扬的"酒"字旗。他的下身的很圆的东西与很圆的西瓜在瓜街的泥地之上如同正午的阳光一样触目。

嘿，这只×真大。

两只，一只黑，一只绿。

阔疤老五的脚跨越了汉子的身体悬在汉子的下身或者说那只绿意盎然的西瓜之上。脚掌上的瓜瓤在悬浮之中摇摇欲坠。它即将踏下去。踏向它之下的黑的或者绿的球圆形物体。山子阻止了那只脚掌。他的身手敏捷如猴。

我来。山子说。他的脚掌准确地踏向那只绿意盎然的西瓜瓜蒂部位。

西瓜粲然露出粉身碎骨的一笑。有一些瓜就这样在城市中消失了。在地上呻吟不止的汉子向山子投以感激的一笑。

但这样一些如同瓜蒂一般柔韧软和的举止在山子是很少的。他不敢过多地沉浸在这种柔软之中。这种柔软总会使他想起母亲，想起母亲在他的蓝布包裹中放下的花生、千层鞋底、麂子肉和一个地址。

四年或五年之后。他从故乡的田野中带来的乳名消失了，就是说乳名渐渐地从他的睡梦和记忆中消失了。在四年或五年之前，他杀死了这个城里唯一一个知道他乳名的人、一个熟悉他的人。尔后许多他不熟悉的人开始熟悉起来。那个唯一熟悉他乳名的人长眠在城市西北郊的公墓之中,他的乳名也就与他一起安眠在城市西北郊的萋萋青草之下。在一些场合他叫拼命石秀,或是长脚石秀,或是三郎,而在另一些场合他叫祁立宇先生、祁先生,或是老爷,或是老大、祁老大。随着时间的绵延,越来越多的人叫他祁先生或是祁立宇先生。

三

忧伤在于母亲厮守着家园。在这里重要的并不是家园,而是母亲的厮守这一事实。几百年几千年了,女人们总是厮守着家园,炊烟、河以及田野。她们看着她们的父亲、丈夫、儿子在灾荒之年踏上漂泊之长旅。尔后她们就充满了对于这种长旅的期待和想象。归来是女人们的梦。然而许多男人从此不再归来。在驿站,在路上,在作为战场的山岗、峡谷和戈壁上,当然也在京城、在荣华富贵之乡,男人们死去了或者像死去了一样。许多这样的故事以口耳相传的方式流传下来。乡村的女人们就是在这种故事中成为一个少女、一个妻子和母亲、一个像传说本身一样古老的祖母。

母亲没有能够走出这古老的传说。母亲厮守着家园。

四年或五年之后。他想母亲或许会像他一样淡忘了她的儿子杀死了她的弟弟这一件事情。或许会来到她儿子的身边,在富贵荣华之中度过她的晚年。

他在有了一座洋房之后,特地在楼下辟出一间供母亲享用的房间。他按照家乡富豪们的习惯和情趣布置了那间房间。红木雕花的大床,与母亲的爱之间对立的两极,它不存在原谅或宽宥这类情感的中间区域。他就是这样去想念他的母亲的。

女仆阿米终于在一个溽暑难熬的黄昏,看见她的老爷持一柄利斧走进楼下的那个房间。斧刃在房间里像一只被围剿的饿狼东奔西突。木屑、木花在房间中爆响又夹带着一种沉闷。桶状的镂花瓷凳訇然迸裂，迸裂同样夹带着一种沉闷。沉闷是因为那间房间的门和窗依然紧闭着。那种爆裂的响声和那种沉闷持续相当长的时间，从黄昏直至凯尔门舞厅那儿传出悠扬欢快的舞曲，就是说从黄昏持续至晚上九点。这是一场人与木材的搏斗和残杀，这场搏斗的程度似乎超过了祁立宇与人的搏斗，在他的搏斗史中从来没有一次搏斗超过一个钟点。在这床架之上拉起薄如蝉翼的紫色纱幔。红木的太师椅，红木的八仙桌，红木的箱柜，桶状的镂花瓷凳以及一只银质的水烟斗。然而母亲没来，于是那间为母亲而辟的房间始终空关着，除了女仆阿米偶尔走进去揩扫灰尘之外再没有人走进那间房间。那间房间殷实无比却又空空荡荡，成为他和母亲关系的一则寓言。

在母亲拒绝来到城市之后，他开始越来越多地给母亲汇钱。然而母亲依然厮守着家园，厮守着祖辈们遗留下来的破败瓦屋，厮守着留在他记忆中的柴扉竹篱和竹篱之上婆娑着的葫芦藤蔓以及晦暝暮色中飘飘袅袅仿佛迷濛仿佛清朗的蓝色晚炊。

他想这就是母亲在骂他了。这里谈不上原谅或宽宥，在母亲和儿子的关系中只存在爱，或许其中还包含着停顿。在停顿的间歇里祁立宇与木材对峙着，他冷眼看着木材似乎是一场搏斗胜利后他看着他的对手们淌在皮肤、淌在衣服、淌在地上的血一样。木材们敞露着它们的伤口，它们伤口的颜色因为有了灯光的掩护和血极为相像。

没有人敢走近那间房间。女仆阿米那年十五岁。她被吓得躲在汽车间的一个角落里嘤嘤啜泣起来，因为她无法知道老爷的发火是不是因为她的懒惰所致。她有整整一个月没有走进那间房间了。

四

神秘的占卦者对他的儿子说：在你掌心的网络中可以看见你父亲的欲念。

他信吗？

或许他信。

在最初的日子里年轻的女人们是他所钟爱的一种符号。年轻的女人们和他身体的某一部位发生了一种对应。在这种对应中他舍弃了过渡。过渡的舍弃使得他对于年轻的女人获得了一种形式之感，那种形式之感其实也是一种符号。他的欲念驱使他像一只船。他不追求抵达，不追求某一个停泊地，他只追求流动。从一条江到另一条江，从一个湖到另一个湖。江与湖的纵横交错构成他与女人关系史上的水网地带。

他是嫖客。

他让女人成为一种符号的同时他也成为另一种符号。他觉得在妓女们身上充分体现出他所需要的流动感。他舍弃过渡，而惜时如金的妓女们同样舍弃过渡。他和她们不谋而合。

在法租界，在八仙桥144号，他成了"咸肉庄"的一位主顾。在虹口，在海宁路上他像那些在海上漂泊无定的水手们一样，酷爱在酩酊大醉之际拥搂着一个"咸水妹"。

他不喜欢"书寓长三"，也不喜欢"么二堂子"。他不是舍不得他的钱囊，而是摒弃那儿的一夜缠绵。他不需要缠绵。换言之他不需要过渡。

他酷爱"淌排"。他酷爱那些无定踪的流妓。他与她们匆匆相逢又匆匆别离。姓名、籍贯、家族、身份、从哪儿来又到哪儿去在这匆匆相逢中都成为奢侈的询问。他喜欢在与朋友们的谈话中出现"淌排"这一个词。这一个词在他周身流动。她们的称呼就是因为流动而获得的。她们淌来淌去如同无定河边的木排任人捞取。她们让他在某一瞬间回归故乡，回归到故乡的清泾河上。他成为一个城市里的淌排者。

女人说：

那儿有一只虫。

在纸筋灰抹黄的天花板之下，在墙板上，他看见一只窟窿。女人说那就是虫。那是一只在极缓慢移动的虫。他忽然感觉到自己处在一种裸体状态。身体的某一个部位正在勃起。在女人的意念之中他中止了勃起的速度。在这瞬间他和女人一样厌恶那只虫。他从床上凌乱的衣物中摸到一把飞镖，像描画抛物线一般把飞镖掷向那只虫。那只虫发出人的叫声。哎哟之声惨烈之极。

他成为一个被窥视者。在成为淌排者的同时他成为一个被窥视者。女人在这时知道他不是一个一般意义上的嫖客。他和女人的性关系已经有了超越性之外的价值涵义。女人只知道他非同寻常人物。女人带着对虫的惊恐极尽温存。

窗帘摇曳着。城市在深秋的雨夜颤栗不止。在窗帘被风撩起的瞬间，他看见城市的雨景斑斓。有一个人打着油布纸伞踽踽独行。随即窗帘掩盖了独行者的姿态。接着他看见窗帘没有完全叠合在窗之上。在窗的下方有一束浸透着雨意的迷濛斜光。斜光的短暂停留揭示了窗和窗帘的一种关系。一列火车轰轰隆隆驰过，它是离去或是抵达他不知道。他知道的是他找到了那束斜光的光源。它来自车头或是车厢的窗户。

在这时他还知道这间房屋紧傍铁路。

铁路使得房屋颤抖。铁路也使得他颤抖。这使得祁立宇先生日后对这一夜的回忆搞不清他为什么会颤抖。

当然有汽笛。雨意朦胧中的汽笛长长短短高高低低，像展示出一条山岗上的道路或是一道峡谷里的溪流。祁立宇先生看见自己变成一条银亮的溯流而上的狗子鱼。

他是一条狗子鱼潜游在一个身体之上。那个身体带着对虫子的惊恐极尽温存。祁立宇先生感觉到依着山势而淌的溪流对狗子鱼温存的阻力。

他豁然想明白了一件事。多少年来他舍弃温存也就是说他舍弃过渡是因为他在想念桂子。女人带着惊恐的温存唤醒了他对往事的记忆。现在这个女人有了姓名，她叫小萍。但他叫她萍子。

萍子萍子。他叫道。

他发出了声音。他不再是一个倾听者。而在以前他与女人的交往中，他只是一个倾听者与一个施暴者。在开始的时候他倾听，在结束的时候他施暴。他舍弃过渡。他把过渡留给了桂子，留给了那只在他想象中已镇在咸菜缸之上的石锁，或者说他把过渡留给了古黄河河道的入海口，在那儿，在子夜时分的海潮涌涨之际他体验过带着惊恐和不安的温存。它来自于对方也来自于自身。在后来的日子里它渐渐潜伏在他的血脉中成为他对自身的一种诺言。他不可能在城市中获得这种带着惊恐的温存也就促使他恪守诺言。

萍子萍子你叫萍子比叫小萍好听得多。他说。

在这时他听到他的身体内爆发出一只鸟飞翔的声音。在他的肺腑中涡状的气流与鸟的翅翼的扇动产生谐振。一个身体轻盈地从他的身体内飞翔而去。那个身体说：山子哥，我走了，你要多保重。他知道那个身体叫少女桂子。

五

假定他看见了沙逊大厦绿色的三角形的锥状屋顶以及屋顶之上荡漾的白鸽们。还有船，一只又一只船。还有码头，鳞次栉比的码头，从提篮桥方向的汇山码头到杨家渡那儿的十六铺码头。他坐在一个高度上。他坐在一幢大厦的十层楼的一套房间的客厅里。他可以从容地俯视那些船那些码头。他整个人变得很寥廓。

阔疤老五说：还是一只船。

搁浅了？他说。

阔疤老五说：码头闹罢工了。

还是一只？他说。他眯缝着眼，看穿阔疤老五似的。

有一只。还有一只……阔疤老五说。

还有几只？

三只。阔疤老五的口气像是说到了三只鸡或三只在水里浮游的鸭，他恨不得一把逮住这三只鸡或三只鸭。法国领事威尔，工部局董事赫曼斯，都火了。责令一星期内复工，不复工端掉我的督察长。兄弟，你说怎么办吧？无论如何兄弟得帮我这一把。

我没办法。我的办法是从此以后不和他娘的法国佬打交道。他说得斩钉截铁。他说得不留任何余地。

假定这时是十一月。假定这时十一月的秋阳灿烂无比。阳光瀑布似的从天空直泻而下，在十层楼的楼面上形成一个跌水。他和阔疤老五围桌而坐。这是一个方桌或圆桌并不重要，重要的是桌面之上肯定覆盖着一块平滑的玻璃。由于玻璃的存在，他和阔疤老五将格外强烈地感觉到阳光的存在，感觉到阳光在桌面上形成的跌水。

这时有一个女人在说话。这是阔疤老五的女人或是祁立宇先生的萍子并不重要，重要的这是一个乖巧轻灵的女人。她往很满的高脚酒杯里继续斟酒。她需要的是一种姿态，她完成的也是一种姿态，酒没有溢出酒杯。她端起酒杯说：喝。阔疤老五和祁立宇先生共同端起了酒杯。黑牌威士忌的金黄色液体在他们的唇际有轻轻地荡漾。轻灵飘逸的女人在这时完成了一个段落、一个跌水。她缓缓地起身离座，秋阳一般无声无息地消遁而去。

何必这么说呢？祁立宇先生说。我们是多少年的交情了。你不找我，我还找你哩。我正遇上一件麻烦事，要央求大哥拉一把。

80

浮云苍狗

尽管说。只要我老五有的。

家乡有个戏班子来上海滩混几口饭吃。找上我，我推托不掉，好歹我是苏北旅沪同乡会的干事长助理。能将兄弟的地宫舞台借我一个月吗？

……嘿，这事嘿嘿。你也不是不知，北平的言家戏班子正在地宫演得走火，票都预售出去一个多星期了。你老弟……

那就算了。

……好了，你老弟够狠的。说吧，你给多少？

三十万。

三十万？阔疤老五惊讶不已。

三十五万。

阔疤老五骤然之间明白了拼命石秀要的是什么。他不是在借，而是在盘，在企图把地宫舞台握到他的手中。这双手的右手正在举起一根"三五"牌烟卷，而左手被一只洁白的丝质手套包裹着。阔疤老五说：四十万吧，地宫舞台姓祁了。

他站了起来。他脱下了左手的那只白手套，掌面上一条月牙形的刀疤在褐色的皮肤上蚯蚓一般拱动着。他双手握住阔疤老五的一只手：兄弟不会忘记大哥的恩泽。

轻灵飘逸的女人再度出现。在这时出现的女人，她肯定既不是阔疤老五的女人，也不是祁立宇先生的萍子。她出现在祁立宇将手中的皮箱打开的刹那，她也出现在阔疤老五准备接过这只皮箱的刹那。她出现的正是时候。她获得这只皮箱里的"花纸头"的很小很小一部分，她将一束康乃馨插在一只凸肚的花瓶中。她又完成了一个段落、一个将时间间隔开来的花期。她再度抽身缓缓离去，像曳着一朵花瓣飘离树干。她是一个穿着粉红色裙子的女人。

这事交给我了。他说。

老弟有什么高招呢？阔疤老五说。

我还掌着几个码头。他说。

这我还能不知？可闹罢工的并不是你掌着的几个码头啊！

那我就让我掌着的几个码头和他们一起罢，一起闹。

这……你这是救我出火里还是送我到火里哇？阔疤老五不解地说。其实他知道祁立宇此刻已是胸有成竹。

以毒攻毒。祁立宇说。让他们一块儿闹上三天后，我们可以在背地里答应他们的部分条件。我掌着的码头可以动员说服他们那一伙答应，他们那一伙还不就范的话，我掌的码头就单独答应。让他们那一伙在舆论面前失势。

里应外合。阔疤老五说。

对。祁立宇说。

在这时，十一月的秋阳正在一寸一寸地离去。女人知道到了她重新出现的时候。她果真出现了。他们面对女人笑容可掬。女人面对他们同样笑容可掬。祁立宇先生怀着某种藏而不露的深意开始远眺一条江的流淌。他看见许多船在江之上。他还看见许多码头在江之畔。它们在被远眺时充满了一种秩序感。桅杆林立，塔吊林立，旗帜在桅杆和塔吊上飘扬着。他充满愉悦地辨别出它们是米字旗、星条旗、太阳旗、红蓝黑三色旗、青天白日旗……他想一条江就是一条鱼，码头和船就像鱼刺那样懂得排队。

boy，上菜。祁立宇先生愉快地高声嚷道。要有鱼，松江鲈鱼！

到。先生有什么吩咐？女人说。她露出了贝壳般排列的洁白细密的牙齿。我像吗？像你的 boy 吗！女人接着说。

不像。祁立宇说。你是 girl，鸽儿，很好看的一只鸽儿。

假定这时他再度看见了沙逊大厦绿色的三角形的锥形屋顶以及屋顶之上在黄昏的激滟霞光中荡漾的白鸽们。

在这一刻他充满回忆。再度是他生命中面对一条江被激发、被激活的一个词。

六

在女仆阿米的回忆中那不是十一月。那是春末夏初的一个日子，是阿米跤拉着木屐板在陋巷的卵石小径上响亮地游荡或漫步的日子。

一九三九年六月五日，她对这一个日子记得异常清晰。在木坊路197弄弄底，在草台戏班的蓝色门帘之外，她被老爷抽了一个印着麻花痕的耳光。她记住了老爷的这个耳光也就记住了这个日子。

在那一日她被淡淡的醋意撩激着。那个草台戏班的女角和她长得相像，但老爷看上了那个女角而没有看上她。她离老爷近在咫尺，老爷却舍近求远。在淡淡的醋意的驱使下，阿米用纸包裹起老爷的烟枪和红丸，她携着它们像携着老爷迷恋的那只德国狼狗。它温存，它凶狠，她拿不准它。她惴惴不安又怀着某种难以压抑的激情来到了木坊路197弄弄底。

在草台戏班的席棚之外，女仆阿米听到了她的老爷近乎央求的声音。这声音将阿米的淡淡醋意激发得浓郁起来。她在极司菲尔路的洋房里，从来没有听到过老爷用这种声音与人说话。野狐狸精，女仆阿米在心里骂着那个和自己长得极为相像的女人。

非得在这儿演吗？老爷说。我都为你联系妥了，地宫舞台。在那儿你愿怎么演就怎么演。我保证凭你的演技、凭你的扮相和音色，准能在那儿演红。

不去。是女人清脆圆润的嗓音。女仆阿米不得不承认，这个和她长得极为相像的女人嗓音与她毫不相像。

你要记恨我一辈子吗？老爷说。

女仆阿米这时差不多被这个女人彻底激怒了。她在心里咒骂这是一个不识抬举的女人。

我不恨你。看在苦命的姑妈份上我不恨你。但请你走吧。她说得娓娓动听，像一只古筝的琴弦被翻飞的柔指轻轻拨响。如泣如诉，却又不尽然是泣和诉。但阿米浑然不知那个长得与她极为相像的女人表达的是什么意思。阿米只是凭着本能觉得她窃听了她不应该知道的东西。阿米朦朦胧胧找到了她在众多的女仆中最为得宠的原因，它似乎和现在的谈话有一种阿米说不清楚的联系。这时阿米醋意顿消，神志豁然清新开朗。她知道在这样的时刻被老爷撞见后果不堪设想。她想悄悄离开这座席棚。在她打算循原路走出197弄时，她与从席棚里拂袖而出的老爷撞个满怀。

一个清脆的耳光让女仆阿米记住了这个日子。在她挨过耳光之后，烟枪与红丸从纸包里砰然落在粗糙的水泥地坪上。老爷一脚将烟枪踢得飞腾起来。在这一个日子被老爷遗忘的烟枪、被老爷踢飞的烟枪又加深了阿米对这一个日子的记忆。

也因为阿米要记住这个屋顶一般尖尖的日子、这个奇异的日子，阿米在事情过后悄悄问过后来成为她丈夫的司机阿汪：那天老爷还到过什么地方？

阿汪说：下午老爷到梵航渡路903弄的一幢深宅大院去。那个大院的大门吊着海碗那么大的黄铜门环，门外蹲着一对石狮。老爷带去了一个红绒布匣子。匣子的绒面上躺着两根"黄鱼"。傍晚老爷到郊外的一个公墓去。墓地上，老爷烧了两炷香，把一双千层布鞋底搁在墓旁的祭坛上。墓地旁还有一个长得和你挺像的姑娘。像极了。但她没和老爷说一句话。老爷也没和她说一句话。老爷和她就是埋着头拔墓地石缝里的草。我要插手，老爷不让。

看见墓碑上都写些什么吗？

不懂。蝌蚪似的字。老爷说是篆体。

女仆阿米说：晚上呢？

司机阿汪说：晚上？晚上我不是和你在一起吗？

女仆阿米突然羞红了脸。那天晚上，老爷的耳光在她俏丽柔嫩的脸庞上经久不散。她渴望报复。然后她极自然地第一次投身在司机阿汪的怀抱之中。然后她将耳光给她的羞愤全部倾泻给阿汪。在弥漫着汽油味的汽车间，在耳鬓厮磨中，阿米一记又一记不轻不重不急不缓地抽打着阿汪的脸。因此可以说司机阿汪和女仆阿米共同记住了一九三九年六月五日这一个日子。

我在我的许多故事中写到一个叫平工村的地方。这篇故事的结局或者说故事需要的契机所发生的地点离平工村不远。它们都在城市的西北郊。故事的主人公最后来到了平工村。他来平工村找一位曾经红极一时的淮剧名角。因而在故事的结尾之处我无须依靠想象虚构。

结尾或故事的契机

一九九○年六月五日。虹桥机场的停机坪上停着一架波音747。从舷梯上走下的老人不多，可以说他是唯一的白发皓首的老人。老人从国际航班的出口处踽踽而出。他登上了一辆紫蓝色的雪铁龙轿车。

他对年轻的司机说：联义山庄。

司机说：我从来没有听说过这个地方。

他摇了摇头。他换了另一辆车。他向那辆洁白的奥迪走去的时候，已经发觉开车的是一位年逾五十的汉子。

联义山庄。他仍然固执地重复了这一个地方。

然后那辆洁白的奥迪像雪白的鲦鸟一样沿着虹桥路飞驰，在中山环路拐弯东行。在与共和新路十字交叉时它拐向了正北方向。接着它飞快地擦过闸北公园，然后在大宁路与共和新路十字交叉的地方它敛翅停了下来。

到了。司机说。

到了。老人茫然。

到了。司机重复了一遍。以前这儿是一个公墓。司机又说。

现在呢？老人说。

没了。司机说。司机用手指了指崛地而起的一排又一排像鱼刺一样充满了秩序感的工房。

那么故事也就到了结束的时候。在结束的时候老人在一幢幢极为相似的六层楼工房的楼群中幽灵似的，或者鲣鸟觅食一般的飘忽行走。

浮云苍狗

我哥是个独眼。左边那只假眼装的是狗眼，所以对狗他没有偏见。一到冬天不吃狗肉，那只人眼全无光泽不说，就连那只狗眼似乎也因少了同类的滋润，干枯得像冬天的蛇皮。读小学时，我常常为哥的独眼受同学的嘲弄，我悄悄问我妈：哥那只眼生下来就瞎吗？妈苦叹一声，没答。稍大些，知事了，我断断续续从别人嘴里掏得，哥那只眼是叫手榴弹炸瞎的。乍听，我一愣，妈生哥时已经公元一九五〇年了，哪来的手榴弹？闹半天，我才明白，我哥五岁那年，我家所在的平工村仍是西北郊的一片乱坟岗子，间或还孑立着稀稀拉拉的国民党碉堡。平工村的寮棚里住着的大多是从苏北逃荒而来的。家境贫寒，哥便义不容辞地悄悄捡破烂。纸布铜铁，能换钱的他都捡。碉堡里捡到个手榴弹，他一见这么大块铜和铁，高兴得手舞足蹈，把手榴弹搁煤球炉上烧，满心想烧掉手榴弹的木把柄，剩下的就是纯洁的能换钱的铜和铁了。但纯洁的铜和铁爆炸了。我有点心酸，为五岁的哥哥这么早就知道木头能被火烧掉、这么早就产生要一块纯洁的铜和铁的欲望心酸。再望哥那只狗眼时，觉得那狗眼也挺……不错。

我哥命运乖蹇，但我妈说我哥命硬，像哥这命这生辰八字，逢上乱世，是块当兵的料，准能弄个师长旅长干干。

哥的一帮兄弟伙，把草绳、苇席捆得密不透风的箱子搬上黄鱼车，就齐转身唰地把眼光射向了哥：狗眼，差不离了。我那时只有八岁，我不懂差不离是什么意思，我只知道从那天起，我可以睡哥的那张吊在阁楼上的木床。妈说，哥一走你就大了，别和妈再挤一个被窝了。旁边有人嘀咕，叫着我的小名：华子，哭呀！哥一挥手：哭魂？屄，我的魂没冒烟哩。华子，乖，抽口烟，喷它个天翻地覆，让哥乐一乐。我不知道哭好还是不哭好。我求援地寻找姐姐。姐姐扑在妈的怀里，眼睛里嘬着两个红红肿肿的大桃子。没等我一声"哇"出来，一颗烟塞到我的嘴里，于是我幼嫩的像鱼一样的肺，第一次嗅到了浓辣呛人的烟味。透过缭绕的青烟望去，哥像我想象中的张翼德，一只狗眼也熠熠发出光辉。居委会主任瘸子老郝说：放炮吧。庆祝的鞭炮噼哩啪啦炸响，一刹时，我瞧见我哥和我姐美丽的青春在天空中开了花。烟消逝时，我哥和我姐没了踪影。

后来，我才知道这是我青春期的幻觉，并把我青春期的幻觉投射到了童年的记忆中。坐在华大窗明几净的图书馆里，我不止一次地对着弗洛伊德和荣格发呆。我更欣赏荣格，我曾企图用荣格的"集体无意识"来解释我哥哥姐姐们的青春。我的同班同学柳一锐，一个比我年长十二岁、与我哥、我姐在一个大队插队、差那么点成为我姐夫的家伙，朝我莫测高深地一摊手：梦、谜，你企图索解这一代人，就好比是走进了宇宙黑洞。这一代人中什么样的货色都有，天才、疯子、济公活佛和开剪刀店的王二麻子。但我们的文学把它简单化了……

2

火车长嘶一声出了站。车厢的内壁和外沿，嵌满了黑土黄土和红土，一副走南闯北、风尘仆仆的流浪汉模样。从此青春在流浪和漂泊中开始。姐姐在日记中写道。姐姐的血液中天生流着祖母的血。据妈说，祖母年轻时天生丽质，肚子里有说不尽的牛郎织女孟姜女哭倒长城的故事。姐姐趴在茶几上，顾不得周围的汗气、茶叶蛋的蛋黄气和脚丫子上的热气织成的包围圈。她趴在茶几上的姿势一定很美，她的忧郁而浪漫的血液正在她的白嫩的脸蛋壳子上抹上一层让人心碎的红晕。有无数目光像机关枪的点射打在她的背上和脸上，她百疮千孔却又岿然不动。直听到一阵《红河谷》的口琴弦律，她仿佛才缓缓清醒过来，像听到命运的召唤。窗外夕阳磕山，天和地变成了完整的一页。妈说，你和哥搭一块，兄妹俩也好有个照应。心说，一锐也在那个县那个公社那个大队。现在，她听到了一锐的口琴声，一听到这口琴声，她就知道自己逃不过这个命了，列车上的口琴声充满着宿命的意味。姐忽然觉得有点冷，双肩瑟瑟发抖，像被提住鳌牙的螃蟹。她叫了一声：哥！我的兄长正躲在角落里甩扑克，他显然没有听到这一声叫唤。姐又胆怯地叫了声：哥！从她眼睛里流出来的欲望像窗外的夜色一样浓。姐忽然流出来一种欲望，在这新生活开始之际，她应该把自己的心事告诉哥，哪怕旁敲侧击也该让兄长知道。她更响亮地叫了一声：哥！我的兄长抬了抬脑壳，极不耐烦地应了一声：什么事啊！天兔，你去看看。天兔是我家的老邻居，还是我哥的拜把子兄弟，一个碗里喝过鸡血酒。英子，有事吗？天兔与我姐说话总有点不自然，他叫着我姐的乳名。但天兔看到的是我姐转过来的后脑勺，辫梢辫穗窸窸窣窣一阵响，犹如发怒的蛇吐出的火信子。命运在这儿打了个盹，等到我哥再见到我姐时，哥忽然觉得眼前的小英子和窗外飞快掠过的山丘原野一样令他生疏。

一局牌打完。我哥赢了，一条前门烟从老绵羊的旅行袋转到了我哥和天兔地兔合用的旅行袋里。这两个兔子都是哥的拜把子兄弟。天兔高大灵活，地兔矮小木讷，不是一娘所生，但自小都叫兔子，为便于区分，便一天兔一地兔。老绵羊悻悻然，哥则很兴奋。他本来就很兴奋的脑袋现在更加兴奋。他的如水泥一样缺少弹性坚硬无比的思维，这时却豁然裂开一道沟缝。他瞧见了他们学校那些如花似玉的小姐们、那些住在高级住宅区住在花园别墅住在市中心的公子们露出的丧魂落魄的丧家犬模样。他把他们一古脑儿地倒进了他思维中的那道沟缝里。他眯缝起眼，细细打量起铁道线旁星星点点散布的山丘和湖泊。看不真切，天太黑，但我哥却能从那黑色的反光中判断出哪是山丘哪是湖泊哪是河流。河流的声响流进了他的血管。河的气息像妈亲手燃起的炊烟令他亲切。他的那只狗眼开始发光。

哥十六岁那年，他就从卖旧货的地摊上觅了自行车零件，拜专门设摊修理自行车的天兔他爸为师，东拼西凑装了辆自行车。每逢星期六放晚学，他就和天兔两人，骑上他们的"破驴子"，摇摇晃晃到郊外去。妈总在哥的鱼篓子里用油纸包裹好几块煎饼，嘱咐一番：别贪，能逮能摸多少算多少，有一壶油钱就足够了。姐总要抱着我去送哥，趁机嚼一通平日里难吃到的煎饼。

夜晚的河流汩汩生辉，无论酷暑无论隆冬，夜晚的河流都使我哥和天兔坦然安谧，贪得无厌。他们小心翼翼地避开猘猘狗吠的村庄，河是有主的，河并不那么自由。他们沿着河岸摸索着，手电的微光照着墨黑的河面。河底的泥很滑，随着他们脚的移动，淤泥的腥味一阵阵泛上来，河岸上的菜花棉花和羊粪牛粪狗粪的气味簇拥着他们。他们睁大眼，搜索每一个可疑的洞口，用眼也用手。太小的是蟋蟀洞，太大的是水蛇洞，只有那不大不小沿着河的水平面上下隐隐埋伏或者微微外露的才是他们渴望中的蟹洞。摸蟹要比用蟹笼子捕蟹艰苦得多。用蟹笼子捕蟹是光明正大的，守着自由的河自由地捕就行。我哥和天兔不行，他们得抓紧时机，能摸则摸，不能摸则脚底抹油——溜。于是他们的双手常常被蟹钳咬得红肿不堪，色如桃花。但咬得越疼天兔的叫声越欢：狗眼，你他妈的，疼死我了，准是个一斤重的肥佬，没准比你他妈的还肥。哥用力一拍天兔的脑后勺：说我还是我妈啊?！接着就是两人的纵怀大笑，河这时流得更欢更畅。

凑近车厢里混沌朦胧的灯光，我哥摊开了他的双手。这是一双骨节粗大、十个手指都绕着一圈又一圈茧皮的大手。他摁动了左手的指关节，"咔嚓"一声有力的响动。他去的地方是南方。南方有水，有水不愁没他的活路。

老绵羊气咻咻地跑近我哥。天兔拦住老绵羊：什么事？我看你哪天魂准掉在女人裤裆里。

老绵羊顾不得回敬天兔，对我哥说：大兄弟，隔壁车厢两只卵老得不行，你的妹子也叫他们花去了。都是二班的一帮家伙，上只角的，骂我们是江北佬，这口气还能咽下去吗？学校的老师也他妈的瞎了⋯⋯他们车厢硬是比我们高了一档。

我哥一愣，一把抓住老绵羊的衣领：我妹在哪儿？

是他妈真的？天兔红了眼，似乎不信。

老绵羊头如捣蒜直点。

过了许多时日我哥才知内情。那列车上的一夜，是老绵羊闲着没事，到隔壁车厢寻花问柳，讨了个没趣回来，添油加醋编排了一通。但当时我哥顾不了那么多，他第一关心的是我姐；第二他也发觉他坐的这节4号车厢是比隔壁的5号车厢要孬一等。偏偏他所在的班级，大多是平工村的左邻右舍们又大多坐在4号车厢，而家居市中心为多的二班的同学又大多坐在5号车厢。这纯粹是一种巧合。当时的知青专列是胡乱抓车皮，学校分配车厢则是以班为单位。知青专列是什么样的车皮都有，最孬的有闷罐子，最好的有软座，最多的是硬席。我哥他们的4号车厢偏巧是硬木板座，隔壁的5号车厢偏巧是套绒面带弹簧的软座。我哥的鼻翼上扑闪着几滴汗珠，额角的青筋和右边一只完好的人眼噗噗直跳，连那只狗眼仿佛也受到感染，发出几下躁动。

他的那只人眼抛了个弧线给天兔，嘴一歪，歪出个蛤蟆跳井的动作。天兔明白，极快地从衣兜里摸出烟，递到我哥嘴上，挡着就划火柴。第一根火柴没划着，火柴头的硫黄有点稀；第二根火柴天兔稳住劲，笼住手，不想他们正站在车厢的连接处，一股风猛地从那儿窜出，把火卷灭；第三根火柴哥有点紧张，示意天兔坐下，几个人凑拢一起，护住天兔。没想天兔刚把火柴划燃，列车一个晃动，临时停车，火又撞灭了。天兔问我哥：还干吗？

我后来问明白，这三根火柴是他们的一种占卜形式，意在向冥冥之中的天神讨个吉凶。如三根火柴都划不燃，则主凶，名曰：刮三。但那天我哥顾不了那么多，他脸一沉：再点。第四根火柴轻易地燃着了。没人护住天兔，天兔也没笼手，第四根火柴就这么轻易划燃了。火苗儿静静悠悠。

后来一锐告诉我，那时的5号车厢是另一个世界。我想方设法搞了瓶五粮液，才在差不多就要成为我姐夫的一锐嘴里掏出这句话，那时的5号车厢是另一个世界。一锐嘴里死鱼冒泡般地冒出股热烘烘臭烘烘的酒味儿。早年的青春在这味儿的刺激下，像只冻僵的羊羔儿，又温柔地回到了他的唇边。

……就从那一夜开始说吧，火车上的那一夜。那一夜是一个开始，一个暗示，暗示效果如同庞德的《地铁车站》……

车厢的顶灯亮了，像是要压住满车厢的喧哗声。水田、米、咖啡、蚂蟥、胶姆糖……感兴趣的和不感兴趣的乱七八糟的话题盘浮在车厢的天花板上。有个叫文畅的女同学担心地伸出手指，那手指光滑纤细，紫微微的毛细血管在白皙的皮肤下隐隐浮现。她呜咽着告诉我，她好不容易才在淮北、黑龙江、内蒙和江西中选择了江西。她想水田劳作对手的刺激要小一些。她的父亲是个著名的首席小提琴手，她想承继父业。她不能没有一双纤细而白皙的手。我在她的喟叹中听见了自己命运的叹息，我想我所热爱的爱因斯坦和爱因斯坦热爱的烤鹅肉都将永远离我远去。我端详了文畅与众不同的下巴，下巴左侧皮肤的颜色显然要比右侧颜色深些，白皙中透出几分褐色的如淡雅的雀斑般的色素。我安慰她，你应该用下巴夹住命运的咽喉。但说完这句话后，我突发奇想，转过身来更仔细地端详起你姐的下巴来。我发觉我的英子的下巴要比文畅美上一百倍。不圆不尖，弧度适中，白皙中透出一层红晕。如果这样的下巴之下能够衬上一块小提琴黑色的垫托，对比效果一定强烈得令人眩目。这时，列车的顶灯倏地熄灭了，你姐的下巴在我目不转睛的注视下由白变红，像一粒寒夜里的炭火，久久滞留在我的视觉中。

我转向车窗。窗外墨黑一团，只有车厢两侧的壁灯七撞八击射出些弯弯绕绕的残光。渐渐迷离，渐渐入梦。有雨声打在窗玻璃上，溅起一片窸窸窣窣的声响。我忽然渴望窗外的雨下得更猛烈些，我害怕弥漫在车厢里的沉寂，我怎么也弄不明白随着顶灯的熄灭人声为何也渐趋熄灭。人像蛾一样恋光吗？我期望这世界上最好能发生点什么。你哥就在我的期望中走进了我们车厢……

我哥闯进5号车厢，就有他手下的喽啰分别扼守在车厢两头的两扇门。他自己带着天兔一伙径直奔我姐那儿。

英子，回那边去。我哥说。

我姐见我哥的那只狗眼不安分地躁动，像马蹄子般踢刨着，就知道来者不善。

我不。我姐勇敢地迎视我哥的那只狗眼。那狗眼中蓄积的寒气使她意识到自己的责任。她不能把一锐扔在那只眼的威逼之下。

我哥没有料到在家柔弱顺从的妹子竟会当着众人的面顶撞他。

回去！

不！

93

我哥那只狗眼像只打足了气的皮球，只需再用那么点力，准会弹出眼眶。但这时我哥的耳朵忽然出现一阵嘤嘤嘤嘤的声音。我想，那时我正在他的大床上蹦来跳去，像只关进瓶子里的蜜蜂，蹦跶个没完。我又兴奋又孤独，见到一个蟑螂从墙缝里爬出来，便咿哩哇啦乱叫。那一夜我无法忘。我不知道是不是这同一时刻，我哥的耳朵里出现了一阵嘤嘤嘤嘤的声音，如雷从天边隐隐滚来。他甩了一下耳朵，又用手搓揉一下那只人眼。再睁开眼睛时，他看到我姐的目光令他生疏。他看到有两座火山在我姐的眼睛里奔突。我哥不懂，每个初恋的十九岁的女孩子眼里都有两座火山。但我哥攥紧的拳头慢慢放松了。一个新的主意猛然诞生在他心头。

那好，你就别搬！他们搬！天兔，把 5 号车厢的人统统赶到 4 号车厢去。我哥威风凛凛，一只独眼迅速把 5 号车厢扫了个遍。他心里有谱，这整个 5 号车厢百十号人，除去占了一半的女生外，没几个敢动刀玩命的。

一个腰圆膀扎的小伙子站起来道：把车长找来，凭什么叫我们搬？小伙子叫大高，后来与一锐在一个生产队。

我哥嘿嘿冷笑，凑上前去：车长？你能竖着走出这车厢算你本事。

老绵羊在一旁鬼嚎：大兄弟，就是他，刚才就数他叫得欢。

我哥一挥手，一拳击在小伙子下巴颏上，只听见小伙子上下牙齿喀嚓一声，嘴缝里漫出一股血水，接着，我哥右腿膝盖一屈，又一蹬，膝盖骨正顶在小伙子小肚子下。一声惨叫，小伙子砰然倒下，脑袋磕碰上茶几，撞倒一茶杯盖，茶水溢了出来，又一撸手，撸倒一个饼干听，动物饼干洒了一地，狗兔猫熊四处乱窜。

车厢大哗大乱。一车厢人在天兔、老绵羊一伙子押送下转移到了 4 号车厢。4 号车厢的人欢呼雀跃，兴奋不已地转移到了 5 号车厢。我姐瞪大眼睛，仇恨地望着我哥。我哥也陌生地望着我姐。我姐冷眼看着一锐像战俘似的，向隔壁的集中营迈开步去。

但事情远没有那么简单。没等到我哥他们把 5 号车厢的软座焐热，去冲茶水的天兔匆匆跑来，对我哥说：不好，带队干部和乘警来了。

我哥沉着脸，说了声：别慌。老绵羊，你没动手，上去稳它个五分钟。去，不会有你的事。

天兔，开窗，看看车速快不快。

天兔迅速打开窗，探身一望，惊喜地对我哥道：狗眼，正爬坡哩。

好，天兔，砸窗！我哥脱下绒线衣，包在手上，对着玻璃窗一阵猛砸。碎玻璃满地。尔后，他又和天兔抽出腰间的匕首，拆下窗楞。

我姐热泪满面，泪花糊住了她的双眼。她望一眼窗外的天地，天地混沌漆黑一团，瓢泼大雨借着风势从破窗子那里扑打进来。深秋的蛙声长一声短一声，狗吠和远处的灯光摇晃不定。她不明白世界怎么会如此躁动不安。我姐大喊：哥哥，你不能——她忽然拼命地抱住我哥的双腿，死死不肯松手。我哥一急，一蹬腿，刚好蹬在她的脸颊上，我姐如花似玉的脸颊，唰地印上一个"43"号码的回力球鞋的网状菱形鞋印。接着，我哥伸眼一望，列车正快要经过一个池塘，他对着身后做好准备的天兔叫了声：看准池塘，跳！

两个人影相跟着，嗖嗖如利箭射向池塘。

那一夜，我躺在我哥的床上折腾了大半夜。

那一夜我哥和天兔摔伤胳膊摔伤腿，然后又从池塘里湿漉漉地爬起来，挤干衣服上的水，再沿着列车上坡的路，听着蛙鸣蛐蛐叫，听着满山谷的秋风秋雨，整整走了十里路，才来到一个偏僻的小站。

3

在你哥和我父亲之间，我宁愿选择你哥。如果要说在我一生中给予我影响最大的两个人，也数这两个。酒味模糊了一锐的眼睛，我觉得他这话也透着一股酒气。

你这是醉眼看人生哪！我笑他。我的头顶正挂着一幅柳老先生的遗像。硕大的相框，沉重无比。柳老先生宽大的前额覆着一层霜发，令人想到北方原野的广袤和白雪。这是位著作等身，文艺理论界赫赫有名的学者。我哥？就凭那狗眼能与柳老先生相提并论？

一锐看穿了我的心事。哈哈大笑，猛的扫过来一梭子，弹无虚发，句句企图往我腰眼处打。狗眼看人生。我知道你骨子里瞧不起你哥，瞧不起你那个家。

我望着满脸狰狞张牙舞爪的一锐，一言不发。我觉得有点疼。我该说什么好呢？我眼睛里的书橱是红木的，那红显得沉甸甸的，此红非媚红艳红俗红霓虹灯的红，它让人想到知识智慧历史就躲在这沉重的红里；压在我头顶之上的柳老先生更是气度不凡，眉骨瘦而清奇，像横卧着的两把尚方宝剑，令人望而生畏生怯生敬。

五粮液挺冲，滑进喉咙口就那么咻溜一下，滚下肚后却慢慢泛上来。有许多事也如这酒，一点一滴积在那儿，但总有泛上来的时候。我想起一件事，是天兔当笑话说给我听的。那次他和我哥一伙子去县城逛，嘴干，碰上个卖甘蔗的，但一伙子兜里剩下的钱正打算买酒买烟。卖甘蔗的是个老头，老僧入定似的往县城大桥中央那么一戳。一伙人对着甘蔗垂涎欲滴，不知如何是好。我哥顿生一计，他对着天兔如此这般地吩咐一番。天兔走上前去，装聋作哑，扔一个五分的硬币给老头，掮起一捆甘蔗就往桥东走。天兔走得急，老头叫得急，叫一阵后就索性追起天兔来。天兔跑至桥下，将甘蔗一扔，人没了踪影。那边我哥他们如入无人之境，将一捆甘蔗抱了往桥西走，找一个僻静处嚼得满嘴快活。

我把这事告诉一锐。他付之浅浅的一笑，反问道：就凭这，你瞧不起你哥？

一锐的反问和那浅浅的一笑充满了居高临下的气味。相比之下，我倒是宁愿闻他嘴里的那股味儿。我满溢着解释自己的欲望。我想告诉他我是如何爱我哥如何瞧不起我哥。我哥如何粗俗不堪如何洒脱优雅如何卑鄙如何善良如何像活泼的鹰狡黠的狗如何像一颗钉错了地方的钮扣。但见他妈的鬼，我为什么要在我哥的那么多故事中，挑这么一段说给一锐听呢？一锐肚子里我哥的故事会比我肚子里的少吗？

4

那年秋天县知青办良心大发现，挖空心思在知青身上找"三虫"：钩虫、丝虫、蛔虫。一锐，你他妈拿到大队赤脚医生送来的化验单——一张隔年的日历纸充当的化验单——你就愣怔着了：柳一锐，男，二十岁，钩虫（一）；丝虫（一）；蛔虫（＋＋）。过了两支烟的时刻，你就大叫肚子疼。尔后集体户一片肚子疼的叫唤声，一片鬼哭狼嚎。那一天是你们的节日。

有一种情绪迅速弥漫开来。你并不畏病，你们并不畏病，何以病惧之？即使你们生肺结核肺气肿胃溃疡烂脚丫子关节炎疝气并发肛瘘，你们未见得会如此鬼哭狼嚎凄凄惨惨戚戚。你们一定感觉到了什么，感觉到了什么又说不清楚，于是你们狂呼革命口号。

那一天是十一月十三日，是你们插队两周年的纪念日。

尽管有蛔虫的骚扰，酒宴还是开始了。劣等的山芋干酿的酒，九角钱一斤。但有酒就不错，只要能让神经泡在酒液里，你懂得点医学用语：酒精的功能在于让神经处于半抑止状态。

我姐端菜上桌了。那双手已经不再娇嫩，毛糙糙的，充满了秋天的苍凉意味，但这意味在这一刹那与这简陋的竹腿圆木桌产生了一种沟通，与这丰盛但又野性的菜肴产生了一种沟通。

每人承包一菜。我姐端上桌的是炒蘑菇。蘑菇是昨天采来的，是我姐和你一块采来的。

采蘑菇前，你们先到集体户的自留地里遛了一遭。你们很想发现点什么，发现点什么就没必要去采蘑菇了。但你们遛了一遭只发现春天播下的芋艿叶子长得不及小腿肚高。你黯然神伤。自留地离村庄太远，而你们太懒，一远一懒，造就成你们自留地里的草长得比芋艿叶子还高。一条蛇懒洋洋地在草丛中游动，听见窸窸窣窣的人声，它疾速地甩了个弧线，沿着田壁窜到更高一层的梯田上去。眼望沿着山谷层层码高的梯田，你追逐着蛇的灰影，感觉着它白得瘆人的肚皮和冰凉无比的躯体，直到它消失，只有梯田像没有合拢的幕帷留在你的视野。

自留地里的草撩拨着你，你忘记了你们的懒。你们的厕所广阔无涯，处处大地处处厕所，墙根门缝树荫山壁到处留下你们的尿迹。冬天，有一条潺潺小溪从门槛下淌出，冻了一夜，出早工时经过集体户的农民总能看见一条结冰的小溪。隔个十天半月，当隔壁的游二爷担着一挑尿颤颤悠悠满怀喜悦浇自留地时，你们只能望尿兴叹。但一锐，你忘了这些，你只记住了你们的自留地离村庄太远。它太远了，有一里路之遥。

围着村庄四遭也有自留地。这是平川里的地，土黑而沉而腴。春天蓊菜韭菜，夏天茄子番茄扁豆丝瓜，秋天芋艿甘蔗，一片郁郁葱葱。这地和哪一块地一样，有主。东头队长家，西头会计家，南头大队书记的七姨子家，北头一家有七个几尺高的壮汉，香火旺盛，阳盛阴衰。

"队长，换一块地给我们吧。"你甩一颗烟给队长。

"换地？不成，没这例。你们那地不孬，种红薯，准爬藤。"队长接过烟夹耳朵上，蹲下地，照样抽他的黄烟枪。

你想说，种花生也不孬，一把土能捏出半把砂，上海的花生价还俏贵。

一锐喷口烟，朝我道："见过黄烟枪吗？竹竿的，把野竹子连根须挖出，在根部掏个洞，放上烟丝就能抽。《闪闪的红星》里面宋老爹抽的就是那玩艺。"

我不吭声。

总之，你已经感觉到，采蘑菇成了我和英子要完成承包一菜任务的必然选择，在某种意义上，也成为唯一的选择。

若干年后，我在华大中文系的壁报栏里，看到了一锐的那首诗。那首诗就叫《采蘑菇去》，充满了童谣的优美、快乐和忧伤。

好一场秋雨

洗蓝了天洗绿了地

连那古老苍郁的山峦

也升腾起蓝幽幽的雾气

走，姑娘

我们一块儿到山那边去

山那边，有好多好多蘑菇哩

我们一块儿采蘑菇去

秋雨过后的蘑菇

野性的生命更加神奇

在人猿难攀的峭壁

在温暖潮湿的稻草堆里

长出了，顽强地长出了

一锐的诗使华大的一些豆蔻年华的女孩子们念念不忘。她们禁不住对插队生涯产生了某种温馨的向往。

不过，当我姐把那盘炒蘑菇端上桌的时候，一锐的心境并没有进入那首诗的境界。他轻舒猿臂，一筷子下去，对准一个球成一团的大个子蘑菇，急急地朝喉咙口一扔，两块颊肌迅速相碰，舌根微微用力一翻，日后充满温馨的蘑菇就沿着气管胃壁蠕动滑向肠壁溶解成碳水化合物。

我姐照例怯怯地问："咸吗？"

有人朝我姐大声喊："不咸。还嫌淡哩。'盐老板'破产了？"

我姐的脸上腾起一层淡淡的胭脂红。如花似玉的我姐，竟有个"盐老板"的大号。我乍听这一传闻，就热辣辣地不顺耳。何为"盐老板"？原来，刚下农村那阵，我姐充当集体户的火头军。我们家烧菜喜咸，常大把大把搁盐，我姐也大把大把搁盐，但那帮"可以教育好的子女"，哪消受得了这盐？

当然，有关我姐的令我心酸的传闻还不止这一个。举例来说，寒冬腊月熬菜慌，馋得嗷嗷叫的集体户搞过一次别开生面的精神会餐。

每人手中捧着一碗白饭，然后挨次报一个曾经吃过的、勾引人食欲的菜名。

"杏花楼的佛手上品奶。广东菜，以鲜奶蛋青为主料，配以干贝、冬菇、烧鸡丝、火腿丝为佐料。这只菜色泽奶白，口味鲜嫩，奶香浓郁。"说这话的是大高，他爸是从剑桥学成归国的。

唰，有人刨饭，扒拉着一大口。

"新雅的李公杂碎，也是广东菜。相传李鸿章到俄国参加沙皇尼古拉二世的加冕礼，后来又去美国访问，一路上吃不惯西餐，一直到了美国吃到了中国餐馆的杂碎，以后就每餐必吃。"说这话的是拉琴的文畅姑娘。

唰唰，又扒拉着一大口。

"四川饭店的鱼香肉丝。这只菜色泽红亮，味道有咸有酸有辣有甜，姜、葱、蒜香味扑鼻，号称'不是鱼味，胜似鱼味'。"说这话的是一锐。

唰唰唰，扒拉着扒拉着又一大口。

轮到我姐了。我姐忐忑不安，惊惶失措。她这时准想到了我家的年夜饭，妈妈亲手斩亲手烩的肉圆静静躺在蓝边白底的海碗里，围着红汤汁绿葱花，令她心荡神迷。许是慈母的形象给了她巨大的精神力量，她壮大声音喝道："红烧狮子头。"

有人笑出了声，没扒拉扒拉声。一锐正色正言补道："八大菜系之一的淮扬菜系，狮子头挨上正宗大菜哩。"说完，扒拉扒拉把一碗饭全刨完了。自那以后，我姐烧菜惜盐如金，但一伙人的口味却随着"接受再教育"过程的不断深入日趋偏咸。

"我记得那餐饭除了炒蘑菇，还有烩木耳。木耳是后院一棵雷火烧过的枯树上长的，老俵们见着怕，不敢摘。传说那棵树原本有几人宽，是叫雷公爷劈得四分五裂。那树就成了罪孽深重的妖树，妖树上结的东西自然是吃不得的。还有炒田螺肉，说来也怪，赣东北山区的老俵们，竟和藏民们不吃鱼一样，不敢碰这田螺。河、沟、渠，甚至水田里，到处都是田螺。但我们也没吃过几回，这东西费油，油搁少了，一吃准拉肚。当然，少不得有蛇，龙肉。你知道蛇肉怎么烧吗？不能用铁锅、钢精锅，蛇肉沾不得金属……"

我告诉一锐，我知道。上海街头现在搞活了，什么活物都有。

"知道就好。我没卖弄的意思。烧蛇肉得用砂锅，但集体户没砂锅，我们村也没人家有砂锅，排来排去，大伙儿都想到了，只有二里外的大队书记家有砂锅。刚下乡那年，知青安置费请知青、大队干部客，酒桌就安在大队书记家。席上有一个砂锅焖鸡。谁都想到了，谁都没吱声。你姐想到了，你姐吱声了。那么，借砂锅的责任也就非你姐莫属。

"你姐临走前，我当着大伙把话挑明了。既然要借这只砂锅，而这只砂锅也不是能够轻易借着的，直说吧，熟人借个火得丢根烟，问书记借砂锅，酒席上的位置得空一个出来。

"大伙儿同意了，以后的故事就和这砂锅、蛇产生了一种联系，很薄很弱的联系。换句话说，这砂锅、蛇就像以前的中药讲究的药引子……"

5

一锐说过，在他的一生中给予他影响最大的是两个人：父亲和我哥。我觉得有必要把我所探听到的柳老先生的奇闻逸事披露一二，或许这和一锐当时的精神追求有着某种联系。

我妈说我童年时曾经见到过柳老先生。那年我十岁。我妈是进驻华大的工宣队员。但我已没有这个印象。在我童年的记忆中，所有的教授几乎都是一个模子里铸出来的，鹤发童颜，白鼻梁上架着副玳瑁眼镜。因而我现在叙述的有关柳老先生的故事全倚赖我的想象。

那年华大发生过一桩我国教育史、或许也是世界教育史上的奇举：二三百名上海各高校的教授云集华大。学医学工学农，物理学地质学心理学教育学生物学历史学古汉语训诂直至研究草鞋虫的教授们聚集在一起，既非举办学术讨论会，也不是参加什么政协会议，而是被人考，或者换一句当时的说法——考教授。

我妈也荣任了那次考试的监考工作人员。据说担任那次监考工作人员的都是些苦大仇深的老工人。考试安排在哲学馆的大坡

102

形教室中。季节好像是夏天，在我的想象中，它也应该发生在夏天。这样我妈可以脱掉那件斜拉大对襟的棉袄，人可以精神许多。她还可以穿上那双 1.92 元的黑塑料凉鞋，热烘烘的汗腥味儿将会随着单衣薄衫、微微吹来的夏季风而散发殆尽。

考题并不难。这是我后来打听到的。比如，中国人民解放军建军节是哪一天？为什么以这一天作为建军节？红军主力于何年何月何日会师于陕北某地？长征胜利的伟大意兴？

据说张春桥守在电话机边，关心着这场考试的进展情况。教授们汗流浃背抑或冷若冰霜，满脸通红抑或双颊惨白。有的伏案疾书，倾其所有，有的奋然罢笔，喟叹不已。七月骄阳如火悬于窗外，蝉声哇哩哇啦炸成一团，汗水濡湿了胳膊肘下压着的试卷。时间一秒钟一分钟一刻钟一个钟点逝去，教室里浮动着火山与冰山。急如火者，只觉得时间过得快，但又双手紧张得不知所措；冷如冰者，如老僧入定，纹丝不动，试卷上不留一滴墨水，甚至自己的姓名都懒得写。

毫无疑问，这儿发生了一场不动声色的搏斗与残杀。我分明瞧见了如山堆积的尸体和猎猎翻飞的旌旗。有人胜利了，有人失败了。在我打算写这一考试场面的时候，为了能如入其境，我曾经到哲学馆的坡形教室兜了一圈。那儿正在举行迪斯科舞会，触目皆屁股，我只得作罢。

柳老先生在这次考试中服了一次药片，是治疗植物神经紊乱的谷维素。服药用的凉开水是我妈冲好递给他的。此外还上了一次厕所。然后一举夺魁，总分 49 分。如同当年牛津的博士学位证书改变了他的命运一样，在那个狠批"学而优则仕"的年代，柳老先生凭藉这夺魁的 49 分，很快恢复了著作权，并获得特许，可以修改出版他在"文革"前撰写的《中国文学史论》。

浮云苍狗

那一天是你们的节日。那一天许多人收到了家信。紧跟着赤脚医生送来化验单不久，乡邮员就送来大大小小、花花绿绿的包裹和信。我姐也收到了家信。那时的家信都是我妈口授，我执笔。我算了一下，那时我小学三年级。后来整理姐姐的遗物时，我翻到了那封家信。那封信与以往所有信件"家中很好，你要当心身体"之类的不同处只有一点，信中说妈当上工宣队员，脱离了生产第一线，身子骨硬朗多了。妈在写给姐姐的信中都念念不忘感谢车间领导的照顾。那封信的信纸是用我读小学二年级时没用完的拼音练习簿的纸写的。我印象极深。

一锐，你也收到了家信。父亲的字具有魏碑的遒劲和苍凉，你说。我想，在这封信里他告诉了你考试的状况与他视若生命的《中国文学史论》？你点点头。还有一只包裹，没有香肠肉松午餐肉常州萝卜干，是一套书，《第三帝国的兴亡》。你急急地翻开书，在油墨香中荡漾，寻觅父爱。你找到了，在第二卷第 591 页，有几行文字被划上了铅笔杠杠：

所有中欧的和多瑙河流域的国家都将一个接一个落入……以柏林为中心的……庞大的纳粹政治体系中……不要以为这是结尾。它不过是开始……

然而，丘吉尔并不是在朝之身，他的话并没有受人注意。

该页的空白处，还密密麻麻地挤着一些铅笔字：这是一九三八年九月，距离一九四〇年的"海狮"计划、一九四二年的"巴巴罗莎"计划，尚有二三年之久。阅后擦去所有铅笔字、行。

你的眼睛湿润了。你已经习惯每次在父亲寄来的书中寻找铅笔字，然后把它们吞下肚，肚里就有了混合着父爱的哲学的、政治的、伦理的、历史的玄思，但这一次你的眼睛湿润了，你湿润的双眼满含着木板房外屹立的群峰。它们亘立了无数万年。它们不再冷漠，你企图找到的历史的某一个支点似乎就是它们。它们永恒。你渺小。但你还是感到悲凉，为无法选择的你们降临的时辰悲凉。历史有时只是一刹那，但这一刹那可能是你的一生。

肚子隐隐作疼。你感觉着吞下肚的父爱和关于历史的玄思正和蛔虫们拥挤叠加在一起。你对着肚子猛捣了三拳。这时有高昂的筏歌隐隐传来。

7

我哥撑着一串木排出现在大王河上。大学里搞社会调查，我特意到过大王河畔。这是一条发育得相当典型的南方山区的河流。在一百里开外的大架山主峰，它只是几斛不显眼的山泉。从山顶跌入山谷，它渐次蔓延成一脉溪流，虽说飞流直下，但水瘦仅没脚踝。及至五十里外的上坑，东边流过来苦溪，西边撞过来五老溪，三溪相汇，才渐成气候，有了那么一点王者气势。流到柞木坡，即我哥他们落户的游家村上游十里，由于南北两山掐腰一收，水深骤高，峡谷中整日灌满炸雷似的吼声。出了峡谷，豁然开朗露出一块平川，约摸十五六里见方，这就是我哥他们落户的南油坊大队。而我姐和一锐落户的黄家村，则是大王河游出峡谷后逢上的第一个村落。过了黄家村，大王河又一头撞在南面的山鼻子上，急急地甩出一个L形的大湾，且由于山势陡然升高，形成令筏客们毛骨悚然的羊蹄滩。因而，大凡撑过峡谷的筏客们，都要在黄家村拢岸，收收魂定定心，住一宿呷口酒，翌晨再去闯荡羊蹄滩。

我哥像一个真正的撑筏汉子，手挥竹篙，敞胸露肚，趴开脚站在筏头的一根一抱粗的圆木上，那神色有那么点得意。我说过我哥的生命和南方的水有一种联系，有水就有他的活路。下了乡，他就认定生产队众多的活计，唯有撑筏是最适应他干的。但撑筏虽说是一项苦活、险活，却由于分值高，作全劳力算，一年计365工，外加粮食补贴，所以仍是众人眼红的一个肥缺。

　　队长，我放筏去。我哥找到队长。队长正在逗他的刚满三岁的娃崽。

　　你说什么？队长问。

　　我想放筏。我哥说。

　　队长看了看我哥那只狗眼，有点怵。

　　这活难，扎竹绳，不易哩。

　　我学。

　　险。

　　我哥丢过去把匕首，捋起袖。你放点血。我哥说。

　　想了想，队长还是说，算了，明年吧。娃崽这时大哭，队长一巴掌劈在娃崽的屁股上。

　　我哥不再吭声。

　　后来，筏子在上坑稍下一点的皇伏镇附近，遭到了一伙学生崽的袭击，散了一筏七根大圆木。

　　我哥找上队长家的门。我听说了，还是我去吧。

　　队长蹊跷地看了看我哥，没吱声。

　　后来，筏子在皇伏镇稍下一点三树寨那儿，又遭到了另一伙学生崽的偷袭，又散了一筏七根大圆木。

　　我哥又找上队长家的门。队长正在杀气腾腾地喂猪。你吃你吃你吃哇，你这个猪崽子，到开年春上我就宰了你，剥你的皮放你的血抽你的筋。

　　我哥说，我去，能治。

队长头没抬，拧着猪耳朵说，先去你一人，试试，要行的话，往后再包给你们学生崽。

从此筏上无事。

木筏缓缓拢上黄家村对岸的游家村。那是我哥、天兔、地兔、老绵羊一伙平工村的子弟们落户的村寨。天兔纵身一跃，跳到河滩的沙地上。老绵羊将头筏上的竹绳甩给天兔。天兔敏捷地用竹绳在岸边的一株歪脖子毛榉子树上绕了个结。接着，似乎是无意，朝河对岸瞟了一眼。

这一眼使天兔心跳耳热肠子嘶嘶鸣。

8

天兔的耳朵像一块烧红的铁融化在对岸的霞光中。我姐的身影正如小鹿一般跳跃于幽幽山径之间。接着天兔瞟了两眼、三眼。十一月的秋阳使我姐艳丽无比；远山如墨，近山含翠，山的层次使我姐的红绒衣跳跃如火闪烁如晨星。竹绳结缓缓松弛，天兔浑然不觉。木筏靠了岸又离了岸。

"天兔，呛眼啦?!"我哥喝道。

"我说兔儿爷，你、还是我要把壶把柄捏捏牢啊?!"老绵羊趁机插上一句。我哥不说，他决不放开口。

天兔红脸。那一天晚霞降临得奇早，也许是那一天山谷间的雾岚升得太多的缘故。其实只有我能够想象，那时的我姐如何迷人如何灼人，天兔，你也就不必惊讶那天的晚霞与虹霓不必惊讶耳朵为何灼热如铁嫣红如铁。其实那时的我姐正在奔向属于她的那块沼泽地。她跃跃蹦蹦于山径之间，她正在向大队书记家奔去，借那只烧蛇肉用的砂锅。

由于天兔和我姐的瓜葛，我已经落入了一个俗套，一个"△"，

107

但我敢发誓，我无意编造一个"△"奉献于我姐的亡灵前。我宁愿打一个榫子说：操，这是没法子的事。

我姐和天兔的关系，如果用我们苏北老家的乡俗来称呼的话，叫"奶亲"。我姐还在喝奶的时候已经定下给天兔做媳妇了。当然，这没有任何法律效力。早年，天兔他爸和我那早就故世的爸是一块儿拉人力榻车的兄弟伙。一个掌车把，一个在后推，两人轮班倒。他们一块儿拉砖、拉煤、拉钢锭，哪一天能拉上一车木材算捡到了轻松活。一次，去建筑工地拉砖，不想近旁的竹木架塌了，我爸当场头顶开花，一命呜呼；天兔他爸幸免于死，伤了脚，伤好后退职摆了个修理自行车的摊子。

天兔他妈是做爆米花的。在我童年的印象中，她是最受孩子们欢迎的人。因为这一带的人家，平日里是没人舍得拿出玉米棒子和米去做米花的。只有到了春节，大年夜，天兔他妈才哪儿都不去，优惠价，为左邻右舍们摇上一天爆米花的腰形铁锅子。炉火熊熊，繁星闪闪，米花香飘半空，一声声巨响，孩子们笑逐颜开。但我和我姐的童年却特别幸运，我们常常能吃到天兔他妈送来的米花。原因是这样的，一锅米花起爆后，倒进皿器，往往还残留三五颗在铁锅内，这残留的三五颗往往又因粘上糖精不易倒出，其味特别脆香甜糯。天兔他妈每次就用把小笤帚，把这三五颗扫拢来，聚集在一个小布袋里，回家后就叫天兔给我们家送来。我姐是吃着天兔他妈的爆米花长大的。我也是。

这就是我姐和天兔的全部瓜葛。这一关系一直持续到我姐读高中之前。时至今日，我仍然能够想象，当天兔听到一锐的"红河谷"对我姐的召唤时，泛上他心头的是一种什么滋味。

这一天，我哥他们并不知道是他们跳车壮举二周年的纪念日。一周年的时候，一锐从长期共存共荣的欲望出发，邀请我哥他们过河相聚。我哥头没抬，眼皮耷拉着道：国有国庆，家有家庆，这算哪门子庆？

隔河有酒香飘来，地兔眼馋嘴馋个二两，隔三五里路的酒香他都能感觉到。他们有酒喝！地兔跳将起来。

他们的规矩是，对岸如有酒喝，他们则必喝酒；对岸如有肉吃，他们则必吃肉。

绵羊，家里还有酒吗？我哥问。

还有两坛子吧。

够了吧，地兔？让你抱坛子洗把澡。我哥道。

那当然够兴了。地兔高兴得手舞足蹈。

隔河又有歌声飘来。间或还夹着提琴与口琴的伴奏。是《红河谷》。

人们说你就要离开村庄，

我们将怀念你的微笑，

你的眼睛比太阳更明亮，

照呀照耀在我们的心上。

天兔脸白，猛喝道：老绵羊，唱！

老绵羊不知所措，见天兔脸色又不敢不唱，于是突然双脚一跺，发一声狂喊。木筏微微倾斜。

嘿，阿妹哟真美丽，

阿哥我欢喜你，

当心我阿哥撑断洋伞柄，

卵子扭别筋……

老绵羊奋力撑着竹篙，作了个撑断的姿势，接着纵身一跳，又变成了撑竿跳高。木筏剧烈摇晃。随着木筏的摇晃，大地、山岗、天空和歌声、喊叫一起倾斜。河谷间两种旋律粗野地纠缠着、碰撞着。

未待老绵羊一曲终了，天兔怒不可遏迸出一句：去你妈的骚公羊！

9

在我遐想中的那个秋天的黄昏应该盈溢着一种悲剧美，应该隐含着一种神秘的提示。碚山的太阳放射的紫红色的光芒应该像舞台的追光一样紧紧环罩着我姐苗条婀娜的身姿。她跳跃着，在她肩上、脸上、发际上的紫红色的晚霞也应该跳跃着。那件白色的、缀有隐隐的细碎的蚕豆花的衬衫，被挟着晚霞的山风轻轻嬉弄着，像海浪嬉弄着沙滩，像海浪嬉弄着帆。就这样，她穿过大片大片的黄豆地，沉甸甸的豆荚一嘟噜一嘟噜的，渐渐有迷濛的岚气从无际的黄豆地里升起；她还穿过蔗林，那南方的甜馨的甘蔗林，发白的梢，凝绿的茎，挂紫的穗，在晚风中飒飒作响。这时的甘蔗应该停止了拔节和生长，只有一汪甜汁渴望着奉献。我姐像所有的知青那样，在经过甘蔗林时唾液总会紧张地分泌出许多，于是就会有一根甘蔗紧贴在我姐的唇边。这时，紧挨着山脚的那个守林人的寮棚一定是空荡荡的，即使有人，那老头也应该在嬉弄他的狗，或者在擦拭他的乌铳，或者在呷两口酒葫芦里的老白干，或者耽湎于他早年和某个山姑在甘蔗林里的幽会……或者他看见了，看见了一个少女璀灿烂漫的笑容，而这笑容全因为他忠实守卫的甘蔗而诱惑而引发，于是他也就什么都没说。

即使这样，这仍然是一个普通的黄昏。在啃完甘蔗以后，我姐的腮帮子、唇、下巴和一双手，满留着又粘又涩的蔗汁。有一道山溪漫过她的脚踝，她弓腰，小心翼翼地把借来的那只砂锅放在溪中间凸出的方正一点的石头上，然后捧起清凉无比甘澧无比的山溪水，哗啦哗啦洗个痛快。溪水叮咚叮咚，如珠如玉潺潺汩汩，不远处的大王河吼叫着接受了这溪叮咚叮咚的温柔，然后又挟着这温柔闯荡峡谷闯荡世界。

这仍然是一个普通的黄昏。

山谷晚籁有万千种声音，蛙唱蛐蛐叫、山泉叮咚响、山猪低沉的刨食声、蛇唑唑地鸣……但万千种声音只合成一个声音，嗡嗡的嘤嘤的，让人的耳膜毫无知觉。听惯了晚籁的人，就像夜间时分听惯了钟表的嘀嗒声，浑然不觉。然而，倘若说有一种声音频率能应和着青春期的脉跳，冲击着那汹涌的血液的潮汐的话，这种声音应该是也只能够是山谷晚籁。我姐忽然听到了山谷晚籁。听到后她就脸色潮红，掌心出汗，脚步变得又轻又快如痴如醉。

这仍然是一个普通的黄昏。

身后有脚步声，飒飒，飒飒。我姐蓦然回首，双眸一亮："程书记，上哪儿去？噢，还有杨副主任。"

两个汉子。高个的是大队程书记，矮个的是县知青办的杨副主任。借砂锅的时候，我姐在程书记家刚认识。

"到你们那儿去，坐坐。"程书记弥陀佛般宽厚慈祥地笑笑。

"不是说晚间开会，不去么？"话一出口，我姐就懊悔。在程书记家，我姐当然把一锐说的那番话带到了。但程书记当时正陪着杨副主任在喝酒。桌上热腾腾地放着鱼放着鸡放着鸭放着蹄髈，酒是名酒李渡高粱，因而我姐就没有再勉强程书记。

"不开了不开了，到你们那儿去更重要。这是杨副主任对你们的关怀。"

"不去皇伏公社了，杨副主任？"

"不去了，听程书记介绍你们队后，我想还是到你们那儿去更合适。"

一瞬间，就这么定了。我姐的出现，极大地激发了杨副主任的创造灵感，一个后来在全省知青中赫赫有名的先进典型的雏形已经闪现于他的脑际。在这里，我只得不厌其烦地引摘崇义县知青办的存档资料，因为这些资料所表明的严峻事实与杨副主任的创造灵感不无联系。

我县自一九六九年接受安置知青任务后，先后接受安置了来自上海、南昌、抚州以及本县的知青十六批，合计人数 21 356 人。

一九六九年：安置知青 1 135 人。……1 135 名知青，在年底分红时，除去口粮款、油款及柴煤款外，平均每人积余 53 元 3 角 7 分。

一九七〇年：安置知青 18 704 人。这 18 704 名知青中，固然大多数是好的和比较好的，但也有少数人是被历史潮流席卷而来的，就是说，他们是迫不得已、被动而来的。这一问题最突出地表现在 11 月 13 日抵达本县的一批中，据统计，在该批的 1 083 名知青中，可以教育好的子女占 37.5％；曾被我专政机关拘留、收容、审查过的达 119 名，占 11％。该年度我县 19 839 名知青，在年底分红时，除去口粮款、油款及柴煤款外，平均每人积余 1.15 元。

一九七一年：……9·13 事件发生后，我们组织全县知青深入批判林彪一伙炮制的"571"工程纪要……该年度我县共有知青 20 353 名，在年底分红时，除去口粮款、油款及柴煤款外，平均每人超支 25.35 元。（着重点系我在崇义县进行社会调查，翻到这份材料时随手所加）

我觉得这份资料至少表明，当时的崇义县"上山下乡"的形势面临相当严峻的困境，而杨副主任选择我姐那个知青点作典型，也并非无源之水，纯属即兴式的创造。这从我姐死后，典型非但未倒，反而越来越红也可得到证明。我说过，我姐的出现只是极大地激发了杨副主任的创造灵感。这是一种偶然。而必然的是杨副主任或者当时的县知青办汤主任必然会创造。

无论如何，这一个黄昏由于杨副主任的出现而不再普通，而变得意味深长。

10

自从有了那么一个意味深长的黄昏后，黄家村生产队很快成了县，进而专区进而省里闻名的"可以教育好的子女插队落户志不移"的先进典型，我姐成了先进典型中一棵根正苗红的"映山红"，"这位工人阶级的后代用她的言行带动、影响了一大片……"我姐经常出席各种各样的会议，也就经常到县城去。后来，她就死在县城里，大王河在那儿已变得非常开阔，我已经说过，县城中央有一座跨度一千多公尺的大桥，我哥他们一伙在桥中央抱走过几捆甘蔗，我姐也在那儿纵身跃入了大王河……

关于我姐之死我不可能说得再多了，这一方面为了我姐灵魂的安息，另一方面那年月这样的故事屡见不鲜，一个如花似玉的女孩子被"知青办"主任看中，以后就有了一个月黑风高夜，喝了一杯羼了安眠药的酒……如此而已，这太俗套了。我倒是觉得围绕我姐死后人世间的某些变化某些事情有那么点意思。

① 我姐死后，那些吃惯我姐从大王河里打来的水浮莲、水花生的小猪崽子，停止了每日长膘0.2两的速度，而与此同时，集体户的耗盐量有增无减。

② 天兔在我姐死后学会了那首《红河谷》。

③ 我哥对我姐的死因作出了最权威的解释。他把我姐的死因归结于那口棺材。这样，我不得不介绍一下赣东北山区的房子结构。由于盛产木材，那儿的房子基本上都是木板结构，除了梁、柱、檩

之外，就连墙壁都是木板的。一个村间或有那么几间砖壁房子，那一定是大户人家的。这种木板壁的房子一般总要盖个阁楼，盖法极简单，在梁上横几块板便成。阁楼一般不住人，放些粮食杂物之类，有老人的人家，阁楼上往往备着一口棺材。我姐插队的黄家村，由于给集体户造屋的基建费被书记办了几桌宴席，余下的被队里挪去买了谷种，我姐他们一伙人只能将就着挤进一间老乡们腾挪出来的房子。楼上竖几块木板作栏杆住了女生，男的住底下。这家人家刚好有个老人，阁楼上自然放着一口棺材。起初她们对棺材望而生畏，但时间一久也就忘了，在棺材里放衣服什物，放黄豆花生，放梳妆用的镜子梳子。棺材成了"箱子"。一天整理"箱子"，"箱子"腾空后，我姐不知怎么的，一高兴，忽然想起这是一口棺材，可以睡人的，于是便整个人躺了进去，头顶着一面，脚顶着一面，嘴里还嚷道："你们看呀，不大不小，刚合适。"后来过了一个多月，我姐就死了。我哥掐指一算，刚好七七四十九天。我哥的推论是那口棺材显灵，我妈当然推崇我哥的权威解释。我妈买下了那口棺材，我姐就躺在那口棺材里。我家所在的平工村的人们，都知道了关于那口棺材的故事。

④ 杨副主任没有出席我姐的葬仪，从此也没有光临过黄家村生产队。

⑤ 我平生第一次坐上了火车。我妈和我一起去参加我姐的葬仪。坐火车的经历使我在班级里的地位猛然升高。那年我十一岁。

⑥ 对我姐的死因，一锐至今讳莫如深。但有人说，出事的那个风雨之夜，一锐曾出现在县城东隅的小酒馆里，浑身湿淋淋的要了半斤白干。我问一锐，一锐矢口否认，说他那夜在黄家村的生产队里玩了一夜"拱猪"。

⑦ 没有找到我姐的遗书。

11

我姐的死成了那场崇义县知青史上赫赫有名的知青与农民大械斗的导火索。

其实我哥始终注视着事态的进展。我说的事态指的是黄家村生产队先进典型的命运。我哥是崇义县知青中威名赫赫的"一只鼎"，提起狗眼无人不晓，他的朋友也就遍及崇义县。他不可能不听到关于我姐之死的许多传闻。我想杨副主任很快调离崇义县，和我哥的威名也有那么一点关系。当然，这是我的臆测。

我姐死后，黄家村知青点这面旗帜非但没倒，反而更红。省电台还特地扛了录音设备，翻山越岭来到黄家村搞了一次现场录音会。你玩过陀螺吗？一锐问我。我点点头。黄家村知青点就像一只转起来的陀螺，上上下下左左右右的人们只能抽打它让它更转，而不会允许它停止片刻。我成了那只陀螺。继你姐之后我成了那只陀螺。这使我痛苦万分，我像一个迫于生计的卖血者亲眼看见自己的血如何流进宿敌的血管里。

每次到县城开会，我暗暗总在心里怨恨自己，心头充满对自己的厌恶，你怎么又来了？那些年开会的内容我早就淡忘了，但有关那些开会的日子的伙食，至今仍使我舌根下泛出唾液馋它。我就记得那些日子只要住上县一招，那伙食质量就有了保证。那儿的豆浆又稠又香又甜，那儿的扬州烧饼出奇的酥、脆、香。吃饱了，喝足了，我又觉得自己怪可怜的，一具躯壳空剩个"吃"字，心里又发誓，下次不来了。但只要回到集体户住上半个月，过那一天三餐有萝卜干、盐多油少、一块腌过的肥肉往铁锅上那么一抹两抹就算放过油的日子，我就又忍不住要往村前的一条山道上瞅瞅望望，是不是会有乡邮员啦大队干部啦往这儿走，只要他们往这儿走，十有八九会有这么一张开会通知。于是我又老调重弹，自己安慰自己，我不去也会有别人去，别人去难道就会让九泉之下的英子更高兴或是更不高兴吗？

有探子将这一切报告给我哥。狗眼，那小子到县里参加"上山下乡"积代会去了。狗眼，那小子到专区参加"上山下乡"积代会去了。狗眼，那小子到省里开会去了。

倘若黄家村知青点在我姐死后从此一蹶不振，倘若一锐在我姐死后整日价凄凄惨惨戚戚，我哥或许会把他对一锐的忌恨一笔勾销。他恨从他手中把我姐夺走的一锐，他没法忘记应该和他一个锅里舀勺子的我姐和一锐一个锅里舀勺子，他没法忘记应该嫁给天兔的我姐恋上了一锐……我姐下葬那天正值秋天。柿子熟了，高大的柿子树上悬着一个个小灯笼，天兔的眼泡红肿也宛如两个小灯笼。我哥事完后敲天兔一个栗子。兔子，她福分浅，没福跟你过明天，你收收心吧。天兔泣不成声，漫河沿的芦花雪雪白白，化作了他早年时一捧两捧、三掬四掬送给我姐的爆米花。

有耳报神告诉我哥，狗眼，这小子能钻得这么快升得这么高，说是全靠与你妹子的特殊关系哩。

当真？我哥道。

这还能玩假？

若干年后，我了解过，这冤枉了一锐。一锐之所以能在那年月红得发紫，除了黄家村知青点成了陀螺的大背景外，和当时复出的柳老先生大有关系。柳老先生修改过的《中国文学史论》重新出版后，占尽当时文坛的风光。一锐是大树底下好乘凉。

揍趴这小子。天兔牙根痒痒的。

阉了这小子。老绵羊高声嚷道。

没这么便宜。我哥说。他的一只人眼如豹，一只狗眼如狼，太阳穴噗噗直跳。噗噗直跳的太阳穴让天兔想起黑夜里没吱一声就咬住人屁股上那块布的狼狗，想起匕首捅开的血窟窿噗噗跳出的血。

天兔大快，他知道有一个完整的报复计划将会随着这一声"没这么便宜"而诞生。

12

还差两天是我姐周年的忌日。天兔一伙拥着我哥找到一锐。一锐正担着两捆柴从南山岗的山径上悠呀吱呀地下来。这里是黄家村一里外的开阔地，相距这里不远，约摸也有一里外，是大队书记住的寨子程家村。峭拔的大架山脉势，在这里猛一收锋露出块平展展的坡地。时值晚秋，漫坡的秋庄稼刚收完，梯田露出褐色泛红的底色，缀着收了茬的一蓬蓬禾秆，间或矗起几只稻草垛，孤零零的，像迷了途的羊羔儿。

还差两天是什么日子，你没忘吧？我哥问道。

没忘。一锐坐在一捆柴堆上，抹了把汗，从兜里掏出盒皱巴巴的"庐山"，嫌烟盒原本的开口小，又拦腰一撕，把剩下的烟全抖出，抛给我哥那伙人。仅这么个动作，一锐，它已暴露了你当时的内心倏忽间的颤抖。你想学得豪迈点，你想学得更像我哥他们点，你知道我哥他们习惯撕烟盒的动作，从不沿着烟盒上方撕，总是那么拦腰嘶啦一下。你已经有点怵了，从我哥那冷峻的眼神中你已经发觉来者不善。我哥噗噗直跳的狗眼让你想到列车上那难忘的一夜，想到变成战俘集中营的4号车厢。那一夜噗噗直跳。你低着头你只能低着头从我哥面前缓缓走过。但那时你有所依傍，你依傍的是我姐眼睛中的那两座火山。你想到了英子。你说没忘。你昨夜刚写好了几行诗，那是给我姐的亡灵的：从此你的情影已难寻觅，/渐淡渐远如蔼蔼西下的夕霭；/但只要秋能如期归来，/我将如期追寻你的踪迹：/秋霜秋露秋风秋雨秋树秋叶，/还有一段剪不断理还乱的秋思……

八成是忘了啦？我哥说。

117

哪能呢？一锐道。你没法把那首诗拿出来，你觉得面对一群魔鬼，没法高唱圣母颂。

那好，我问你，过两天你打算用什么祭奠英子，萝卜干？大头菜？田螺？田鸡？

那……不会……可……到哪儿割……猪肉呢？

好。你有这心就成。今儿个我来找你，就是为着成全你。割不到猪肉，打口山猪吧！

山猪？

怎么，怵了？腿抖了？

不不……不！只是，家什呢？

就这。我哥示意天兔，天兔亮出一把乌铳。

就一支？一锐有点发愣。就凭这一支乌铳，枪药打出去来不及重新装，山猪恐怕早就朝人发施攻击了！

我哥亮了亮袖管，他左右两个袖管里，各伏着一根碗口粗、尺把长的铁洋元。天兔举起他的拳，在空中抢了个弧。一锐知道，在崇义县的知青中流传着一句"狗眼的洋元天兔的拳"，意即狗眼的洋元要弄得技艺娴熟，出神入化，天兔的拳疾如闪电，力沉无比。

一锐半信半疑，半信半疑地踏上了他的另一条人生之路。

一切在我哥的预谋之中，一切在一锐的懵懂之中。就在这时，不远处的老樟树下出现了一个摇摇晃晃的影子。我哥用他那只独眼瞄了一下，说：是它。一锐眯缝起眼，用袖管擦拭了镜片，也觉得是条猪的影子。

天兔举起乌铳，"轰"的一声，乌铳的巨响融入了山谷间渐渐升起渐渐弥漫的晚籁之声。

随着这一声巨响，我哥像一只真正的猎狗一跃而起，双蹄生风，扑向他的猎物。一伙人紧紧跟上，不容一锐思索，他也只剩下紧紧跟上的份。

看来，天兔的乌铳击中了这只野物的屁股。有血溅出来，远远看去如一团鲜艳的映山红插在黑土层上。血雾弥漫，霞光弥漫。受了伤的野物没命地奔窜起来，上坡，下坎，左冲右突，但四处皆有人声。一伙人围着这野物，逼这野物奔息不止流血不止。血涌上一锐的脑门，很久以后一锐仍然看见被霞光禁锢着的那团血。漫坡的梯田上到处留下星星点点的血迹，那野物奔跑的速度渐渐慢了下来。随着我哥的一声喊，成扇面的包围圈越缩越紧，渐渐把那野物逼到了扇柄子上——一面峻峭的山崖前。说时迟那时快，我哥一个箭步跨到这野物身上，挥起洋元便抽，一伙人蜂拥而上，捉蹄子捏尾巴，扁担拳头角铁一块儿上。野物发出嗷嗷的狂吼，那声音越来越尖锐就像一根皮筋越拉越细最后訇然一声断裂。血，越加汹涌。一锐觉得有一面帆涂染上这血，颠簸于波峰浪谷之间。许是到了最后挣扎的时候，这野物猛地一挣，将骑在背上的我哥摔了个趔趄，我哥的身子与地面成了个锐角。这时，只见他用右手的洋元像拐棍那么一撑，身子趁势直过来，左手的洋元又一戳，在那野物的嘴角掏了个窟窿。血，越加汹涌。霞光禁锢中的血刹那间变成一块烧红的铁，很有分量很沉重地被抛掷在某个黑咕隆咚的地方。一锐的心往下沉，有一种预感被强烈扩大了。我哥嗷嗷直叫，与那野物比着嗓门。十狗生一獒，我记起了我哥那只狗眼的来历。我哥眼给手榴弹炸瞎后，我妈抱着我哥到医院去。医生说，要配个假眼。我妈问要多少钱。医生说，百十元吧。我妈愣了神，这是我家半年的伙食钱。我叔那时刚好来上海出差，就说，什么假眼，不就是狗眼么？得，我给你到苏北乡下找。十狗生一獒，是说一窝十只狗崽子，只有一只继承上祖的遗传敢和狼虫虎豹相搏。我叔回乡下就找到一只獒种狗。我想我哥一身獒气没准和这獒有那么一点联系。血，越加汹涌。血撩拨起我哥的野性。每逢打架械斗，我哥只要见了血，总兴奋得嗷嗷直叫。他手中的洋元如龙如蛇如暴风如骤雨。

这时，一锐方才看清，这哪儿是什么野猪，这是一只不折不扣的家猪！

如梦初醒，柳一锐大汗淋漓冷汗淋漓。直到这时你才想起，这儿每到秋后，有放"野猪"的习惯。即在收了禾之后，把窝闷了一春一夏的猪撵赶到村外野地里转悠，好让猪长膘。春夏季节放不得猪，怕猪糟蹋了庄稼。直到这时你才想起我哥他们凭着一杆乌铳竟会如此大胆的真正原因。直到这时你才想起，我哥那么英勇地骑在那猪的身上，倘若是山猪的话，那背上钢针般的芒刺，是我哥的肉髈子消受得了的吗？天哪！你暗暗叫苦，暗暗叫苦也来不及了。猪是什么、猪意味着什么、猪在赣东北意味着什么？你怎么会不知道呢？口粮钱、油钱、零花钱、酒钱、烟钱、嫁妆钱、学费、书费、娶媳妇钱、盖房子钱、年三十的全部花销，哪一桩不在猪身上打滚呢？那时正兴割资本主义尾巴，每户农家养猪又受到限制，猪的价值显得更大！你听说过，为了一头猪被拐的人家，抹脖子上吊的都有。你叫苦不迭，你暗暗祈祷，但愿这只猪不是私人的，而是集体的。但后来的事实比你预想的还要糟得多，它不仅是私人的，而且是住在程家村的大队程书记家养的黑花猪。那头猪，剥了皮还有280斤重。你暗暗祈祷，你叫苦不迭，但愿这一切能被四周迅速合围的暮色悄悄遮盖。这儿也曾发生过猪掉下大王河被急流冲走的事。但后来的事实是，这一切早就尽收一个人的眼底，这人恰恰是与知青有隙，论说起知青总要甩一把鼻涕以示轻蔑的牛二。

这段故事，我后来又问过天兔。我问，怎么那么巧，偏偏就是那个牛二站在那个扇柄子山崖尖上？预谋？天兔笑笑，陈谷子烂芝麻的事，还提它干嘛？

反正牛二看见了这一切。

13

牛二是个角色。牛二有娘无爹。牛二是个遗腹子。关于他爹如何死的，传说纷纭。他爹早年也是撑筏汉子，凭着一杆出神入化的竹篙往来于八百里大王河上。他爹吃了一辈子水上饭，终了却死在几百里外的吴州城里。有人说他爹喝醉酒叫吉普轧死的；有人说他爹那年发了一笔，在城里叫人抢了，自己一抹脖子死了；有人说他爹逛窑子，叫另一帮嫖客们暗害了。传说纷纭，但有一点确凿无疑，他爹是死在城里。

牛二与城里人有缘，这从知青们刚下乡那阵，牛二穿梭往来于河这岸与河那岸可以得到确证。这让人有点费解，转过来一想，如果说他爹连死都死在城里，也算与城里人的一种缘分的话，那么，牛二的举措应说得之于遗传。牛二嗜玩扑克，知青们会玩的他全会。与一锐他们玩，他玩二十四点，玩拱猪，玩四十分，玩得温文尔雅。与我哥他们玩，他玩十三道，玩关牌，玩沙蟹，玩得脸红脖子跳。原因简单明了，前者为玩而玩，有点智力游戏的味道，后者为钱而玩，那种玩法不玩钱的话索然寡味。

知青们爱和牛二逗乐。牛二也爱和知青们逗乐。牛二带知青们登上大架山山顶。山煞是高，万仞绝壁，林涛如雷，云雾缥缈。远山近山呵成一气。知青们心旷神怡，牛二心旷神怡。

一锐问：牛二，世上什么山最高？

大架山。牛二不假思索。知青们含蓄地笑笑。

一锐又问：牛二，世上什么河最长？

大王河。牛二同样不假思索。知青们哄然大笑。

牛二不笑。当时他没搞明白这有什么可笑的。这山这河在牛二心目中占有崇高的地位。后来牛二知道了山外的山，河外的河。从此他暗暗恨上一锐。他编织过许多一锐的笑话。有一则笑话是说一锐烧饭的事。赣东北山区的灶都是砖砌泥抹成方方正正的大灶，灶上架一口大铁锅，又烧菜又烧饭又烧猪食。大铁锅旁一般还埋着个小圆口铁锅，吃用的热水捎带着就是这口小铁锅烧出来，也算热能的充分利用。但这小铁锅感受的热量有限，往往要依靠明火熄灭后的暗火焐上一阵，才能将那水焐热。牛二的编织就从这里开始。说一锐见那铁锅刚烧过猪食，不净，但又要炒菜，便把菜倒在了小铁锅里，炒了半个时辰，仍不见菜熟，已觉惊讶，又炒了半个时辰，便更觉惊讶，刚好遇上牛二，就拉着牛二问：是不是这灶坏啦？是不是柴太湿啦？是不是柴架得太实啦？

有趣的是，后来牛二与一锐都充分利用了对方的笑话。牛二定下的媳妇住在黄家村，牛二傍晚收了工撑竹筏渡河来会媳妇。在筏子上问：春妞，你知道世上什么山最高？春妞答：大王山哇。牛二道：才不是哩，最高的山叫珠穆朗玛山，五六个大王山叠起来才有那么高哩。春妞咋舌，很佩服地看看牛二。牛二又问：你知道世上什么河最长？春妞迟疑了一会，答：不是大王河吗？牛二道：才不是哩，是叫亚马逊河，怕二十个大王河都不及它长哩。一伙头闷在筏底玩水的知青听了忍不住大乐，冒出头来叫道：牛二，你这样骗你媳妇哇！

相比牛二，一锐要冠冕堂皇得多。一锐坐在主席台上，侃侃而谈接受贫下中农再教育的体会。我为什么会萌发出用小铁锅烧菜的念头呢？这念头难道是从天上掉下来的吗？为什么贫下中农祖祖辈辈生活在这里，他们不会产生用小铁锅烧菜的念头呢？毫无疑问，我当时的下意识是觉得大铁锅脏，刚刚烧过猪食。但问题是，为什么贫下中农用大铁锅又烧猪食又烧菜不觉得脏，而我则会产生这种意识呢？这种意识难道是凭空产生的吗？从这样一件小事，不正是可以看出我们和贫下中农在思想感情上的距离吗？掌声笑声如潮，县革会主任微微颔首。

至于后来牛二与知青们的关系由亲转疏，转而仇恨，个中原因很难细究。也许这与知青们普遍地不安于农业生产，少出工、懒出工有关，上文的统计资料已有力地证明了这点；也许这与知青们越来越普遍的偷鸡摸狗、偷黄瓜摸茄子的行为有关，牛二身为贫下中农的一员，自然要受到普遍舆论的影响；也许，它和牛二的身世有一点联系，牛二骨子里毕竟没有忘记也不可能忘记他爹是死在城里的。但无论怎样细究，有两件事肯定是雪上加霜，加深了牛二对知青们的仇恨。

其一，我哥一伙毫不客气地夺了牛二的美差，抢去了撑木排的营生，这迫使牛二从父亲腾波踏浪一辈子的大王河上撤了回来，从此又在土里刨食。夜半梦冷，牛二常常醒转来叹自己手气不佳。这话说起来久远，还在知青们未到南油坊大队时，南油坊大队曾为知青的安置伤透脑筋。南油坊大队九个生产队，三百多户人家，可耕地却只有五六百亩，哪个生产队也不愿背知青这个包袱。相持不下之中，大队程书记一拍桌：抓阄！每个队派个代表，游家村派定牛二作代表。这因为抓阄讲究个童男子，阄属阴，童男阳盛。牛二把我哥他们一伙抓回来后，队上有人开牛二玩笑：牛二，你昨晚和春妞躲河滩地上跑马了吧？牛二权作没听见，看看手，又朝天甩了甩，骂道：奶奶的……这手！

其二，牛二的媳妇叫附近的一个矿工拐走了。牛二经过多方探听，这矿工也是上海下来的学生崽，由邻近的乐川县抽调上来当工人的。矿上二十来岁的和尚多，但偏偏又不信佛，所以下凡尘找附近农村女子的很多。牛二的媳妇不幸也身受其害。牛二又经过一番侦察，发觉那矿工小子之所以能够得手，全因那小子与一锐是小学里的同学，常来黄家村串门，从而搭识了黄家村最漂亮的春妞。春妞爱打扮，尤其喜欢和知青们打扮得差不离。还在与牛二相好时，就叫牛二买过白球鞋。乡下人只有在吊丧时才穿白鞋，可春妞不管，那阵知青们正时兴白球鞋。牛二咬咬牙给春妞买了。但人的打扮的欲望是无穷无尽的，牛二逐渐满足不了春妞，矿上那小子乘虚而入。干矿上活的人工资、营养津贴极高。春妞变心了，牛二哭丧着脸。但春妞说：你别把我想那么贱。我和你是爹娘订的亲，说不上是我看上你的……牛二因此和一锐乃至知青群体结下了深仇大恨。

14

牛二飞身奔到队长家，队长又飞身奔到二里外的程家村，找到程书记禀报情况。程书记大惊，急令黄家村和程家村的两个队长通知家家户户吆猪回村，打点清楚是谁家的猪遭此毒手。程家村和黄家村隔着的一大片开阔地上，顿时扬起此起彼伏的"噢啰啰啰"的吆猪声。

结果富有戏剧性，两个村的猪一只不缺，安然无恙。我已经说过，那猪是程书记家的。

牛二，你都看清了？程书记问。

看清了，好肥的一口大黑猪，毛色乌亮，擦了皮鞋油似的。

会是集体户的么？

哪能呢？英子死后，他们就没侍弄过猪，人还养不转哩。

会是山猪？

山猪？也没那么大个，再说，我见的时候太阳还没落，也没见大白天山猪窜到平川地里来。

程书记沉吟半晌，猛然一拍大腿，脸失色，叫来自己的婆娘，快到院子里的猪栏看看。不看则已，一看婆娘也大惊失色。程书记疏忽了，他在下令各家各户打点猪的时候忘了关照自家婆娘一句。程书记的这一疏忽导致了南油坊大队民兵营的集合速度推迟了一个钟点。"大队全体民兵集合，一连守东山那条路，二连守西山，我看他一伙往哪儿逃！三连四连跟我来！"程书记下令道。

我问过天兔，程书记是个什么样的人？天兔眨巴了一下眼睛，回忆了半天冒出一句：是个很一般的人啊，有鼻子有眼睛有耳朵，不好不坏不玩女人不贪污，那阵当干部那块料很多。至于一锐说的程书记，我觉得和天兔说的也差不离。一锐说，"文革"前他是大队会计，"文革"中造反，把大队的财务账一抛，书记、大队长皆有挪用民款、克扣公粮之嫌，大队的老俵们群情震愤，一下子就拥戴他上了台。为知青的安置款，我曾经找过他。我总觉得当中的一笔款子用得不明不白，他捏把算盘，三下五除二，噼噼啪啪一阵响，我就没词了。

关于程书记，我听到的也就这些。但天兔在我询问到那一夜的械斗时，对那一夜的火把表现出强烈的记忆力，这让我惊讶。那一夜的许多细节和场面他似乎都已淡忘，只剩下那火。

我想象那火。暮色已隐，夜色如盘。黑暗抹去了大架山威严无比的高度。出了峡谷的大王河，像一只受了伤的野兽，静静蜷缩在南油坊大队的平川地里喘息着，汩汩地柔柔地舔着伤口。只是不远处的羊蹄滩那儿，水哗哗地、杂乱无章地触撞着河滩河心兀立的礁石，发出沉闷的、如同老水牛闷在水里的低吼。这时，有一支火把出现了，又一支火把出现了。于是，南油坊大队的十几里平川地，连同围在四周大架山余脉上的几个山寨，全都失去了往日的宁静。掌心纹路般曲曲弯弯、四通八达的山径和田埂上，渐次出现松树明子跳跃的火光。火光勾勒出山的高度和层次。火光越聚越多，由一点两点、三点五点，渐渐连成了一线两线、三线五线。火光在山径上游动着，山径透迤火光透迤。

南油坊的狗吠了一夜。

我想起了丘吉尔。一锐说。

我没有反抗。我无法反抗。瞧着漫山遍野如映山红般生机盎然茁壮无比的火光，我就知道我无法反抗。我低着头缓缓地从4号车厢挪向 5 号车厢。这是一条漫长的道路，我还得面对这一条漫长的道路。我高声嚷道：你们得负法律责任！但我把这句话留在了心里。我不至于迂腐到这等地步。门外是一圈又一圈的人，我听不清这些人在说什么，我只能看见一只又一只胳膊，黑黝黝的、暴凸着腱子肉和筋脉的胳膊，悬浮在半空中，像毕加索蓝色时期对人体的肆意肢解。胳膊上叠加着铁，是镢头、钉耙、柴刀。胳膊是热的铁是凉的、胳膊是软的铁是硬的，它们叠加在那儿。当然还有枪，枪管黑黝黝的，洞口深不可测。除了这些，我还看见了樟树，不是大都市里细不溜秋的香樟树，是盘根错节，根须拱出地面都有碗口粗的老樟树，三几个汉子合抱不过来。它屹立在那儿，屹立在村口，我们的屋就傍着村口。它撑着无数枝桠，像一个儿孙满堂的老人拄杖立在那儿。那是一支牧歌，老樟树是一支牧歌。在江西，无论你走到哪儿，只要你见着老樟树，你一定就能见着村庄。有老樟树的地方就有村庄，有村庄的地方就有老樟树。那是一支年代久远的牧歌。

有一根棕绳从我的右腋下穿过，又缓缓从我左腋下绕出，棕绳毛糙糙地在我身上结了第一个"×"。

程书记手一挥，道：慢。转而又对我道：柳一锐，我再问一句，那口黑猪现在哪儿？

我知道这是一个机会。这时辰你哥他们还在河那岸的游家村。我可以解释自己，我可以把你哥的谋略一五一十地抖搂出来。我是无辜的，我是受裹胁受蒙蔽的。受蒙蔽无罪，反戈一击有功。我出现过这样的念头。心说：狗眼，你这家伙报复得够狠的！真用得上一句，杀人不见血。我是全完了，我的政治前途连同县招待所的扬州烧饼全完了。但就从那根棕绳缓缓地从我腋下绕过时，那种毛糙糙麻痒痒的感觉唤醒了我的另一种记忆。我记起了父亲，父亲的头颈上挂着铁丝和木牌，手里还拿着一面锃亮的铜锣。那铜锣"哐"的一声，我瞧见了支离破碎的岁月。我比较着棕绳和铁丝的感觉。在这种比较中，我就失去了解释自己的欲望。我只能骂道，狗眼，你这狗娘养的，我是全给你毁了。

什么黑猪？我根本没见过什么黑猪。

你们一伙人天没擦黑那阵打的是什么？

山鸡哇。

好，你说是山鸡，问问牛二，有那么黑咕隆咚的山鸡么？

黑猪。牛二仇恨地嚷道。

你见花眼了。程书记道。

我不吱声。作出一副无比委屈的模样。

那山鸡呢？

没打着，飞了。

接着是沉默。我知道沉默对我意味着什么。程书记起身，背着手，缓缓踱出门去。他这一离开，我就知道底下的戏又将继续了。那种戏，作为书记，能回避还是回避为上策，到时一张嘴往下卸货色还容易些。我的心往下沉，小时候乘电梯的感觉泛上来。牛二跃跃欲试，磨刀霍霍向猪羊。黄家村的知青伙伴们面面相觑，不知该怎么安慰我，也不知该怎么拦住那些心态不一但都义愤填膺的老乡们。我知道我的那些知青伙伴，我也有得罪他们的地方，单是扬州烧饼我吃到的也比他们多得多。即使我吃得比他们少，面对这阵势他们又能怎么样？他们能用手握紧鸭嘴笔、用下巴夹紧命运的咽喉，但他们也只能和我一样，乖乖地从 4 号车厢挪向 5 号车厢。那位拉小提琴的文畅姑娘哭了，英子曾向她学过一段时间琴，但终究因为养猪比小提琴重要而放弃了。你们不能这样！不能……我们千里迢迢……她的声音像一只花脚蚊子，在这部多声部合唱中太微弱了。

牛二接着动手。我望着他，他望着我。又一道棕绳从我的腋下穿过、绕过。我泪流满面，热腾腾的泪花糊住了我的双眼。

回忆并不总是愉快的事。一锐说。

127

是的。我说。

慢。人群中又爆出一声。说话的是德宇海爷①。他在全村德字辈中的年岁最大，年过五十，膝下有五子，最小的十六，最大的三十。凭这旺盛的香火和他早年闯荡江湖，撑筏跑单帮的经历，使他在全村的族人中享有很不一般的地位。

我甩一根烟给牛二，牛二一瞧牌子蹦跶如蚂蚱，高叫：海前门喀、海前门喀。我甩一支给德宇海爷，海爷瞧了瞧，又扔还给我，拍了拍手中的薄烟枪：是这个命就不用那个。德宇海爷认命，对我们却善。五月端阳，芦苇叶包的粽子他家送我们，七月七鬼节，青团也是他家送我们。平日里，也断不了送一些扁豆、黄瓜、青菜。春节返家，回村后我们给他家送去一些肥皂、糖果之类。糖果他留下，给他的孙儿，肥皂却又送回来，指着村口溪边的杵石道：乡下人泥命，沾不着油灰，用不着这个。

德宇海爷拍了拍牛二的肩，道：牛二叔，有一句话也不知当不当说。说错了，你只当海爷活糊涂了，吃阳间的饭啦呱阴间的事。自古江湖上有句话，叫做好汉不和三种人斗，兵痞、和尚、学生娃。说完，德宇海爷一挥手，叫道：根崽、银崽、虎崽、牛崽、石崽，回家！

德宇海爷这一走，带走了大半黄家村的人。但其他村庄的人仍在源源不断地赶来。火光摇曳在老樟树下。

一锐最终还是被五花大绑推到老樟树下。这是天兔告诉过我的。一锐终究不愿吐出这屈辱沉重的一页。

我不知道两只胳膊被紧紧缚住的一锐站立在老樟树下时有些什么样的哲学玄思。我只能想象。想象那火。那火映照着一锐的脸膛，那脸膛由于山风的吹打已说不上白净。他的头顶有着一方天空，即

---

① 海爷：赣东北山区方言，海即大，海爷相当于北方话中大爷、大伯的意思。

使隔着老樟树牧歌般跳跃的枝桠，他的头顶仍会漏出天空的位置。兴许他会看见星星，看见死亡般令人颤栗的星星。星光与火光一起摇曳，灵魂在一刹那间被定格。但一锐，那棵老樟树不是十字架，那火也不是涅槃中的大火！

是时候了。我觉得应该写写我哥。

地兔和老绵羊扛了那口死猪上了竹筏。七根粗毛竹绑成的竹筏刹时浸入河中。竹筏没沉，摇晃起来，水没了脚踝。

我哥忽然道：天兔，把猪推下江。

一筏子的人愣了。天兔道：狗眼，你疯啦！

祭河。我哥咬出两个字。

天兔懂了，英子就在这条河的另一端跳进去的。轰咚一声，英子展身跳下去了；轰咚一声，死猪被推到了河心。河水柔柔地有力地拥着那口黑猪向下漂去。一筏子人送去迷茫的眼神。渐去渐远，渐渐只剩下一个黑点。猛的，那黑点拐个大弯被卷入羊蹄滩，倏忽间消失得无影无踪。黑点消失的那一瞬，筏子有一阵抖，谁都听到了羊蹄滩那轰的一声滩啸……

我、们、没、打、过、猪！我哥一字一顿地说。一伙人全都点头。狗眼这一手干得漂亮，祭了妹子又毁了赃。那口黑毛猪第二天早晨就被我哥熟识的一伙放排客捞了起来。过了称，水浸着有三百二十来斤，剥皮晒干仍有二百八十来斤。

当聚集在黄家村的南油坊大队的民兵们闹嚷嚷要过河绑我哥一伙的时候，我哥他们也看到了盘桓于老樟树四周的火光青烟，也听到了一阵高过一阵的狗吠人声。

过河去。我哥道。

狗眼，管那小子干啥，还不是他坑了你妹妹。老绵羊道。

我哥想了想，那只狗眼温柔地眨动了几下，道：还是过河去。我们不过去，他们还是会过来。

临上岸，我哥突然回头对地兔说：你别去了。守着筏子，藏在前面那片苇滩里。

我哥他们过了河。筏子上天兔掏出盒"壮丽"烟。这烟不孬。天兔划亮第一根火柴，河岸上擦来一阵山风，火苗晃了晃，没灭。

就这样，广泛流传于崇义县知青口中的那场知青与农民的大械斗就这样爆发了。

15

关于这场械斗，我不想说什么，它和所有的械斗一样，充满了血腥味。我想补充的是我觉得还有那么点意思的几个场面。

① 一锐蓦地撞上我哥那只狗眼。一锐的眼睛蓦地一亮，简直像山洞里的喜儿见到了大春。

② 手拿锄头、镰刀、扁担的汉子们列队注视着我哥一伙从他们眼前走过。我哥走到那棵老樟树下，也不作声，利索地从怀里掏出把匕首，三下五除二就割断了绑着一锐的那根棕绳。围观的人群这才醒过神，呼啦一下如山风卷扑过来。我哥手疾眼快地从袖管里甩出一根洋元，跳到一块石头上道：我说一句，大家再动手不迟。你们是上有老，下有小，还有个老婆焐被头，房子自留地是搬不走迁不走，我他妈是赤条条一介汉子。要上你们就上吧，玩命大家都有一条。有那么一会静场，双方对峙，谁也没动。倘若不是程书记向牛二呶了呶嘴，倘若牛二没有对知青的深仇大恨，那场械斗也许就不会爆发了。牛二一声吼，上啊！说着就抄起铁锆朝我哥脑袋砸来。说时迟，那时快，只见我哥一个箭步迎向牛二，左胳膊猛地挥起，铁锆没有砸着我哥，倒是铁锆的棍柄咔嚓一声撞在我哥左胳膊里套着的一根洋元上，我哥趁势一个箭步将右手捏着的一根洋元用力向牛二的腰背抽去。牛二惨叫一声，昏厥过去。一场混战就此爆发。

③ 一锐在混战中，接过了我哥扔给他的一根扁担。除了扁担，

他已经没有其他选择。

④ 我哥领着一伙人且战且退，退到了地兔扼守的那片滩地，然后跳上竹筏。程书记吼道：民兵，枪！有人扔了一支枪给程书记。他举起枪，瞄准那只竹筏，准确地说，瞄准我哥。不过，枪膛里没有子弹。和平时期的民兵枪膛里是没有子弹的。程书记疏忽了一条路。这是唯一没有民兵扼守的路——水路。

16

在那一条河里诞生了你的生命。

那一天是你生命的节日。你说。

岸迅速遥远，岸上的火光狗吠人声迅速遥远。像一个梦、像有一杯水留在了岸上。竹筏在我哥的篙子下，只那么蜻蜓点水般地点了几点，便倏忽卷进了羊蹄滩。

大王河在这儿猛一掐腰，一个狮子甩头，甩出这一片羊蹄滩。南油坊大队的十几里平川地瞬间就没了踪影。河在平川地里有十来丈宽，在羊蹄滩那儿瘦得只剩两丈来宽。你听见了滩啸，从前你只在岸上听到过滩啸，你从未在河心听到过滩啸。滩啸震耳欲聋，月光下的河水漫在凸出的滩地上，哗哗、哗哗哗。一楞楞的河水鱼脊般耸起，泛着月光，如万千面擦亮的铜锣。河撞在崖上，溅起万千颗水粒，湿漉漉脆生生地打在脸上腿上脚上。你感觉到了河躁烈而又宁静的生命。

那一夜你想到过死，很宁静很愉悦地想到过死。

死离你很近。在大王河吃水上饭的，有谁曾夜闯羊蹄滩呢？一堵巨大的暗影，随着河道的突然打转，黑黢黢地压了过来。还差那么一拃宽，竹筏就要撞上那堵暗影。天兔一个下蹲，地兔随即稳稳抱紧天兔身子，天兔借势用脚拼命蹬在了那堵崖壁上，哧溜一声，竹筏溜下了丈许。惊魂甫定，前方又是一个跌水，竹筏如箭要朝跌

131

水中的漩涡里射，但后面的冲浪又把竹筏撵出跌水。筏上的人相互紧紧抱着。

月光淡白雅致。高高的崖头有几棵孤孤零零的野柿子树，有几丛灌木，影影绰绰。贴着河的另一边岸，势却极低，沿岸生着竹丛、草丛和苇丛。有野鸭在苇丛中被惊起，扑楞楞要飞出夜的边缘一般，苇喳子喳喳地叫唤个没停。

河面荡着一层雾，是水雾。眼却看不见，手也捞不着，口里却凉津津的。你大口大口咬着吞着水雾，胸中便有一种龌龊渐渐溢出，便有一种情绪渐渐升起。即使刚才竹筏撞着那堵暗影，你也不会怨恨不会懊悔不会！你第一次觉得倘若这样死去，死是一种解放。

岸越来越遥远，你是说，黄家村越来越遥远。后来你的梦里就常常有大王河岸边苇丛里的苇喳子了……

秋天里的羁绊

我许多次设想过，回到这座南方城市应该是在秋季，果然我就在秋季回到了这座城市。

我在北方时，分别给蚂蚱和默谷写了信，拍了电报，告诉了他们我的行期、车次和抵达时间。我想制造一个小小的、并不过分的尴尬场面，好让我刚出车站就沉浸在一种属于秋季的、充满回忆的氛围中。

我未能如愿。我们是在秋季走到一起的，但我们不可能再走回到那个秋季。我仍然要说，那个不是个确定的词。

我只发现默谷。在这个人口急剧膨胀接近爆炸的城市和这个城市最大的车站广场上，我只发现一个默谷。在经历了和想象中的重逢并无太大差别的握手、问候后，又发现了默谷身旁的一个孩子。

叫……舅舅。

九——九。

我走在孩子右边，默谷走在孩子左边，孩子在我和默谷中间。孩子管我叫九九。

默谷很聪明，很周到，又来接我又带来了孩子。我发觉已经不可能再走回到过去的秋季了。在我抬脚时，孩子像一道既无法逾越又温暖结实的屏障。

我拍了拍孩子的肩。孩子的肩暖乎乎实在在。我说：九九抱，好吗？我张开的双臂在秋风鼓荡下像鸟的巨翼。

1

我不制造悬念。我把故事的结局提前拎出来。

也娴死了。死于他杀，不是自杀，也不是情杀。也娴死在一个与她擦肩而过也不相识的盗窃、流氓惯犯手里。的的确确是手里，也娴是给活活勒死的。凶手供认不讳。

也娴是默谷的好友。

2

雨停了。默谷欣喜地叫出了声。

雨后的东大像一只鸟，活泼泼的。这座灰濛濛的工业城市在东大的鸟翼下像一株枯树。草坪、图书馆的红楼、草坪中央的毛泽东石雕像、黑色大理石底座的建校纪念碑，都在雨水的洗涤下更充分地显示出原来的色彩，像一个洗尽铅华的少妇，楚楚动人。

好去刷海报啦。默谷拍着手叫道。她的声音让张晃想起孩提时代对过年的盼望。在下雨的时候，默谷没少唐僧念咒般地咒骂这场没头没脑、兀自降临的秋雨。

不行。张晃道。

为什么不行，你倒是说说看？默谷的声音有点激愤，又有点沮丧。她拿不准自己究竟该露出什么样的表情。

墙壁没干，浆糊粘不住。张晃答道，在默谷的沮丧里他隐隐感到一丝快意。

我和默谷重新走进校园时，孩子已被默谷送到了她的婆家。但当我想重温那个秋雨后的黄昏时，孩子仍然固执地叫着九九闯进来。我想你们已经明白了，张晃就是我。我很想找到当年那张海报的位置，结果没能找到。文史楼已经拆了，新盖的文科大楼前辟了一块能够遮风遮雨的海报栏。海报的内容比我在校时丰富多了，从人在宇宙中的位置到吃喝玩乐烹调缝纫育儿知识国际标准交谊舞应有尽有。

　　张晁没有料到那张海报在东大激起了一阵海啸。当天晚上直到第二天晚上诗社成立大会召开前，不下一百个人问张晁讨过票子。张晁心里清楚，没有那么多人热爱诗，在这座城市和栖落在这座城市中的东大，爱演员的人要比爱诗的人多得多。海报中那一长串电影明星的名字要比"庆祝太阳诗社成立大会"更具吸引人的魅力。但张晁还是感到愉悦，从男的、女的、清脆的、嘶哑的、洪亮的、低沉的索讨票子的嗓音中，他有一种渐渐升高的感觉，像一座小岛在喧嚣的海啸后渐渐升起在浩浩渺渺的海面。

　　这时有一件使张晁棘手的事——找车。这一大把电影明星、一大把诗人、一大把编辑，哪个都不是往公共汽车里一塞就能了事的。皇冠、上海，最孬也得弄个丰田小面包塞进去。找车的事由张晁和默谷负责。

　　默谷走在张晁身边时，张晁觉得昨天的那场雨还没停，他的手、脚、头发和呼吸都是湿漉漉的。是那种野菊花般纷纷扬扬的秋雨，而不是收了稻禾只剩下断茬的田野上的秋雨。默谷愁眉苦脸地道：到哪儿去搞车呢？

　　张晁说：有了。我有个办法。

　　默谷认真虔诚地望着张晁。

　　张晁说：让学生会招募一批身强力壮、手臂伸出来有我这么粗的男同学，每个明星、诗人、编辑分配两名，带领他们挤公共汽车，一前一后或一左一右，推胳膊搡大腿护后腰负责把他们塞到公共汽车里。

　　默谷噗哧一笑，道：你这张嘴怎么那么损？

当张晃和默谷再度走进秋阳下的校园大道时，心情要好多了。张晃和默谷百般无奈之中闯进了校长办公室。主意是张晃出的。默谷在跟着张晃晃进那间呈平行四边形的奇奇怪怪的办公室时，只差没有拉住张晃的衣角。默谷使张晃油然而生蛮壮如牛的豪勇。张晃面对校长慷慨陈词：有一位老诗人，市政协委员，获得过加拿大国际诗歌节的大奖，年逾七十，校长您总不能眼看着老先生拄着拐杖挤公共汽车吧？

校长一个电话，张晃和默谷总算搞到一辆面包，两辆上海。排来算去，这一大把一大把地滤了一遍，发觉还少一辆。不可能再有了。管汽车的中年汉子对着默谷道。他把脸对着默谷而不对着张晃，这使张晃觉得他说的话很真实。这时张晃和默谷已经走到了东大盛产蚂蚱的一片草棵子前。秋后的蚂蚱使着劲从草棵子里往阳光地里蹦。阳光使它们温暖。

默谷先停了脚。

张晃跟着也停住脚。

一只蚂蚱蹦到了默谷的脚面上。默谷若有所思。张晃在感受到蚂蚱蹦跶的震荡时，也似乎被蚂蚱伸腿轻捷有力地踢了一下。想到了另一个"蚂蚱"。"蚂蚱"进校报到时坐着一辆伏尔加。伏尔加悄悄停在校门外的一条僻静小路上，但还是被从小镇上来的黎亚记住了。黎亚刚好看见"蚂蚱"捧着行李铺盖卷从车门里出来，又向中文系的报到处走去。

默谷说：要不，就找蚂……

张晃道：那就……你去吧。

那时我和默谷中间隔着的不是孩子，是沉默，影子般无言地跟随着我们的沉默。

出乎意料的是，过了一会默谷就找到张晃说：不行，蚂蚱不同意，还得另想办法。

张晃先觉惊讶，后来又觉得高兴，再后来又觉得并不能太高兴：这件事至少表明，蚂蚱变得懂事多了。在东大这块地方，玩老头子的实力也得会玩。张晃在想这些念头的时候，脸上显现出沉思默想的哲人神态，夕阳斜斜地打在他的脸上和身上。默谷走在张晃身后，她看到一幅张晃夕阳下的逆光照。

默谷听见她和张晃的脚步声在夕阳下响得久了，有点不习惯，就想找点话出来说。这一说开头就说出个主意。默谷说：来不及了，只有找出租了。车费，诗社的几个编委分摊吧？

默谷从斜挎在左肩上的书包里摸出铅笔盒，从铅笔盒里抽出一叠菜票，道：我捐五元。

那是月初的日子，离月底发助学金的日子还有长长的二十多天。默谷拿的是甲等助学金。

张晃隐约觉得身体的某个部位发酸。他想强有力地瓦解这酸劲儿。他推开了默谷递来的菜票，指尖在触到菜票的硬角时有一瞬的颤栗。菜票的另一头是默谷的手。他想，手与手之间的桥梁不应该是菜票。

我有办法了！张晃叫道。后来张晃说出的办法让默谷大吃一惊。从那时起，即使默谷坐在教室的这一角，张晃坐在教室的另一角，默谷也常常会用动物园里看河马时的眼光急速地向张晃投去一瞥。

默谷觉得张晃也像河马，常常把身体的很大一部分埋在水里。但张晃的办法创造出来的"会场效果"十分良好，掌声热烈、欢声如雷。默谷当时也把自己巧果儿似的嘴唇张得大大的，在感觉的一片空白中接近了河马。

也娴死在去年暑假。

当时公安局刑侦队根据现场勘查报告，结论是情杀的可能较大。

也娴住的那间宿舍，因为暑假空荡荡的，只剩下也娴一人。后来那间屋子就再也没住过人。也娴是凶死。那间屋子住的最后一个人是也娴。

也娴住在五楼，五楼上面还有一层楼，相邻的左右的窗户间隔也很远，凶手没有办法从窗户入室，事实上窗台上也没有留下任何痕迹。门没有被撬动的痕迹，门锁里经技术检验也没有发现铜片、铜丝等异物转动过的痕迹。也娴死时正穿着睡衣。根据这些情况，刑侦队断定也娴死在一个熟悉也娴住处也熟悉也娴的人手里。凶手要么有也娴住处的钥匙，要么与也娴相当熟悉，不然也娴不会穿着睡衣去开门。

也娴抽屉里的二百元现款完好无损。消失的是也娴放在另一个抽屉里的金项链和挂片、耳垂。这一现象让刑侦队为难了一阵子，最后的结论还是情杀。理由很充足，如果说凶手为谋财而害命的话，现成的二百元钱他不会不拿。

一旦确定为情杀，侦察方向皆循着这方面而展开。刑侦队将也娴接触过的男性一一列出，从小学到中学，又从中学到大学，然后网眼越筛越细，最后在网上跳动的嫌疑者名单是蚂蚱、佐罗、靳大桦。

4

秋天是这个滨海城市最迷人的季节。从东南方向窜来的海风使城市的凹陷处弥漫着海的气息。海的气息是令人难以琢磨的气息，色彩斑斓光怪陆离是海的最深邃最典型的气息。默谷走在大街上时，涌动在她心头的、对于这个城市的感觉，就是无端地让她想到海的深处。

只有梧桐的线条是简洁明了的。秋风又使梧桐的线条更趋于明朗和抽象。张晃的眼光时常在默谷梧桐枝柯般光滑结实、富于质感的小腿上作片刻的停留。人流匆匆，默谷裸露在长袖连衣裙下的小腿，让张晃感到人生是唯一的。

张晃走在老诗人的右边，默谷走在老诗人的左边。默谷小心翼翼地挽着老人的胳膊。充当一个人的保护人，在默谷是第一次。默谷恪尽职守地以一个保护人的姿态向前行进，她的手把老人的胳膊捏得很紧，她的绛紫色的连衣裙像一面举起的盾牌，她常常侧着背用这面盾牌阻止向老人挤压过来的人流。

老人的拐杖在路面上敲击出千篇一律的笃笃声。笃——笃笃……默谷伸耳听着这笃笃声，有节奏的笃笃声让她觉得平稳和实在。生命在以这样一种形式发出暮年的声音。笃——笃笃……有时拐杖发出异样的吱嘎嘎的声音，默谷的心就会蓦的惊跳一下，然后就发觉有人用脚或用包无意撞了老人的拐杖一下。这时的默谷就会朝张晃投去无法理解的一瞥。张晃知道这无法理解是对双方而言的。他无法读懂默谷的眼神中有着什么样的内容，默谷也无法理解张晃为什么独独让一个老人来挤公共汽车？

默谷和张晃出来接老人之前，太阳诗社的社委们临时开了个简短的碰头会，讨论车子的事。默谷提出了她的方案。张晃也提出了他的方案：捏出一大把诗人编辑明星来，拣出几个让他们尝尝挤公共汽车的滋味。囊中羞涩的学生们，自然而然从情感上偏向张晃。但在让什么人挤公共汽车的问题上，张晃几乎是孤军奋战。

让七十多岁的木老挤车，亏你想得出。

奶油小生，让那个专演奶油小生的小子挤。

女同学不会答应，女同学仰慕这小子的奶油劲哩。

张晃的沉默像一块令人可怖的礁石。他冷眼看着周围的浪花和鱼和帆绕着它喧嚣着。临了，他拉大嗓门吼道：木老的一条命我担着。以后找车的事再按你们说的办，今天的事就由我担着。我和默谷去接木老，其他的人大家分头去接。

就这么定了。大伙儿不再吭声。本来搞车就不是件容易的事，谁也不会和张晃在这件事上僵到底。默谷向张晃投去无法理解的一瞥。

大会开始后，宣读来宾名单时，张晃接过了话筒。他的语调湿润而饱满，像一棵在秋天里也没有停止生长的树。

他谈了诗社成立的艰难过程，在所举的几个例子中，他仿佛信手拈来似的说到找车的事。让一个年逾七十的老人挤车，我们能够心安吗？但我们又不得不这样做，太阳诗社需要，简直太需要木老这样的前辈对我们的扶持。我们可能成为明天的太阳，但眼下我们发出的微弱光芒可能不如一棵火柴梗，不如夏季山谷里飞来飞去的萤火虫。在这一点上，木老的心和我们是相通的，倘若没有对我们怀着的希望，对我们的信任，倘若没有我们和木老共同的、始终不渝的对于诗歌的挚爱，木老这一把高龄，又何必挤着公共汽车到东大来呢？

掌声如潮。如潮的掌声在这一刹那表达的是对木老的敬意。是对诗社成立艰难的一种体察和同情。校、系领导似乎也不含礼貌意味地鼓动手掌。

木老显然被这掌声感动了。他挺起颤巍巍的身子，来承受这掌声。闪光灯中，老人的眼角旁亮起明晃晃的晶状物体，那物体沿着老人的脸颊濡动着。在它们濡动了几秒钟后，老人抬动了胳膊去擦拭它们，这一抬胳膊的动作博得了更热烈更沸腾的掌声。

只有默谷不知道如何处置自己的一双手。她看着老人，就像看着自己走进了唐僧为孙悟空划定的怪圈之中。老人不知道，他获得的掌声是他用七十多岁的高龄挤公共汽车换来的。老人像一件道具。默谷充满了对老人的悲哀，同时也充满了对张晃的……仇恨。

5

我忘了补充一句，在也娴睡衣覆盖着的乳沟中，发现了几根头发。经技术鉴定，头发不是也娴的。也娴是 B 型血，头发鉴定出来的血型是 AB 型。刑侦队的老石更有理由把也娴的死归之于情杀。很难推翻老石的假定：不是也娴的头发出现在不应该出现头发的部位。也娴的阴道里没有发现精液。综合起来，这更像怀有爱情目的而干出来的凶杀。这是一场三角或四角恋爱，凶手深深爱着也娴，又不能容忍也娴爱着另一方或另二方。也娴无意中或有意中说出某一件事，激怒了凶手，凶手顿起杀机。在杀了也娴后，凶手拿走了也娴的爱物藉此留作纪念，或这爱物可能就是凶手送给也娴的信物。

也娴乳沟中的头发同时也使包围圈迅速缩小。在与也娴接触的众多男性中，只有蚂蚱、佐罗、靳大桦是 AB 型血。刑侦队通过种种途径，不动声色地在浴室、饭桌、理发厅搞到了蚂蚱、佐罗、靳大桦等一大批和也娴有过接触的男性的头发。

蚂蚱创造出来的蚂蚱形象曾经也让默谷怦然心动。一个寒假里接近黄昏的时刻，默谷从图书馆走出来，迎面正撞上浑身湿淋淋、只穿一条游泳裤的蚂蚱。蚂蚱嘴唇青紫，在默谷面前却巍然屹立。冷吗？默谷望着不远处结着薄冰的河面。蚂蚱笑着说：运气不佳，想抓两条鱼下酒，逮着一条却让它晃着尾巴滑掉了。默谷那时很想把自己的滑雪衫脱下来给蚂蚱披上。蚂蚱一拱手，道：不陪了。宿舍有件"里皮袄"哩。默谷后来知道，里皮袄指的是烈性白酒。

张晃后来告诉默谷：你从图书馆里出来，蚂蚱从河里爬出来，你走一步他跑两步……

默谷说：你也下河呀，你在乡下不是抓过鱼吗？鲫爪子、大白鲤，煨汤、红烧都行。我是属猫的。

蚂蚱宿舍里有很多酒瓶子，密密麻麻横七竖八东倒西歪躺在蚂蚱的床底下。一天，默谷到蚂蚱的宿舍里去，蚂蚱摇摇晃晃站起身子，找茶缸给默谷倒茶。蚂蚱放了一大把茶叶，默谷仍然能够闻到酒气冲破茶叶的包围漫上来。这茶缸装过的酒和装酒的历史不能算少，默谷想。

世人皆醒我独醉，但愿长醉不愿醒。蚂蚱吟道。

默谷想说你不能这样，不能这样。默谷只是轻轻地叹了一声气。

一天，默谷正在午睡，听到窗外传来几声吆喝。默谷探身一瞧，是学校附近的废品回收站拉着黄鱼车在学校里巡回收购。默谷忽然想起了什么，急匆匆漱洗一番就赶到蚂蚱宿舍里。蚂蚱不在。她把蚂蚱的那些酒瓶捆捆扎扎搬到了宿舍外的甬道上，然后去招呼废品回收站的人。

酒瓶换来的二元八角六分钱，她放在蚂蚱的桌子上。硬币下压着一张纸条：这是卖酒瓶的钱。默谷。

默谷到过蚂蚱家一次。那天蚂蚱的父亲正在宴请昔日的老战友。当着那么多老战友的面，蚂蚱的父亲大骂蚂蚱逆子逆子逆子。默谷听到后就很兴奋。蚂蚱父亲的咒骂驱散了她心头的忐忑不安。蚂蚱的家坐落在这座南方城市最隐秘最玄乎的角落，明明在市中心，却静得出奇，连梧桐树叶发出的声响在这里似乎也是胆怯的沙沙声。所有的车辆经过这里不得揿响喇叭。默谷走进这里时，自然而然感受到一种压抑，因而，她听到蚂蚱父亲对蚂蚱的咒骂，产生那种难言的兴奋则是必然的。

蚂蚱请默谷到他房间里去扭迪斯科，默谷就答应了。有一种被压抑的东西在手臂、在大腿、在臀部得到释放。默谷觉得，她也和蚂蚱一起完成了某种叛逆。默谷眼前掠过一组蒙太奇组合：一边是年老者的酒盅，一边是年轻人的迪斯科，而这一切都发生在这个南方城市最隐秘最玄乎的角落。

读大学四年级时，关于分配的话题成为越来越热门的话题。许多人认为，蚂蚱的分配去向不成问题。这时候，蚂蚱宣布：他不参加分配。他要考研究生。

蚂蚱的宣布让张晃想到默谷去问蚂蚱借用蚂蚱父亲的小车，被蚂蚱断然拒绝的往事。往事过去的并不太远，仅仅两个星期。

大约也是在这个时候，也娴闯了进来。也娴的闯入使那种原本朦朦胧胧的格局发生了奇妙的重新组合。

也娴比默谷美，但默谷喜欢和也娴在一起。默谷也知道也娴比自己美。但她想也娴是和自己不属于同一种类型的美。也娴是春天草地上撒欢的自由自在的小马驹，默谷是躲在草地旁静静地瞧见小马驹撒欢的白桦林。默谷和也娴是同一所中学的校友，默谷比也娴高三届，就是说默谷读大学四年级时，也娴刚刚一年级。默谷和也娴是在中学时的班主任老师家里认识的，认识了以后默谷就自觉地担当起老大姐的责任。她喜欢和也娴在一块就餐。她们一块儿就晚餐的机会很多，就午餐的机会很少。往往，默谷上午只有两节课，也娴有四节课，或者反过来，也娴上午只有两节课，默谷有四节课。晚餐是她们愉快的时候，默谷和也娴一块打饭买菜的时候，总有许多目光在她们身前身后绕来绕去。

蚂蚱自然而然地冲进她们罗织的氛围中。蚂蚱常常带着酱牛肉、红烧大排、炒三鲜闯到她们的饭桌旁。蚂蚱不多话，把菜往她们面前一搁，就算是与她们共产了。

也是自然而然的，有一天蚂蚱对默谷说，他爱上也娴了。在蚂蚱，说出这一句话可能意在探索默谷，他挺想看到默谷露出惊讶露出愤慨露出仇恨……但默谷什么都没流露。蚂蚱太不了解默谷了，默谷爱也娴，默谷把也娴当妹妹一般看待，默谷不会把妹妹一般的也娴当作自己的情敌。

蚂蚱喝酒越来越厉害，他想以床肚底下的酒瓶引起默谷的注意。默谷熟视无睹。默谷的态度把蚂蚱引向了绝境。蚂蚱只能跪倒在也娴面前说：我爱你。娴。没有你……蚂蚱不可避免地落入了一个千年不变的俗套之中。蚂蚱后来给也娴买了许多俗物：金项链金挂片金耳环……蚂蚱买这些东西时张晃和默谷已经毕业离开了东大。

我就知道诗社会毁在蚂蚱一伙手中。我说。

默谷叹息一声，没有声响。往事难以回首。假如能够重新开始，这一声叹息又说明什么？

你说过"没有你我宁愿去死，生不能同床但愿死能同穴"的话吗？刑侦队长老石威严地问蚂蚱。

说过。蚂蚱供认不讳。

金项链金挂片金耳环是你买的吗？

是的。

现在它们在哪儿？

这我怎么知道？

好，你还想狡赖。告诉你，坦白……

在老石那儿看到这一份存档的资料时，我不知道这是一幕喜剧还是悲剧。我不能说，老石的假定是毫无缘由的。假如给蚂蚱一次机会，蚂蚱果真就不会勒死也娴吗？他知道也娴在爱着他的同时还爱着佐罗、靳大桦，就像也娴也知道，他在爱着也娴的时候还爱着默谷、高慧、灰鸽一样。蚂蚱和也娴一样，在走进自己灵魂的时候就像走进一片沼泽地。蚂蚱有一天也会勒死他自己的。

只有张晃在那时沉默着。他想象着自己的沉默变成了一块礁石。

6

张晃无法逃脱那个秋天的记忆。在诗社成立大会雷鸣般的掌声中，他偶然瞧见了默谷无所置措的双手和充满仇恨的目光，张晃就翻来覆去被自己的记忆包围着。

记忆只是一种情绪，情绪只是一段往事，一段收了秋庄稼只剩下断茬的田野上裸露的往事。

狗眼领着天兔一伙人风尘仆仆赶到了张晃这里。张晃的一个亲戚住在狗眼所住的平工村。平工村是上海西北角的一个棚户区。小时候，张晃和狗眼、天兔一块儿在平工村的泥地上玩过玻璃弹子。张晃没想到他和狗眼插队在同一个县城，只不过分属两个公社，相距三四十里山路。

那小子呢？狗眼问道。

听说你要来，溜了。张晃道。狗眼是崇义县知青中的一只"鼎"，提起狗眼无人不晓。

那小子撬你的箱子偷的东西呢？卷跑了？

不知道。

哪个箱子是他的？

有两个抽屉的。张晃指了指那小子与众不同的被头箱，又大又笨，箱子上方安着两个抽屉。

天兔，动手。狗眼道。

天兔利索地操起旋刀、老虎钳、钢丝。不一会工夫，被头箱所有带锁的地方坦荡无遮。果然有张晃的羊毛衫、皮鞋、狗皮背心、的确凉衬衣。

拿去吧。狗眼道。

张晃接过了狗眼扔给他的原本就属于他的东西。狗眼却越扔越

145

顺手，又甩过来一团绒线，黑油油的全羊毛绒线。

这不是我的。张晃道。

不是你的也得拿。你不拿就等于告诉那小子，这事是你干的吗？事完后，你和我们一块趁黑溜出庄，我们来得悄悄的，没人会知道。等那小子回来，你就说我也出去会朋友了。这事就等于是在你出去会朋友时发生的，嗯？

张晃想了想，觉得有道理，就收下了那团绒线。那团绒线后来张晃带到了上海，孝敬了老头子。然后，张晃又听从狗眼的吩咐，把自己那些被那小子偷去的衣物悉数与狗眼天兔换了包。

就在这时，有一样很不显眼的东西闯进了张晃的视线。一封信躺在抽屉的角落里。信封上写着：张晃儿启

这是一封张晃的家信。信被那小子拆了，拆了后又悄悄锁进了抽屉里。张晃急急地抽出信笺，是那熟悉的印有"上海工业丝染厂"抬头的信笺。张晃已有两个多月没接到家信了。信中父亲告诉张晃，小妹已在这年九月一日进中学了，大妹为他买了块手表藏着，一待他回上海探亲就给他，大妹总忘不了她能进工厂全赖哥哥去插队的关系。父亲还说，随信夹寄了五元钱，供他零用。

张晃的眼睛有点湿润，他把信封再翻了翻，五元钱消失了。

操他娘×！他恶狠狠地骂了句。随手把那封信塞进上衣口袋。

慢。狗眼道。狗眼的嘴向抽屉唠了唠。张晃明白了，这封父亲寄给他的信他不能拿。他还得把这封信放到那小子的抽屉里。道理与他不能不拿那小子的一团绒线一样。

张晃把他的记忆罗织成一种氛围，然后又把默谷置于这氛围之中。他把他的记忆捅给了默谷，企图以此来瓦解默谷眼中泄露出来的仇恨。

默谷的人生是呵成一气的，流畅而没有断裂感。小学、中学、大学，三点连成一线。默谷听张晃捅开他久封的记忆，觉得像小时

候捅开了煤球炉子的封门，灰白色的粉末刹时纷纷扬扬，片刻后她才能重新发现天是蓝湛湛的。

默谷跳跳蹦蹦。在东大校园的卵石小径上，那时的默谷跳跳蹦蹦。默谷的跳跳蹦蹦表明，她想冲破张晃为她罗织的这种氛围。张晃只能悠悠地尾随着她，看她如何在他罗织的氛围中东撞西突。

默谷懂了张晃的意思。张晃是在说，人活在这个世界上是被动的什么等等，人不能为所欲为。父亲写给儿子的信，儿子必须放到别人的抽屉里去；应该由木老坐的小车，木老却不能坐，不能坐小车反而出现令木老热泪盈眶的场面。或许还可以说得玄乎些，并不存在应该或不应该，只存在世界上发生了些什么，而没有发生些什么。

默谷最不愿意绕的就是这些弯子。这些弯子无端地让她想起小时候读过的《艳阳天》里的"弯弯绕"。

默谷伸出脚，朝路面上的一块小石头用力踢去。她再次表明，她想把张晃说的那种往事一脚踢得老远老远。没想到，这是一块生根的小石头，它的大半埋在泥土之下，露出路面的只是它的一小半。它顽强地阻击了默谷的蛮横。哎哟。默谷蹲下了身子。在蹲下身子的时候，默谷看见了自己的小腿。

痛感迅速凝聚在脚趾间，又慢慢蔓延开，在蔓延的同时，痛感的强度渐渐削弱，渐渐被广度代替。在看见自己小腿的时候，默谷就在痛感的蔓延中涌动起一种感觉，这种感觉就是自己肌肤的娇嫩。默谷情不自禁地想到了柳慧。在想到柳慧的时候，默谷就知道她今天是逃不脱张晃为她罗织的氛围了。

默谷对于张晃的全部感觉皆依赖于柳慧。柳慧是默谷理解张晃的阿基米德支点。柳慧和默谷同一个宿舍。柳慧进大学时已经三十岁了。柳慧和张晃曾经插队在同一个省份的两个县。柳慧读书很刻苦很用功，图书馆闭馆了还要躲在蚊帐里支起手电看一会儿书。但柳慧每星期三晚上肯定要回家一次。开始默谷怎么也搞不懂，这么用功的柳慧干吗每星期要浪费这么一个晚上呢？星期二晚上，隔壁宿舍与柳慧同年的郁芙常常来串门，她与柳慧的对话最多。默谷有时悄悄地支起耳朵听两句。

郁芙问：明天回去吗？

柳慧答道：回去。女儿也不知道怎么样了。

郁芙道：别打过门了，药吃了吗？

柳慧就伸拳去捣郁芙。两人嘻里哈啦抱成一团。

默谷忍不住好奇问道：吃什么药？

柳慧和郁芙同时松了手，愣了片刻，猛然一阵笑更厉害。柳慧收了笑，对默谷道：小孩子家，不该问的事就别问。

默谷红了脸。远远的有一个很玄秘的世界进了她的视线。

柳慧夏天从不穿裙子。柳慧和默谷一块洗脚的时候，从脚那儿生出无限感慨。默谷的腿洁白、结实，像小白桦，肉眼能看出腿的弹性。柳慧的腿皮肤黝黑，这种黑表明它曾经在太阳下暴晒过，曾经有过黑得油光闪亮的时候，尔后，太阳不再照耀它们，它们却再也恢复不了本来的颜色，连黑也显出一种无力的病态的灰黑。柳慧的腿上还错错落落地留下无数树桩般枯黑的伤疤，大的像铜钱，小的像黄豆。伤疤的颜色由于经年累月，色素积淀，显得比皮肤更黑。黑又打起了皱褶，凹凸不平，像一块风化的岩石缝。默谷看着这些伤疤，就觉得有无数故事躲藏在这些伤疤里面。柳慧的伤疤让默谷迷惘。默谷就是带着柳慧伤疤的迷惘来感觉张晃的，尽管张晃比柳慧小五岁，但有着共同的插队经历。

默谷蹲下身的时候情不自禁地比较起柳慧的腿与自己的腿的差异。在这种比较中，她渐渐靠近了张晃。她曾经有过的仇恨在这种比较中失去了烈度，像一瓶打开瓶塞的老窖特曲，酒精渐渐蒸发光了，只剩下水的气味，透明而纯净。

不要吵架。默谷弯起了自己的小拇指。

不要吵架。张晃弯起了自己的小拇指。

世界显出很具体地生动。

7

假如你走进我布置的风景

我的不安得到一刹那的证实

酷爱泡沫是我起床后爱干的第一件事

热烘烘的牙床暗示昨夜的初吻

旋转

阳光不可理喻地转过身

唇上的阳光清凉如唇蕴藉如唇

早晨如唇唇如早晨

剩下的是早晨

剩下的是唇

唇唇

唇

这是佐罗的《早晨与唇》。佐罗强调的是唇。佐罗相信，所有看过电影《佐罗》的女孩子，记下的一定不是佐罗出生入死的经历和精确的枪法。让女孩子们难忘的一定是佐罗黑面罩下的生动无比的嘴唇。强烈的黑颜色面罩强调了鲜红的唇。佐罗自豪，他也有两瓣鲜红无比的唇。大冷的天，西北风割脸地疼，佐罗也不会蒙上一块口罩。

张晃和默谷在校时并不认识佐罗。张晃和默谷毕业时，佐罗刚刚升入大学二年级。佐罗和也娴同届。佐罗不是中文系的，佐罗读的是化学。

149

有一段时期，佐罗是东大的风云人物之一。佐罗说，从他开始，东大的校园里将再也放不下一张平静的书桌。佐罗还说，把书桌掀翻的不是政治，而是经济。经济将使人走火入魔。从佐罗的所作所为来看，佐罗不应该读化学，而应该去读经济管理、国际贸易之类的。

给我一万元，我可以让它翻十个筋斗、一百个筋斗。事实上，佐罗创办东大的"佐罗"餐屋时只有一百元。一百元中还有许多毛票。

开始的时候，佐罗卖的是小馄饨。让他伤脑筋的是没有炉子，没有煤。买一个炉子的话，那种能搁大铁锅的大炉子少说也要百十元。

佐罗注意到食堂主任是个三十出头的少妇。或者说，佐罗在准备搞小馄饨赚钱的时候，已经注意到食堂主任是个少妇。很难说清，食堂主任是不是在毫无心理准备的情况下进入佐罗布置的风景区域的。

佐罗以他鲜红的唇接近食堂主任。

那是某一个夏季刚刚开始的时候。食堂主任把她刚三岁的孩子带到东大。佐罗在学生下食堂帮厨的时候已经认识了食堂主任。

话题由孩子引起。佐罗事后也以为这是最自然的方法。佐罗好像说了这男孩眼睛、鼻子、眉毛什么的都像娘。后来，当时在场的靳大桦说：佐罗只差没有说底下那铃铛也像娘了。佐罗还说，孩子像娘，金子打墙。最后，佐罗似乎是无意，摸着男孩额头上的热疖子道：才六月啦，怎么就生出这玩意啦？

食堂主任说：这孩子内火大。六神丸、金银花露什么的没少吃。

佐罗说：这些不管用。要吃西牛黄。

然后佐罗闲聊似的聊起神秘的西牛黄。好像还从西牛黄的产生过程引出一番哲理的感慨。这是很残酷的事，佐罗说，对牛是悲剧，对人却是喜剧，牛黄就是牛患了肾结石，把那块结石取下来就是牛黄。

食堂主任很佩服地瞧了瞧佐罗，感慨道：那从哪儿才能搞到呢？

几天后，一包价格昂贵的西牛黄到了食堂主任手中。又过了没多久，食堂的大炉子坏了一只，扔在食堂后院的露天地里。再过了一段时日，那只炉子到了佐罗的手下。佐罗算了一下，他并不亏，一包西牛黄的价格是二十八元整。

佐罗在东大的布告栏里贴了一张醒目的招聘启事。就在这张启事里佐罗宣称，从他开始，东大校园里将再也放不下一张平静的书桌。佐罗欢迎有志于从大学时代就开始经济活动的人士到他的麾下裹小馄饨。

一时应聘者云集。佐罗在那时认识了也娴。也娴是众多的应聘者之一。也娴正处在总想用些与众不同的小动作以期引起世界注意的年龄。

也娴和佐罗一起去买馄饨皮。也娴抖出那些一两二两塞塞窣窣乱作一团的零碎粮票时总有些激动。卖馄饨皮的粮店小伙子惊奇地打量她，眼光停留在她的校徽上。也娴就响亮地叫一声：一百斤。一百斤馄饨皮。

馄饨摊设在校园中央大道人来人往的正中。早晨和黄昏是营业的高峰。佐罗管炉子，也娴管收钱，还有两位伙计管涮碗、捞煮。也娴见到中文系的教师经过馄饨摊的时候，总要无端地高声吆喝起来：小馄饨咪，咬一口，一口流油一口香的小馄饨咪。那"咪"的尾音萦绕不绝，丝丝缕缕。见到号称中文系教师中的"白马王子"的郝奎，也娴叫得更是来劲：郝老师，来一碗，我请客。这时的郝老师就失去了上课时的王子风度，连连摇手：不不，我吃饱了，饱

151

了。在郝老师的窘迫中，也娴拍手大笑。

那时的也娴觉得最美的莫过于冬夜了。校园的剪影静穆如一幅精心修饰过的装饰画：珊瑚墙、梧桐树、笔直的中央大道、整齐的教学楼，显得匀称、平衡。只有那馄饨摊的炉火把这静穆和平衡破坏得干干净净。

也娴陶醉在她自己升起的炉火中。

默谷毕业后，有时也顺路弯到东大去。她到了东大照例到也娴那儿坐坐。有时也串门，默谷发觉大学里有洁癖的女孩子越来越少。许多宿舍像随意布置的现代派雕塑。

默谷一次在也娴凌乱不堪、狗窝一般球成一团的铺盖卷下发现几只暧昧的、半透明状的乳胶套。

谁用的？默谷问。已经结婚的默谷很大方地问也娴。默谷发现这玩意的时候也娴恰巧不在宿舍。默谷是后来在也娴家中悄悄问也娴的。

你指哪一天？也娴优雅地躺在床上的羊毛毯上反问默谷。

这么说，你同时……默谷惊讶得不知说什么好。这时的默谷红了脸。

你呀，道学家。也娴叫道。你应该找个情夫，有了情夫你就不会脸红了。生命只有一次，我不想亏待只有一次的生命。

也娴有也娴的哲学。默谷想。也娴找的男人把人的需要占全了：蚂蚱有政治背景；佐罗有经济实力；靳大桦有文学才华。但太全了反而不好，人在时间和空间上都是有限的，以有限去占领无限总会弄出些适得其反的结果来。默谷有默谷的哲学。但默谷不想把自己的哲学强加给也娴。

也娴没有想到正是佐罗那夜的争风吃醋、拂袖而去导致了她唯一的生命的消失。我说过，我不制造悬念。事情是这样的：那夜佐罗把他的引以自豪的嘴唇拱在也娴的睡衣下时，忽然隔着睡衣问也娴：昨天夜里靳大桦来过？

我从来没有问过你和冯君芙的关系。也娴答道。

我爱你。爱你，也娴你知道吗？

我不也爱你吗，佐罗？

爱是排他的，也娴。

爱是宽容的，最宽容的应该是爱。也娴道。

我想勒死你，也娴。

勒吧，还省得我问你讨氰化钾哩。

佐罗气忿了。他忽然觉得自己应该拂袖而跑。他想看看也娴在他拂袖而跑后有没有痛苦。他想确定也娴是在爱他还是在爱他的馄饨摊。

佐罗气冲冲走了，忘记带门。佐罗拱在也娴睡衣下时留下了自己的头发。在佐罗出门的时候一条黑影踅进了也娴房间。

此案结案的时候凶手交代，他窥探也娴的房间已经很久。也娴的金首饰在东大占遥遥领先的地位。至于说到为什么没拿抽屉里的二百元钱，凶手说，来不及了，这时他刚好听到楼梯上有脚步声，他担心是不是佐罗又回转头来。他有这么多金首饰足够乐一番了。

在陆也娴被害的那一夜，你到过陆也娴宿舍吗？刑侦队长老石威严地问佐罗。

没有。佐罗一口咬定。

有人看见你那夜从陆也娴房间里出来。时间是午夜十二点左右。

那就对证。佐罗决心顽抗到底。后来佐罗可能觉得这样被动地接受审讯不是个办法，就企图转移老石的视线。佐罗说，也娴曾经向他索要氰化钾。他说氰化钾即使在化学系也由几个骨干教师控制。氰化钾搞不到，那是戈林在兴伦堡吃的玩意，要烧碱倒可以。也娴说，那不要，那样死得太苦。死是一件快乐的事，不能那么痛苦地完成它。佐罗还说，也娴说这些话时还有一位化学系的同学在场。不信的话，老石可以去调查。

佐罗提供的情况，着实使老石他们又忙了一通。又是核实情况，又是重新解剖也娴的尸体。结论也娴没有服过氰化钾。也娴九泉有知，会恨透佐罗的，佐罗使她的尸身都得不到安宁。

我问默谷：诗社怎么会让佐罗当编委的呢？我觉得诗社是毁在佐罗这批人手里。

默谷说：据我所知，不是佐罗要加入诗社，而是诗社硬拉佐罗入伙。佐罗赞助了诗社五百元钱。

只有五百？

8

诗社让我们成熟。当时的默谷这么说，若干年后的默谷还是这么说。回忆诗社，就像果实回忆种子。

张晃在那个秋天对默谷说：赫拉克利特说，你不可能两次跨进同一条河流。默谷对照自己在那个秋天的经历，也就相信了张晃，或者说相信了赫拉克利特的话。

诗社在讨论诗社的刊物《太阳》的创刊号时热气腾腾，像一锅刚揭开笼盖的馒头。编委们有一个相同的意念：这创刊号一定要打响。从发刊词、卷首诗，直到每个专栏名称的设计，编委们动足脑筋。

那时的诗坛还没有"新生代"或是"第五代"的说法。但诗社的编委们一致认为，东大的"太阳"诗社应该和南大、北大诸多高校的诗社一起捏成一个结结实实的拳头，而东大在这拳头中应该占据拇指或食指的位置。

开完编委会，大家到食堂去吃夜宵。有人要了馄饨，有人要了咸菜肉丝面条。默谷对张晃说：我们吃春卷吧，我请客。

张晃后来再也没吃到过那么好吃的春卷。

默谷吃春卷时很兴奋，对张晃说：你知道我想起了什么？猜猜看。

张晃咬着春卷，等待默谷的下文。

我想起了跳房子。小时候玩过的跳房子。你们男孩子不玩的。用粉笔在地上划上五格或是六格，表示房子有五层高或是六层高。从一格开始跳，谁跳到六格就表示谁有六层楼的房子住啦。我们那儿都是平房，有一幢两层楼的房子就像动物园里的斑马。

张晃有点感动。这感动就像默谷说：找出租吧，我这里有五元菜票，大伙一块儿凑一凑。

张晃说：我想起了插队的日子。要借一本书，好像是托尔斯泰的《复活》。翻山越岭得走三四十里山路。借到书，主人说，三天后你得还来。三天后，啃完了《复活》，刚好下大雨。山区的雨，把小溪都下成了大河，哗啦哗啦，分不清是雨声还是流水声，还得守信用，翻山越岭去还书。好借好还，再借不难。回来时，天墨黑，打着个手电，一个人走在泥泞山道上。那时在山道上眺望的，好像就是现在的这一刻。

我问默谷：东大的夜宵还有春卷吗？

默谷说：想吃春卷啦？到我家去，我会做。

我说：北方没有春卷。

默谷说：那就来吧。

我不可能再吃到那么好吃的春卷啦。我想。

紧接着，发生了一件事。对默谷来说，这件事似乎是一种重复。重复中她发觉人不可能同时进入同一条河流，或者变换一种说法，世界上没有两片相同的树叶。

诗社的编委们没有料到，他们在诗社成立大会时向诗社的顾问们的约稿竟会变成事实。他们只是客气地询问着：你饭吃过了吗？

来，别客气，家常菜，随便再吃一点吧。顾问们果真就再吃一点。

顾问们的诗作纷纷寄来，林林总总，足够占去《太阳》创刊号的三分之一版面。

诗社召开了一次紧急编委会。

退稿，都退稿。让他们也尝尝退稿的滋味。

告诉他们，我们这儿没稿费。

有稿费。给他们寄上一叠东大的饭菜票。

编委会是在张晃的宿舍里召开的。默谷和两个女生挤坐在张晃的床上。由于学生会的会议室没空，临时找到张晃的宿舍，张晃没有来得及打扫宿舍。宿舍很乱，张晃的床上也很乱。

默谷斜倚在张晃的被子上，一如既往静静地听大家热闹地争论着。有时她瞟两眼张晃。那眼神不是着急的。默谷知道张晃的习惯，喜欢在会议接近尾声时抛出惊人之见。

张晃有点走神。默谷靠在他的被子上使他有点走神。他想到被子下藏掖的一双袜子。那天张晃的鼻孔像两只灵敏的电极，闻到了平常闻不着的气味，他知道那气味正顽强地从被子缝隙处漫出来。默谷皱了皱眉头，一双手在床沿搜索了一番，终于没有发现什么可疑之处。

该你啦。有人捣了捣张晃。

张晃回过神来，道：我说两点。第一，《太阳》的创刊号必须最大程度地显示东大诗歌创作的实力。浓郁的青春气息，深邃的人类生活内涵，轻巧多变、活泼有致的现代诗风，应该是创刊号追求的宗旨。只有这样，我们才能在诗坛上显示我们的存在。

有人插话道：你别说这些，这些谁都明白。问题是占去三分之一篇幅还多的顾问诗作怎么办？用了他们的大作，我们的宗旨还如何体现？

张晃道：顾问的诗作必须用。我们惹不起他们。《太阳》要冲出东大，还得仰仗他们在诗坛、在社会上的影响和力量。说实话，他们这拨子人中，除了木老的诗宝刀不老外，其他人的大作我很难恭维。

默谷这时也许正好找到那股气味的来源，发现的快乐漾开了她的嘴唇，她道：好呀，你倒是说说看。你这不是又要马儿跑，又要马儿不吃草吗？

张晃说：现代生活的悖论之一。但这悖论还是有办法解决的。

默谷说：别卖关子呀。我这里也有一桩发现哩。

张晃拼命向默谷摇手。一屋子人道：张晃，你有什么事瞒着我们啊？默谷，你也别卖关子。

默谷在挤坐一块的两个女生耳边嘀咕了几句，三个人笑得前俯后仰。停住笑后，默谷说：张晃，可以饶了你这次，但得看看你说出的办法灵不灵？

张晃当时说，当然灵。后来这办法就果然灵。张晃的办法是出一本《太阳》诗社号外，专门登载顾问诗作，以示对顾问们的仰慕。

从诗社经费中豁出去百把元钱。张晃最后这么说了句。乌拉！这的确是个没法再好的办法了。

默谷说：你还真能又叫马儿跑又叫马儿不吃草哇。

张晃说：吃啦。诗社经费这么困难，这百把元钱连草都不值吗？

张晃后来在这件事情上又完成了一次欺骗。默谷和张晃一块去东大印刷厂提取印好的《太阳》创刊号和《太阳》号外。五百本《太阳》创刊号整整齐齐码在装订车间。默谷满身炙热，五百颗太阳正在她的身前身后簇拥着她。

号外呢？默谷问。

那儿。张晃以嘴唇的动作代替手势。他的手里也正捧着一叠

《太阳》创刊号。默谷顺着张晃嘴唇所示的方向望去，只见一个角落里放着薄薄的一叠号外。

就这些？

够了。二十本，事实上连二十本都用不了。

默谷陷入了长时间的沉默。然后她对张晃说：我们也不容易。

不容易。张晃低头瞧着手中的《太阳》创刊号。

9

靳大桦考上东大时，着实在小镇上风光了一阵子。小镇上的人们为此自豪，县长也是从东大毕业的。有人还说，地区的副专员也是从东大毕业的。

靳大桦写诗很有才华。他不写小镇，小镇在他考上东大时就像一只飘离了海岸的无舵无樯的木板船，越漂离他越远。他写城市。他笔下的城市比城市人的感受还要城市化。整个城市像一枚青橄榄，含在他的嘴里，给他苦涩，给他芬香，给他不尽的回味。在他的诗中，他拥有了整个城市。

靳大桦凭藉自己的才华，当上了《太阳》的专栏编辑，也成为诗社的主要负责人之一。通过诗社，他结识了东大的许多女孩子。

他善于从竖、横、点、捺、撇、勾的起伏变化中辨认出一个人的性别。他还善于从诗的内容嗅出一个女孩子的气质。《太阳》收到的来稿很多，二十啷当岁的年轻人与诗天然有缘。这些来稿为靳本桦的擅长提供了足够的用武之地。

也娴不是靳大桦从来稿中发现的。这使得靳大桦对也娴格外倾慕。靳大桦与也娴接触就像踩进一个布雷区。他料不准也娴会在哪一天、哪一个时候爆炸。也娴总是在他以为不会生气的时候生气，在他以为会生气的时候给他一个媚眼或是一个飞吻。

总有一天我会杀死你。靳大桦说。

158

也娴咧开嘴就笑，眼光中含满鼓励。然后就在他乱草棵似的头发上撸一把，那样子就像摸一个活泼泼的小狗崽子或是小牛犊。

靳大桦使也娴愉悦。靳大桦不知道，也娴刚进大学时就注意上他了。也娴和靳大桦是一个班的。

一年级的第一个学期，靳大桦吃早饭总是在七点三刻左右。食堂在八点正关门。也娴贪睡，常常在七点三刻左右匆匆到食堂抓个馒头。日子一久，她发觉总能碰上靳大桦。开始也娴不明白，莫非靳大桦和她一样贪睡？后来一打听，发觉不是这么回事。靳大桦那时很刻苦，早晨五点就起床了，和尚念经似的念外语。再后来，也娴看出了奥妙，靳大桦看中了东大食堂的腐乳汁。坐落在这座南方城市中的东大，饮食习惯上自然保持这座城市的习惯。早餐往往是馒头、泡饭，菜点是千篇一律的大头菜和腐乳。腐乳到七点三刻左右往往卖完了，只剩下腐乳汁，间或残留一些腐乳的碎块。腐乳汁不卖钱，只要和食堂师傅打一声招呼，就会舀一勺子给你。靳大桦看中的是腐乳汁。

靳大桦捏着白馒头蘸腐乳汁的样子让也娴感动。这感动曾久久地逗留于也娴心头。当然，后来也娴也不再为腐乳汁感动，如同后来的靳大桦再也不碰腐乳汁一样。

在东大，靳大桦是唯一由也娴主动邀请、到过也娴家的男同学。也娴的家在这座城市繁华的商业区。也娴的妈妈是医生，她打量靳大桦的眼神就像正捏着个听诊筒。也娴的爸爸是地质工程师，终年累月在大小野地里跑。那一刹那，靳大桦觉得自己也变成了裸露在山谷中的一块矿苗。

那天在也娴家吃的是西餐。是靳大桦有生以来第一次吃西餐。法式西餐，也娴告诉他，只差没有蜗牛。

靳大桦吃得憋气又别扭。左手拿刀，右手拿叉，别像拿镰刀似的。盘子得向外倾斜，不是朝里。对了，得像维吾尔小伙子拿鼓，鼓面朝外。真笨，在法国，培养一个正宗贵族得三代，少一代都不行。

浮上来一种感觉。像少年时在家乡的青谷河里泅游，在水中被水草左缠右绕，好不容易脱开身，猛的就把脑袋抬出水面，不顾一切地抬出水面。靳大桦冒出来一句：培养一个贵族的叛逆者得几代？

也娴愣了一下。她不知道她在靳大桦的感觉中变成了水草。转而也娴快活地大叫：真棒，大桦，真棒！

也娴也到过靳大桦的家乡。是暑假。有点像外交上的回访。也娴在小镇上的出现，曾引起持久而热烈的轰动，像地震。

青谷河弯弯地流。流出一片古老的宁静。牧牛的孩子横卧在牛背上，牛蹄在山径上笃笃敲响。牛涉过青谷河的浅滩时，青谷河蓦的泛出细碎的雪浪，入微地感受着牛的重量。也娴在想象中变成了青谷河，河水流进了她的心脏，又从她的心脏流出。河水流进的时候，带来了一些什么；河水流出的时候，又带走了一些什么。

河滩的一块平坦沙地上，靳大桦铺开塑料布，在塑料布上放好啤酒罐、可口可乐罐、香肠、午餐肉。他想也娴会喜欢这种野餐氛围的。

也娴冷冷地注视着靳大桦摆弄这一切。

摆弄妥当后，靳大桦摁响了录音机按钮，猛的爆发出一阵炒豆般的打击乐旋律。

靳大桦扭起了迪斯科。沙地上只能扭扭迪斯科，典雅的慢三慢四不行。靳大桦说。细砂果真无声无息地嵌满他的脚趾缝。他弯腰朝也娴做了个请的姿势。

你懂个屁。你根本不懂大自然。也娴大怒。录音机被她拧小鸡似的扔到了青谷河里。

靳大桦没有像以往那样，在也娴发怒的时候像只小猫。他吼道：我不懂大自然？我八岁的时候就在这里放牛。放牛的时候山谷里的静，让我憋得只想吼，你懂吗？你懂个屁！

这一夜也娴温存得像青谷河。

老石将靳大桦带进审讯室时，靳大桦在三个男人中显得最老实巴交。有一答一，有二答二。

老石换了一种态度审讯靳大桦。老石审讯得比较含蓄。老石让靳大桦把他所认识的女孩子的名单列出来。靳大桦列了一长串。

老石没有发现陆也娴的名字。

你不认识她？

她已经死了。

她为什么死的？

我不知道。我动过念头要勒死她，像勒死我自己一样。

你没死，不是还坐在我这儿吗？

我会死的。

审讯笔录到此完成了整整一卷。我还得翻阅第二卷才能够继续把故事讲下去。但为什么还要讲下去呢？我觉得这个故事已经完了。

10

我和默谷去看过也娴一次。也娴躺在一只楠木的小方盒子里。照片上的也娴明朗，欢快，似乎正从那只方盒子里调皮地探出脑袋。

叫阿姨。默谷对孩子说。

孩子自然站在我和默谷中间。我们面向也娴排列成平行的一条线。我对默谷说过，你不该把孩子带到这里来。

也娴喜欢孩子。默谷说。

离开也娴后，我对默谷说：我这才觉得真正告别了诗社。诗社没了，也娴死了，一块儿死了。不知道是谁杀死了谁。

但我们创造过。默谷说。这一刻默谷充满了哲理。

停顿了片刻后，我说：再见，默谷。

你不去看看蚂蚱吗？

那么好吧。再见，默谷。

空　旷

火避免和手

作那最直接的一触

——引自《〈徐芳诗选〉日常情景》

1

平工村再度发生火灾。

你不可能对火有特别的记忆。对大多数人而言，火的记忆永远停留在视觉上，但火只有在触觉上才会变得深刻。很少有人对火有深刻的记忆。

老石说：平工村再度发生火灾。老石使用了再度。老石对平工村的火灾有一种特别的记忆。老石没有被火烧过，尽管与形形色色的火灾案件打了许多年交道，老石也没有被火烧过。老石对火的记忆并不深刻。不深刻的火老石却记住了，因而我说老石对平工村的火灾有一种特别的记忆。我注意到老石使用了再度。我想老石的再度是说给我听的。

一年之前的那场火发生在唐二妈家里。低矮的寮棚之上盘旋的火舌并不美丽。它忍受着某种压抑，燃烧得像一条刚从冬眠中苏醒的蛇。它胆怯地舌噬了房梁、檩条、檐草和油毛毡。火灾现场有浓厚的柏油味，那味道显然来自油毛毡。老石的嗅觉准确地在柏油味中闻到了另一种味道。他没有理会哭哭啼啼诉说着火灾起因的唐二妈，而是对着我说：你闻到了吗？

很淡，但我也同样闻到了。其实在我踏入这片废墟的时候我已经感觉到了这场火的异常。我说过这寮棚之上盘旋的火舌并不美丽。只有九平方，拥挤着三代五口人。问题还不仅仅在这里，还在于胖鱼的那一双眼睛，那一双眼睛里始终有着一股火，它不是情焰，传递出的热量却并不逊色于情焰。

烧吧，烧了才好！那是很小的时候我就常听胖鱼念叨着的一句话。他点燃火，点火之前他与根娣刚好大吵过一场，点火之后他两手抱在胸前冷冷地看着火苗慢慢地在门板上活跃起来。

你活够了？活够了。烧了房子你去坐班房。住新工房。你想得美，国家没有王法了。逮住了他凶，逮不住我凶。

当然火迅速地熄灭了。一桶水从胖鱼肩上、颈下鱼跃而过，既濡湿胖鱼也熄灭了门板的火苗。

那是小时候的事情。我不能肯定我对于火的记忆有几多执著、几多顽强。我对火的记忆同样不深刻。但在两年之前的那个早晨，我和老石一样，很准确地闻到那一缕很淡的气味。

那股气味源自煤炉上方。

唐二妈说，看来是一件衣服掉进炉膛里烧起来的。煤炉是新买的，封了还是火旺。

被烧伤的是胖鱼。胖鱼的双腿像涂满了红汞，也像红鲤。至少两度烧伤。我在心里衡量胖鱼那双腿。

他离炉子近，开着窗，放煤炉味，风刮得巧，正好是东风，火就更旺。唐二妈看见我盯着胖鱼那双腿，怀着某种感激向我解释道。

我并不需要这种感激。我同样闻到了那股很淡的气味。那股气味源自煤炉上方。

闻到什么？我没有闻到什么。我说得很响，老石能理解我的意思。我很少把话说得那么响。

你再闻闻看。

我把鼻子认真地伸向废墟之上的梁、檩、瓦砾和破碎的水缸。

煳味。

还有呢?

煳味。

好吧。老石意味深长地看了看胖鱼那双腿。那双腿正在渐渐变得粗壮,如同廊柱。你应该知道这个故事,回局里的车上老石对我说,你插过队,你应知道,喝香烟屁股浸泡的茶,控制一定的量,会出现两个"+"或四个"+"的血尿;空腹,白酒再加肥肉,GPT会不正常。

听说过。还得加上两夜不睡觉,效果更佳。但我没试过,我周围的人都没试过。

老石不再吭声。

2

平工村再度发生火灾。我当然能够理解老石所说的再度。倘若再发生两年前那样的案子,委实难办。怎么说呢?有时案子越小越难办。

好在这场火美丽多了。

起先它是幽幽的、温柔的。它像一条小溪温柔地环绕着山脚而淌,就是说,它燃烧的异常缓慢。一个钟点它转动了一圈,两个钟点它转动了两圈,然后它转动的节奏渐渐加快,一个钟点它转动了两圈,两个钟点它转动了四圈至五圈、六圈。它靠近了河,这条暗红色的小溪在越来越快的转动中靠近了河。它开始变得开阔起来,蓦然之间它就变得开阔起来。这是一盘蚊香,现在你明白了这是一盘蚊香如同小溪一般走完了它的路。

差不多凌晨 3：00 时。

蓦然开阔的小溪在秋夜舒卷而又自如。火光映红了秋夜的辽阔天宇。星辉和月辉在火光的照耀之下显得胆怯而又弱小。借着火光的照耀，平工村各式各样的瓦屋和寮棚投下奇形怪状的阴影。从苏州河那儿吹来了潮湿、略显滞重的晨风。在晨风吹拂下火苗更欢畅地跳跃着，烟雾随着风势或聚或散。

被烧的是疤六的"圆梦"餐屋。餐屋右邻中山环路，背倚平工村。最早发现这场火的应该是在中坊路上疾驶而过一辆汽车，或许是卡车，或许是轿车，或许是公共汽车，但车只作了瞬间的停留之后就重新启动开走了。疤六后来对老石说，他听到了那声尖锐的刹车声。

接下来发现这场火的是一个女孩。她只叫出了一个字：火。隔了五分钟，或许十分钟、一刻钟，她仍然只会叫那个字：火。火火……火火火……

火这时其实已经窜到楼板上了，楼梯正在断裂过程之中。现在你可以明白"圆梦"餐屋是一幢两层楼的民房改建的。底层是餐屋，餐屋一隔为二，其前厅部分搁置了一排火车车厢座，约有六七张之多，其后厅用作厨房。楼上居住着疤六一家四口：疤六、疤六老婆小秦、疤六的两个女儿。在底层前厅与厨房的交接处有一架楼梯，从这里可以通向疤六的卧室；在楼梯右侧靠厨房的那头还放置着一个巨大的煤饼炉子。与所有的餐屋饭馆一样，这炉子是用来炒菜的。事后经技术鉴定，起火部位也就在炉子附近。

我和老石赶到现场时火已经完全熄灭。废墟之上的青烟虽有几缕但已不显得丰满。我不知道我究竟是一种什么心情站立在废墟之上。我能够肯定的是我此刻的心情完全不同于两年前。老石说，平工村再度发生火灾。其实何必用再度呢？即使对我的心情而言也不必用再度，此次绝对不是那次的重复。科学的表述应该是：一九八

166

九年十一月十四日凌晨 3：00，在平工村发生火灾。这就够了，我的心情就应该被如此表述，平静，但并不冷漠，各种交织着的情感达到了一种平衡着的静态。

眯起眼打量世界，同时打量废墟。和老石在一起的日子我已经习惯用废墟、废物乃至废人来打发它们。松下 G-33 型录像机的棱角消失了，代之的是边缘焦煳的一团，如同骄阳之下漫开的沥青；直角平面的夏普彩电，屏幕不知飞向了何方，那方形的黑洞颇有骷髅的神韵，而这只屏幕起飞的时候应该有过轰隆隆的巨响；可爱的是那些河鳗、基围虾、阳澄湖河蟹，在几个小时之前它们像它们的祖先一样栖居在水草之下：在"圆梦"餐屋的正门橱窗前，有着长长的玻璃水柜，水柜里漂浮着一层货真价实的水草，但在一九八九年凌晨 3：00 至 3：30 水草失去了漂浮的依托，我猜想那场火烧到正门这儿约摸在 3：20 分左右。水草仍在原地，它们失却了原来的颜色，变成了黑色，河鳗、基围虾、阳澄湖河蟹离开了原地，可以想象它们在火中爬行了一阵，或是蹦跳了一阵，爬得最远的是蟹，它们同样失却了原来的颜色，在烈火中央的变成了黑色，在烈火边缘的变成了红色。红色的基围虾与红色的阳澄湖河蟹在深秋早晨的阳光照耀下色泽热烈而又迷人……

在使用眼睛的同时我也使用了鼻子。我没有闻到那缕气味。

我不可能在"圆梦"餐屋的废墟之上闻到那缕气味。我压根儿没有打算在这里闻到那缕气味。疤六不是胖鱼，胖鱼会去做的事，疤六绝对不会做。疤六很阔，起码在几小时之前疤六还很阔，很阔的疤六不会干那样的事。

在老石很敦实很宽的肩部之下我看得见疤六的影子。疤六的影子垂立在废墟之上，有些弯曲，在以前的日子里只要疤六站立着，那影子是很硬朗的。我想那就是忧伤了，那弯曲的弧度准确地勾勒出忧伤。我还看见疤六的女儿，她正好十六岁。我注视十六岁的女孩子的眼睛，那双眼睛只写着一个字：火。她穿得很单薄，正在颤抖，两肩在深秋早晨的阳光下不知所措，那双眼睛也不知所措，她不知道该向哪儿举目，她力图把目光掠过废墟，但废墟以一股强力使她的目光迫降。她是疤六从邻居那儿叫回来的，因为在疤六家是她第一个发现了这场火。

你估摸一下直接经济损失多少？老石问疤六。老石总是这样开始进入角色。数字是要进局里的，还要通过局里层层上报。

房子也算？

烧掉的都算。

房子造价一万，内装修五千，一万五，再加录像机、彩电和衣服箱子、家具，再加两根金项链三只戒指只找回一根两只就是丢了一根一只……丢了的算不算？

烧掉的都算，不烧掉的不算，金子烧得掉吗？

那不算，就算三万吧。

接下来我做了一个动作并说了一段话，这个动作和这段话随即引起了疤六的误解。他会以为我还没有忘记十多年前的那个黄昏。事实上我也没有忘记，但仇恨早就失去了烈度，如同一场暴风雨过后，谁还会在阳光蒸腾中挂念被风雨浇湿的衣服呢？遗忘与学会遗忘是人的生存法则，要不人一天都活不下去。可是不管怎么说，我确确实实做了一个动作并说了一段话。

我的动作是从一根乌黑的横梁之下拎起了一只红螃蟹。我说：这算进去了吗？

嘿嘿。疤六笑得璀灿笑得尴尬。他不想得罪我，但也不想太卑怯。他艰难地将璀灿与尴尬包容在同一串笑声中。

在疤六的笑声中我蓦然明白我想到了什么。我的月工资收入勉强可以买两条河鳗，六到八只阳澄湖蟹。我想我仇恨的是河鳗而不是疤六，最多是疤六拥有的河鳗。

如果说我是在叙述一个故事的话，故事的一部分来自我自身。我的血肉、骨骼、神经、皮肤是故事的一部分。

3

差不多过了一年之后，一九九〇年十月十七日，我坐在居室的老藤椅之上阅读妻子的诗。妻子在一年之前的秋天写过一首叫《秋天》的诗。我喜欢这首诗。在秋天我尤其喜欢这首诗。

一片远去的风景

就是我——

在地平线以下的地方

坐着，像一颗马头

把影子投向膝下的草

这有空的日子

诗有一种辽远，也有一种孤寂。秋天就是这样的，我觉得妻子的诗很准确地传达出我在秋天的意绪。

在这样的时刻很容易展开回忆，让回忆起伏。秋风吹拂着，它吹拂的不是蒙蒙绵长的秋雨。它吹拂树叶，犹如吹拂田野，你听到树叶沙沙响了，而这时回忆也在邈邈地起伏着。这样明朗的秋日是为回忆准备着的，它不会给你带来忧伤，即使你的回忆里充满忧伤。

我就在这时想到了少年时代，想到了疤六。如果我说一年之前我就回想过我与疤六曾有过的纠葛和仇恨，那是骗人的话。废墟景象对回忆并不适合。

那时我家和疤六的家是邻居。我家和疤六的家隔着一条两尺宽的窄弄而相望。在我家与疤六的家友好往来的时候，那条窄弄像一条纽带。这比喻很通俗，但实在。那时就是这样。我家是两层楼的木结构瓦屋，疤六的家也是木结构的两层楼瓦屋。在瓦屋面向窄弄的那一面，我家和疤六的家都在楼上开了一扇窗子。我家和疤六的家隔窗相望。我无数次承担过母亲所交的使命，从窗子的这头向另一扇窗递去馒头、馄饨、爆米花和红烧肉。疤六在另一扇窗口也向我家这里递送过寿面、寿桃或是山芋干、玉米花，或是油炸臭豆腐、油煎带鱼。互送可口的吃的东西，这是平工村相沿的苏北乡俗，在我家和疤六家则通过两扇窗口来完成了。这一传递方式的最大优点在于隐蔽性好。

在那样窄小的两扇窗口，我和疤六也完成了我们少年时代的友谊。疤六很早就学会了装配矿石收音机。隔着窗子，疤六在收听到我喜爱的《地道战》插曲时，总爱将耳机甩给我。一条线在窄弄之间晃荡，鬼子进庄时的进行曲在两个少年口中变成了一种打击乐。我在这一头拍击着木屐板，疤六在另一头踢踏着楼板，低矮的木结构楼房成了扩大打击乐声频的音箱。

我们也看河。从窄弄伸出头去可以看见苏州河。尽管受到窄弄的限制，我们的视线不能放得很远。苏州河被头尾掐断似的露出一截。一截断藕似的苏州河已足够让我们欣喜，让我们打发少年时代无比充足的余暇时光。那些在浑浊、乌黑河面上呜咽着的木板船，或是小公鸡般昂扬欢快的驳轮带给我们少年时代的岁月说不出的欣喜。世界在船的移动中一格又一格、一程又一程向我们展现。我们充满了向往。

后来我和疤六都长大了。后来我必须和疤六分道扬镳。疤六的肌肉太结实，太结实的肌肉在那动乱的年月很容易被蛊惑。疤六很快爱上了打架。在疤六上唇和下颏长出一层毛绒绒的胡茬时，疤六热爱斗殴。野马伏槽、黑虎掏心、双龙抱柱、浪子回头，以及抓腕法拿掌法缠指法什么的。疤六学会了很多名词很多动作。夏日黄昏时分，倘若疤六没有打架的生意可做，疤六则干那嘴皮子买卖，把暴力对人的诱惑渲染得有声有色有滋有味。在疤六的渲染之下，你会对人体产生一种新的理解。人的裸露在外的手、腿、足、肩、髋、腕、颈、臀与人的藏之于皮肤之下的心、肝、肺、胃、肾、肠子似乎皆可被挪用为一件道具、一种布景和氛围。疤六凭借着这些道具、布景、氛围创造他青春初始岁月的英雄活剧。在疤六的叙述中我知道了疤六狠揍胖鱼的故事。疤六说，那一天我突然手痒。我刚学会双龙抱柱。胖鱼那两条柱子还真不赖。粗、宽、挺、直。嘿，送上门来的。我说胖鱼我家玻璃窗碎了一块，有人说是你干的。胖鱼说没有哇没有。我说还没有没有，看拳。然后就是一个双龙抱柱。嘿，过瘾。我得承认在那些疤六眉飞色舞干嘴皮子买卖的黄昏，我是疤六忠实的听众之一。暴力永远对十六七岁的男孩子产生诱惑。在听完了疤六对人体的解释之后，我再去干我自己的事。我看书。我学习。我是母亲和邻居们眼光中的好孩子。在我偷偷借来的《红与黑》或《邦斯舅舅》中，人体得到的是另一种解释，它们在情感中熔化然后再凝固，凝固成一尊塑像或一群浮雕。在对人体的两种解释中我度过黄昏并且长大。一九七〇年我告别母亲、妹妹告别疤六去江西插队。一年之后，我从赣东北农村归沪探亲时，我的旅行包里放着我给疤六带回来的礼物：一串一百响的挂鞭。在一九七一年，上海城的所有商店里都没有鞭炮供应。鞭炮是上海城的稀罕物什。母亲说，疤六不会稀罕你的礼物。妹妹说，他才不会在乎你的挂鞭哩。母亲和妹妹都告诉我，疤六看中了那条窄弄。疤六和疤六家稀罕的窄弄。这年头，地皮更金贵。

窄弄？那不是大家的公地吗？那不是我们家的山墙我们家的出海口吗？如果没有窄弄，我们家从哪儿去眺望苏州河呢？在夏天，我们家从哪儿能够享受到湿润的西南风呢？

不行，我对母亲说，我去找疤六。母亲说，找归找，说归说，不能打架，你打不过他，十几家人家捆一块儿也打不过他们一家。

疤六显然有准备。各方面都有准备。准备扩建房子的红砖、檩

171

空旷

条整整齐齐码在后院里。疤六扔一支烟给我。疤六说，兄弟，我们家比不得你家，你家人少，你去插队，你妹妹迟早得嫁出去。我们家老大老二等着房子结婚，老三老四大妹妹虽说去了外地插队，但回来总要有个落脚的地方吧？老五还在待业，和我一样，总得有个窝放几身替换衣服吧？

这是公地！我对疤六说，这是平工村十几户人家每天必走几遭的弄堂。

那你算同意啰？

我没同意。我从来就没有同意过。

疤六默想了一下说，管你同意还是不同意，也不管别人家是同意还是不同意，这房子是盖定了。在一九七一年，在平工村，没有疤六想干的事情而干不成的。疤六那时身强体壮如牛，羽翼丰满。疤六家除了拥有疤大、疤二、疤三、疤四与疤六外，疤六还吸附着二三十个被我称为羽毛的小兄弟。

一九七一年十二月二十四日。我用刀在门板上刻下了这一个日子。我想我不会忘记这一个日子了，我永生永世都不会忘记这个日子了。但我坦率地告诉你们，若干年后，我家从平工村搬出的时候，那块刻着这一日子的门板已经找不到了。我问妹妹，门板呢？妹妹说，什么门板？我说是刻着字的门板，刻着一个日子的门板。妹妹说，你不是刻在门板上的，你是刻在山墙的毛竹上的。我在我们家的山墙上寻找了一刻钟，我没有发现那一行字、那一个日子。我对妹妹说，你记错了，是刻在门板上的。妹妹说，那你就在门板上找呀。这一行字、这一个日子莫非还要我给你守着不成？

我没有找到一九七一年十二月二十四日。我只能说大概是在一九七一年十二月二十四日。二十个小伙子忙碌在初冬晴好的阳光之下。他们搅拌泥浆。他们传递砖块。他们劈木头或锯木头。然后他们垒砖。

当我最后一次出现在窄弄弄口的时候，他们像得到一个口令，猛然间全体放下手中的活计，将眼睛、脑袋还有手都朝着我的方向。在发现我只有一个人时，在与我相持了一分钟（可能不到一分钟）后，他们才在疤六的眼神示意之下重新开始干活。在那一天我凭吊了窄弄的消失。在那一天我最后一次通过窄弄去眺望苏州河。在那一天我再一次想到了一个积聚仇恨的方式：我在他们开始垒砖的时候开始默数。从1到9 888。疤六家霸占窄弄用了9 888块砖。尾数是三个8，我想这很好记，后来我就记住了。仇恨在那时变成了一块又一块很具体的砖头。我从早晨数到了晌午，数到放学的妹妹归来。

4

现在9 888块砖已经倒塌在地，在深秋早晨的阳光下打不起一点精神。它们杂乱无序地排列着，破碎、散漫，以一种凝重的黑色与蓝天作着对比。当年我的仇恨是一种有序的整体，它们被码成了墙的形状。现在，当年的仇恨已被瓦解成一堆废墟。我忽然想到仇恨也是一种形式，或许人的情感都有某种物化了的形式。

故意的，这肯定是有人故意放的火。疤六对着我，也对着老石说道。他的话从我和老石中间穿插而过。我和老石并肩而立。在疤六看来，仇恨总是很具体的。

在老石看来仇恨同样是具体的。他接下来的问话表明了仇恨可能有的运行轨迹。老石问疤六：昨天营业了吗？疤六点头。

营业到几点？

疤六在心里默算了一下，说：差不多十二点吧。

你能说清最后一批顾客是些什么人吗？不要多说，说五个吧，最后五个。

最后五个？疤六咕哝了一句。在他的嘴角有极细微的颤抖。如同一条小溪汩汩而流突然撞上了溪中央的一块石头。漫过石头后小溪继续汩汩而流。但老石显然已把溪流和石头尽收眼底。

说吧，最后五个。老石语气里含着不容抗拒的坚定。

一对男女。男的三十五岁奔上，四十岁朝下。高个，有一米八，戴副眼镜，很斯文。女的二十五六岁，条子很清爽，人也很清爽。

还有一对男女。男的……四十开外吧，女的很小，二十不足。这一对不说了，不说你们也知道。晚上，饭馆，免不了的……

还有一个是……女人。独身女人。年纪四十不足。

这五个人里面有你认识的人吗？老石突然插上一句。

谁？

……就是那个……最后一个，独身女人。

5

你可以想象一下我们这座城市酒吧的格局与氛围。在沿街的灰褐色的建筑群中猛地会有霓虹灯开放如同春天的花朵，那就是酒吧了。它不同于星级宾馆里的餐厅，豪华宁静之中显示出一种开放的姿态；它也不同于国营饭店，无论是一流二流或三流的国营饭店，它们解决的是"食"，是口腔的快感或胃囊的快感。酒吧不是这样，在精神氛围与物质实体两者之间，它更注重前者。它隐秘，玻璃门窗前它往往挂上厚厚一层门帘和窗幔。在夏天和冬天，在太平洋热带风暴和西伯利亚寒流光顾我们这座城市时，它在城市中更加显得突兀。它像一座岛。我们不会轻易渡水跨入一座岛。坐落在中坊路上的"圆梦"餐厅就是这样一座岛，尽管它没有挂酒吧的牌子但在格局和氛围上却与酒吧相似。这只会给它带来经营上的好处：作为餐厅所交的税比之酒吧要少得多，而兼顾酒吧特色又会使它的客源要丰富浓稠得多。

你可以看见河岸了。沿着苏州河走到中坊路这儿，苏州河在这里猛的拐了一个弯。岸于是蜿蜒弯曲，路也就有了回绕。"圆梦"餐厅坐落在路的回绕之处。

他们沿着光影斑驳的河岸走得久了。河岸上有雨，他们的脚在雨中踢踏久了。在路的回绕之处他们的瞳仁猛地一亮，有片刻的不适应。当他们适应之后的本能选择是到这座岛上去。漫游久了的人都会需要栖脚、需要岛。

"圆梦"餐厅就这样接纳他们，接纳和他们一样沿着河岸蹒跚走来的人。

深秋的蒙蒙细雨尾随着他们走进"圆梦"餐厅。他们坐了下来。他们坐在一排火车车厢座的当中。椅背很高，高出了他们的头。他们背门而坐，从门那儿站立着望过去能望见两只湿漉漉的脑袋。一个脑袋黑发奔放无羁地像一个马头，另一个脑袋是披肩黑发像瀑布也像一个隽永的逗点。逗点与马头保持着某种距离，一种无法用尺丈量的距离。

她接过他递来的手绢。她拭去皮裙上的水渍。雨水在皮裙上恋恋不舍地作最后的闪烁。皮裙很瘦，她的腰也很瘦。她把纤瘦细长的手伸平放在台子上。纤纤十指伸平之后充满某种纪念意味，在每一个手指的指甲位置的背面有着厚厚的茧皮。那是与黑白琴键长年累月接触的结果。应该是。

他把菜单簿递给她。她接过来后又把菜单簿放在台子上推给他。有轻微的声响，是纸质的菜单簿与桌面玻璃摩擦后的声响。

他把右手斜插进西装内袋，从那儿捻出一张一百圆的票子。他把票子递给疤六，轻扬的手臂优雅、自如。来两杯啤酒、施格兰冰露、威士忌加冰块，再来两只蟹吧。

疤六接过了一百圆。接着他把手伸向可调节灯光强弱的壁灯旋钮。在每一个火车车厢座靠墙的那端都悬着一盏玻璃多棱体的壁灯。旋钮在向右转动的过程中带动了灯光，灯光向黑暗处滑去。他制止了他，他说，别。

灯光恢复如初。

疲倦仿佛是突然降临的，她突然把头埋进了他的臂弯。他猝不及防，他的臂弯本能地向后缩了缩，接着毫不迟疑地前倾了一大截距离，像港湾一样表示出某种弧度。这弧度就变成她湿漉漉的脑袋所需要的依托了。

再仔细看，这不是疲倦，疲倦不是这样的。这是一场告别。重要的是这个风度优雅的男人和这个年轻漂亮的女人要告别了。她的肩在颤抖，两片瘦削的肩胛骨在银灰色羊毛衫裹动之下颤抖。如果低下头凝视这两片肩胛骨，它们就是在风中抖动并告别的帆了。即使从另一个侧面凝视它们也像堤岸上挥动的头帕。它们颤抖，它们忧伤。

重逢是一件遥远的事。你可以从他们腿部相隔的距离感觉到重逢十分遥远甚至无望。他和她的腿没有贴近也没有缠绕。这说明他们的亲近他们的久远。她当然是他的情人。只能是他的情人。这可以从一个深秋的雨夜他们走进一个临近市郊的餐厅中得出结论。你甚至可以假定，他们已经举行过某种告别仪式，但在上一次告别之后他们忍受不了告别之苦，于是他们再次相约。他们相约得很匆忙，你可以从那双被秋雨淋湿的耐克和那双白色意大利时装鞋的斑驳雨渍上看出他们很匆忙。他们已无暇注意天气预报。他们没有伞。他们曾信誓旦旦，这是最后一次告别了。从越来越快的肩胛骨运动的速度来看，你也可以假定这是最后一次告别了。

她需要哭泣的力量。从肩胛骨颤抖的过程与速度的变化来看，她应该到了哭泣的时候，但她仍然没有放出声音来。片刻后有了一丝压抑着的呜咽，在呜咽之声继续放大的时候，它被蓦然爆出的巨响遮盖了。那是两只健壮的阳澄湖河蟹在锅盖之下作最后的挣扎。

渐渐地复归宁静。

雨势在 10:30 分左右开始加大。因为疤六在这时推门迎接了他在这个深秋雨夜的最后两位顾客。那个在 11:05 分出现的独身女人不是他的顾客。他的最后两位顾客闯进店堂时雨势正如江河运行。他们不是沿着河岸走来的。他们从中坊路上直奔而来时疤六就知道他们缘何而来。他们推门而入的声音很响。在环顾了店堂的格局之后他们径直奔向最贴近厨房、最靠里的那排火车车厢座。

现在你可以发觉他们与他们相隔着两排空荡荡的火车车厢座。两排空荡荡的火车车厢座充满宁静和寓意，如同一个千年不变的寓言故事。

他同样熟练地从皮夹克的内层插袋里抽出一张五拾元的票子。疤六没有接钱。疤六用右手作了个响指的动作，但食指与拇指的接触有意味却没有声音。他又抽出了同样纸质同样颜色的一张。这时从多棱体灯罩里漫出来的壁灯灯光迅速向黑暗之谷滑去。

壁灯没有完全熄灭。没有完全熄灭的壁灯反而比黑暗更显得暧昧。欲望就是这样一种光线。透过这种光线你可以隐约看见她的脸部和身体的轮廓。她拥有年轻。她拥有的衣装也算得上时髦。同样白色的意大利时装鞋，同样黑色的长统丝袜，同样山羊皮制作的黑色紧腰短裙，但上身羊毛衫色彩却露出了破绽：绿，但绿得让人不忍睹目，它让你联想一团霉变的饭团之上浮动着的那层绒毛状的绿色。她的胸部突兀得夸张。她的脸型算得上姣美，只是妆太厚，在一番秋雨的洗刷下已露出沟壑。

没有多余的动作。他在疤六转身去厨房的时候直扑主题。店堂的一个角落里弥漫着猫啃鱼刺般的窸窸窣窣的声音。

疤六再度出现在他们面前时不得不用曲起的食指敲击板壁。嘭嘭、嘭嘭嘭，疤六敲得很轻。但这一声音激起了两种声音的反应。

空旷

在痕六面前的是手急速退出某件尼龙质地衣衫的声音，在疤六头顶的是吱哑吱哑在床上翻身的声音。头顶上的声音使得疤六无法弄清是女人没有入睡还是女儿没有入睡。他明白的只有一点：面前的这种声音的崛起对楼上的两个女人都很不合适。

疤六递给他们四个冷盆：猪肚、猪舌、猪心和盐水花生米。疤六还给他们一瓶二两装的西凤一瓶力波啤酒两听罐装雪碧汽水。

朋友，空腹伤人。疤六对他说。疤六对她微笑。

朋友拎得清。他对疤六说。喝什么，啤酒还是雪碧？他对她说。

她把小手指曲起，然后弹到二两装的西凤上去。手指与瓷质酒瓶接触后发出叮咚一声。

他有点惊讶，但迅即掩盖了那点惊讶。他露出了赞许。他表情变化极快，这使得他的脸上总好像有鱼在游动。鳊鱼、黑鱼、乌青、穿梭子，你说不清是哪一种鱼在他的脸上捣鼓出波纹，你只是知道不同的鱼会捣鼓出不同的波纹，你尽可以在他的脸上领略鳊鱼涟漪之微、黑鱼涟漪之沉、乌青涟漪之宽、穿梭子涟漪之急之细。他对疤六说：再来一瓶，噢，不，再来两瓶。

疤六再度重复了那个响指的动作。

他有点气愤，但迅即扼杀了那点气愤。他露出了高兴，露出了一掷千金的潇洒。他把手伸进皮夹克的内层插袋，重复捻出一张五拾圆的绿颜色票子。

炒一个吧。他对疤六说。

荤的，还是素的？

当然是荤的。他笑。她笑。疤六也笑。

10∶45分，油锅爆响。

现在在她的身体内部正有着某种旋律在膨胀。你已经可以看见这种旋律的膨胀在如何改变一个人。她用双手抱紧额头和后脑勺。她想压制那种旋律的膨胀。她没有成功。她的努力换来的是血流汹涌、血流拍击，血浪在太阳穴那儿撕打咆哮。你可以假定那是血流唯一的出口，但唯一的出口又被皮肤封堵住了，于是在那儿形成了血流的漩涡。你可以在她苍白的脸上看到太阳穴在跳动不已。一段打击乐还是一段华彩抑或是小号孤独嘹亮的独奏你不知道。她的痛苦会吸引你和她一起涉入回忆之河。

雪后或是雨后。黄昏或是早晨。这个戴着红色滑雪帽的小姑娘在凝望着一条大河或是一朵浮云或是一个矗立在原野之上的孤零零的稻草垛。他就是在她的凝望中走进了她的视线。于是他才会成为她记忆中永远不会磨损的一块铁。

他的手轻轻地抚摸她的肩，她的背。他的手在倾听。

或许是贝多芬的《欢乐颂》在遥远的山谷激起回声，或许是舒伯特的《小夜曲》在月光照耀下的海滩上空奏响。或许岁月从来就没有明朗过，从来就不需要古典音乐的滋润，需要的只是一种迷惘与迷惘之中的默契。一声口哨，一个被疏忽的琶音就足以召唤你再一次穿过那条村口的小路、翻过那座拦在村口的栅栏、轰走一只猪或一群牛，这时你就会再一次发现胸腔里有金属般的音响在回荡。他忽然想哭。这个风度优雅的男人望着自己的手不知所措。

Ban 村。她喃喃吐出一个双音节词。

Mao 县。他吐出另一个双音节词。

你没有打下来。我后来听人说你没打下来。

打下来了。没有打下来我就不会让你……后来我看见金属的钳子就害怕，就想吐……

还有呢，酸枣？

咸菜。她莞尔一笑，笑得有点凄惨。

179
空　旷

你父亲——他说出这三个字就觉得不妥。停顿。他迅速通过停顿完成了转换——他的那本书我看到了。我会尽力而为的。

谢谢。她说。

他停止了说话。她说谢谢。这个词在制造一片缄默。这个词似乎突然之间把她拽到了现实。这个词天生有着一种距离感、一种扩张力。

猪肚切得太厚，味道还不错。你吃。我还没问你，你在哪儿工作？

你看，你猜。

我看不出。宾馆？商店？就是那个电影院？69路公共汽车上的？对，我看挺像。

我没工作。

没工作？那你靠什么？

靠你。你们。

……

你喜欢看电影？

不喜欢。

那你在——

我喜欢的事你猜不着。

修长城？

算一桩吧。

还有吗？

杀人、放火、抢劫，还专找你这样的。

看不出。有前科吗？

我爸有，我妈有，我哥有，我能没有吗？

现在恐怕还没有。

有的和那差多少呢？不陪着你坐这儿么，任你捏任你掐任你上上下下来来回回。

我也陪你。想上哪儿？樱花度假村？中国城？那干脆到外地，近一点苏州杭州，远一点得过了这个月。庐山？桂林？

你的嘴倒是不错。

嘴唇？

舌头。

嘿，嘿嘿。

雨在 11:01 分开始稀疏。在 11:05 分雨停了。

雨停的时候疤六充满了预感。他感觉到这个晚上总会发生点什么。女人推门而入的时候他没有惊讶。他只是警觉地看了看放着三菱冰箱的墙沿。紧靠门的藕荷色的墙沿处没有出现一缕橘瓣形的黄色灯光。楼上没有开灯，如果楼上开灯的话在墙沿那儿会投上一缕从楼板缝隙处漏下的灯光。疤六始终没有搞明白，缝隙是锯齿形的，而光的形状怎么会是橘瓣形的。

疤六接过了女人的雨衣。疤六说，你发昏呀！

女人说，这雨衣挂哪儿？就挂门后吧。女人麻利地再从疤六手中接回雨衣，挂在门钩上。

我想她，想得苦想得发疯。

那你现在也见不到她。她睡了，早睡了。

那闻闻她的味，她的味道总在这儿。我们坐哪儿，你说吧，我们坐哪儿？

疤六迅速睃巡了一遍店堂。靠门那儿虽空，但那儿是为橘瓣形的灯光保留的位置，是楼板缝隙投影的控制区域。疤六说，坐当中吧。

空荡荡的一排火车车厢座的中间现在开始变得充实起来。寓言地带出现了疤六和一个女人。这个女人曾经是疤六的女人。

11：15 分，有一列火车从上海站发出或是进入上海站。长鸣的汽笛在湿润的深秋之夜显得幽远绵长。

你是啃梨还是啃鸡啃鸭啊？
——苹果。

吻我。她说。

他吻到的是绝望，是一股死亡的气息。你可以看到他的嘴唇猛地哆嗦了一下，整个身体像被冰块激动起来。

不要这样，他说，会过去的，都会过去的，都会好起来。他俯首于她的耳根处，嘴唇在她的耳垂与鬓发之间形成的白色三角地带游动，间或像只小鸡雏般啄一下再啄一下。

吻我，她固执地重复。

他小心翼翼地再度把嘴唇靠了上去，让他宽大的脑门去抵住她窄窄的额头。他拼命吮吸。他在企图把她的绝望吮吸出来。然而绝望不是微生物不是葡萄体双球菌，绝望不会飞快地从一个躯体移向另一个躯体。他失败了。这个男人失败了，他侧过身，扶起她摇摇欲坠的脑袋。他轻轻地说，你要坚强。但说完后他马上感到懊悔，他看见她果真十分迅速地坚强起来。她把头拨浪鼓似的一摇就摆脱了他的手掌。

你在说我太软弱了，是吗？我太软弱了？

他赔罪似的绽出一朵微笑。他已经明白他错在哪儿了。他的话已经让她误解，她会以为他在把这一场铭心刻骨的爱、把这个深秋雨夜的告别全都视之为一种软弱。尽管女人事实上是软弱的，但他也不能解释，越是解释事情越是来得糟糕而不会更好。你再一次可以肯定，这个风度优雅的男人与这个指尖生长着厚厚茧皮的女人之间已经打了很多年交道了，在事情可能变得更糟的时候他像往常那样选择了沉默。

你要我坚强。什么叫坚强？我不可能坚强，我不可能像你要求的那样坚强。和你一分手我就会嫁人。你信吗？我要依托，女人都需要依托。我要嫁人，马上就嫁人明天就嫁人，你信吗？

别激动，轻点。很晚了，天已经很晚了。他温柔地召唤她，像召唤一只鸽子。他知道她的情绪也是一只鸽子，在他的肩头靠久了会需要天空需要飞翔，哪怕飞翔时天空布满阴云和闪电。但飞翔久了，它又会在召唤之下飞回来。这一次她还会飞回来吗？

她再度把脑袋送到他的肩膀上。她还是那只鸽子。只要他的一声召唤她还会飞回来。他热泪盈眶。她却猛然间触电似的缩回了脑袋。

航班号？她问。

……不是说好了么？

航班号？她继续问。

……你听我说，我会给你写信。会给你——

航班号？我不要你的信，一张纸一个字都不要。我不会守你不会等待你不会守活寡。噢不不，我没这个权利，这个权利不是我的。航班号？我不会到机场去，不会，不会出现在她和你的孩子面前。我会让你体体面面伤伤心心地告别。我做得到，我说过做得到就做得到。我只要到机场外面，机场外面的广场很大。我就想在那儿看看你坐的那架飞机。它飞走了我就放心了。我就完了。就亲手杀了你，你明白了吗？就等于我亲手杀了你。那架飞机一飞走我就完了，我就放心了。

你喝多了，你喝得太多了。

航班号？

……4578 航班。

4578，好数字。等于涅槃。等于有一场火。被火烧是很疼的。很疼很疼。小时候我玩过火，没想到到了二十六岁还在玩火。啊啊！火光熊熊了。香气蓬蓬了。时期已到了。死期已到了。昨天我翻了这首诗，翻的时候很痛快，你信吗？

信。……涅槃很痛苦，但也很幸福，他捧起了她的脑袋，他继续说，我早忘了这首诗，这首很有名的诗，我只记得结尾是欢唱欢唱，是许多欢唱堆砌在一起。

他像回到初吻时一样笨拙地将她的脑袋压紧。他吻她。他说，你会有那样一个结尾。

11:30 分，中坊路上有一家杂货店停止营业。那家杂货店接待的最后一位顾客是一位十六岁左右的女孩。她在这个骤雨初歇的深秋之夜犹豫不决地买了包葵花籽。或许她更愿意买的是巧克力是进口口香糖。

任何红色的物体在橙色灯光下宛如镀金。这个临近四十岁女人的红毛衣在橙色灯光下像古代仕女镶有金边的斜对襟衣衫，古朴浓郁得如同一坛花雕。这是个风韵犹存的女人。她套着条牛仔裤，过紧的线条使她的腿失去了年龄。她脚蹬半高腰雪青色雨靴，雨水在雨靴上的停留使雪青色获得一种生命的质感。

疤六，你是个畜牲。你害得老娘好苦。女人轻轻地咬着疤六的耳朵说。

不假。当牛当马是老子的命。老子也是这个命哩。

你当牛当马？你说给谁听？人说中坊路上银行里票子哗哗地淌，有一半淌的就是你疤六的哩。

屁话。我一个子儿都没往银行里塞过。好说歹说你我夫妻一场，我的深浅我的习性你也不是不知。

别抠门。我提起个钱字就听你这么一长串啊，我提起个树叶你还不搬棵大树砸我？得了，直说吧，今晚个上门就是问你讨钱的。

我这辈子欠你的还是上辈子欠你的？给你的还少哇？两万，再加一辆七成新的"大发"，够你发一回的了。可你好，砌长城去了。万里长城永不倒，你可是倒了。你不粘乎这玩意我会甩了你蹬了你吗？

嘀，大善人。什么时候疤六被调教成一个大善人了？我看你前世就没有积过阴德，你肚子里有几根肠子我还不清楚？说吧，给，还是不给？

……你要多少？

五百。

灯忽然亮了。疤六准确地感觉到楼上的灯忽然亮了。藕荷色的墙沿那端袅袅浮动着一朵橘瓣。

你看什么？女人好奇地跟着疤六的脑袋转动。女人看到了三菱牌冰箱端端正正地搁置在靠门处。冰箱冷凝器忽然进入工作状态，一阵嗡嗡嘤嘤的叫声刹时响起。

我猜到它要叫春了。疤六说。

神经病。女人说。她若有所思。她看到疤六若有所思她也就若有所思。这是个很乖巧的女人。这时候，在她和疤六的前后都有着轻微的咝咝声，像蛇在草丛中游动，像鸡雏啄破蛋壳。女人忽然觉得有点热。她被秋雨飘湿过的鬓发和脸颊已经十分干燥。她叫道：陆子，小陆子。疤六看到了一双被秋雨洗过的眸子。疤六说，你叫我什么？

陆子。小陆子。

在疤六答应的时候，灯忽然熄了。痕六准确地感觉到楼上的灯熄了。他又一次伸出了头。冰箱仍然处于工作状态的轻微颤抖之中。他再一次回过头的时候女人推开了他。他叹息了一声。他说，上次托葫芦为你介绍的那个，条件不行？

不行。女人说。

咋不行呢？

他没你力气大，没你钱多，没你滑头，没你心狠，没你会坑人。

行啊，明儿个再叫葫芦为你找个力气大、钱多、滑头、心狠、会坑人的男人。

别假惺惺的做好人。实话对你说，男人早找好了，在家里给我焐着被窝哩。世上找什么都难，就数找男人容易。

真的？

假的。

真的还是假的？

你急什么？抓耳挠腮的像猴似的。不是你让我找男人的么。这么说你倒是假的啰？

嘿嘿，我是为你好，望你找个贴心的。

你怎么知道人家不贴心呢？

——你是真找好了？

假的。

说真话，我给你五百。

你给了我再说。

灯忽然亮了。灯再一次亮了。你可以发觉疤六已疲惫不堪。在"圆梦"餐厅底层坐着的六个人当中只有他知道那盏灯又亮了。但他没有人可以诉说，他无法启齿告诉其中的任何一个人灯又亮了。他忽然想撒尿，就像灯忽然亮了一样。他对女人说，我要方便。

拐过那个刚关门的杂货店再拐过三条窄弄有个便池。便池附近有个小花坛。水泥砌就的花坛之中长着一棵南国棕榈。疤六在那儿看到了一条黑影。解完手后疤六在那儿转了一圈。疤六没有发现什么。在花坛的水泥边沿上有一小撮凌乱的葵瓜子壳。疤六没有发现葵瓜子壳。

11:55分，雨后的中坊路上只有一个人影，那就是疤六。

当疤六回到"圆梦"餐厅的时候，疤六目瞪口呆：所有的人都走了，三个女人两个男人都走了。仿佛是一种来自宿命的驱使，仿佛是听到一种召唤，他们都走了。留下的是一种空空落落的感觉。

灯熄灭了。楼上的灯熄灭了，但底层的灯没熄。多棱体灯罩里的壁灯如同十分钟之前那样，该亮的亮着，该暗的暗着。这忽然之间产生的冷落，这出乎疤六意料的冷落，让疤六有一种猝不及防的感受。拳法中的黑虎掏心似乎就是如此。

疤六当时只想到一种解释：楼上的女人下来过了。按照这种解释，这三个女人两个男人是差不多同时离开"圆梦"餐厅的。

事实也确实是疤六老婆从楼上走了下来。她说，十二点了，要关门了。

6

疤六的叙述没有提供任何方向。或者说提供的方向太多。倘若再加上我的艺术想象方向更多，而结论自然是没有确凿的破案方向。

还是让我们继续回到那个深秋的早晨。

老石说，你闻到了吗？

我把鼻子前倾，让它与空间凝固和漂浮着的某种气息作出更贴近的接触。我没有闻到一年前的那缕气味。在踏上这片废墟时我就

空旷

说过没有闻到那缕气味。我还说过疤六不是胖鱼。疤六拨119的时间很早，距离起火时间不满五分钟。

不是。老石说不是，是酒味。老石在我耳畔嘀咕。

我说，废话，老石，哪有饭店没有酒味的。

不是，是烧过的酒味。酒被燃烧过发出来的味道。它与在酒瓶里、在胃囊里发酵过的酒味不是一回事。

我说，我懂了。老石，我懂了。那股味道在这儿。在两截断了的楼梯那儿，那儿这股味道仍在顽强地透露出来，从废墟的焦煳味道里冲杀出来，一丝一缕、丝丝缕缕在诉说着什么。

你也可以懂了。起火部位在楼梯那儿，如果没有助燃物的话它不可能迅速形成蓬勃旺盛的火势，不可能蔓延得无法控制。后来技术鉴定的结果也证明"圆梦"餐厅的火灾存在着某种液体助燃物。

接下来的问题是，酒是装在酒瓶子里的，它是怎样被点燃的？一个酒瓶被首先点燃，然后再波及到整个酒柜？

现在我看到了那条小溪。那条暗红色的小溪流淌过后留下来的灰烬。它们已经不再完整，圆形的弧度已经消失，但它们苍白中略显灰色的尘埃却像小溪旁的细砂，让人爱怜的同时又希望被人遗忘。

有蚊子吗？我问疤六。

没有哇，过了重阳就见不到了。疤六没法搞明白我怎么会提出这样一个问题。但我却搞明白了一个事实：疤六昨天夜里没有发现那盘悄悄燃烧着的蚊香。或许它的烟味被大煤球炉的烟味掩盖了。我只能这样解释。

7

被那盘蚊香点燃的不仅是"圆梦"餐厅，它还同时点燃了我的记忆。

那是秋天。那时河显得清瘦。那时田野显得寥廓。那时我们去插队。那时我们已经落户在一个村庄。我们在秋天到了一个陌生的村庄。

你能想象我们告别父母告别城市独身一人奔赴异乡时只有十六七岁吗？我们还没有脱离游戏的年龄，事实上我们中的许多人在开始的时候都把插队视为一种游戏。这种游戏态度与离乡的事实构成了我们的生存现实，于是一些不悲伤不幽默哭不得笑不得的故事就发生了。

那只能是夏天。秋天过去了，冬天过去了，春天也过去了，我们迎来了我们插队时的第一个夏天。我们穿裤衩。男的女的都穿。我们集体户的女生不美丽，但这并不妨碍她们穿裤衩。那时穿裤衩是很正常的，那时还没有风行长长的睡裤。现在我已经无法回忆穿裤衩与我们那次游戏的最内在的联系了，我能肯定的是有联系。最简捷的联系是：因为穿裤衩就必须点蚊香。蚊香是那场游戏的导火索。

那天我们和她们发生了一场激烈无比的争吵。争吵的起因我同样无法回忆了。或许为了谁的箱子里仍有隐匿不报的萝卜干或大头菜什么的，或许为了谁在吃饭时的速度太快，掠夺了别人的一份菜肴。

争吵的结果使我们决定报复。在她们吃好晚饭点燃蚊香然后将门挂上去老乡家串门的时候，我们用刀拨开了她们房间的杉木门闩。我们在床底燃烧着的蚊香尽头放了一串挂鞭。然后我们把蚊香放回原处，让它们继续燃烧。那些蚊香好像也叫"三星"牌，第一年我们从上海带去一些，第二年我们都拒绝了，那么这件事肯定是发生在第一年夏天。

半夜，鞭炮声大作。守候了半夜的几个十七八岁的小伙子高兴得手舞足蹈。而一片爹啊娘呀的哭声夹杂在鞭炮声中纷涌不息。那

189
空旷

个哭得最惨叫得最响的女孩子就是疤六的妹妹。一个月后，她们以同样的方式报复了我们。敢于学会这一方式的也是疤六的妹妹。

现在，随着回忆的展开，一个十六岁的女孩子神情忧郁地走进我的视野。她酷似二十年前的她的妈妈。她是疤六的外甥女。她的妈妈现在仍在江西某个工厂里。根据最新政策，仍在外地工作的老知青的子女，只要年满十六足岁可以照顾返沪读书或安排工作，条件是上海必须有愿意接收的亲人，并且不能提出住房问题。疤六的父母已经过世，疤大、疤二、疤三、疤四、疤五都在疤六的金钱策动下搬迁。那个十六岁的女孩子落户在疤六这儿是再正常不过的事：这里曾是她妈妈、她外公外婆生活的地方。但疤六拒绝了，据疤六对邻居说，是他老婆拒绝了。

一个假设已经闪电般地照亮我的思路。在我的假设中那个十六岁的女孩子已经点燃了那盘蚊香。一种以蚊香充当导火索的方式当然不可能得之于遗传，但她或许在童年时听她妈妈讲述过当年的那些故事。只能说或许。

8

我的三岁多的儿子在玩他的游戏。看着他精心筹划的这场游戏我就知道我的故事必须结束了。

在房间中央的地板上，他将他的所有的玩具都搬了出来。狗熊、娃娃、鹿、猫、刺猬、熊猫、兔、虎、大汽车、小汽车、坦克车、火车等摊了一地。

我不知道他在干什么。我问他，儿子，你在干什么？

2号冼拿赛车失火了。消防车、救护车、警车都来了。小朋友们来救火，小动物们在旁边看热闹哩。

过了一会，妻子走进房间后同样叫道：你干吗把房间弄得这么乱？妻子同样没有发现儿子的主题。而要发现这样一个隐蔽着的主

190

题，倘若当事者儿子不吭一声的话，我可能知道吗？

何况我的故事要比儿子的游戏复杂得多。

何况案子可能根本不存在主题。

此案最终没有结果。

一九九〇年一月十二日，我看见老石拔出那支老式旋杆派克笔在此案的卷宗上写道：此案有故意纵火的可能，但也不能排除自燃的可能性。

合上卷宗后老石对我说，平工村的房子也该拆了。

我说，是该拆了。

老石说，都是木结构的房子，高高矮矮、你缠我绕的，防不胜防。

我说，缠在一起就难办，无论是房子还是人。

调酒师的女儿

引　子

可惜，它们不是 MB 161 威龙赛车，不是 GT 2 格里福赛车，甚至都不是一九六九年就风靡欧洲的 GT 21 埃尔弗赛车。它们是一些轿车，雪铁龙、奥迪、皇冠，以及一辆林肯，但更多的则是桑塔纳。不管怎么说，在轿车家族中它们十分普通，但它们曾经充当的使命却是如赛车一般飞逐。

一九九〇年十二月十八日，在我们这座像往常一样平静和喧嚣的城市中，发生了一件空前的赛车赌博大案。

老石对我说，这个案子你接手吧，有劲，但不棘手。

我说，我不好接吧？我应该回避。

老石说，你和阿伦是什么关系？

我说，同学、邻里、朋友的朋友，可能他还算得上我的什么表弟。

老石说，那就还是你接。接吧，有什么事尽管找我。我始终和你在一起的。不过，名义上是你接这案子，懂吗？

我说，懂了，老石。

另一个引子

一九九〇年十一月十三日，他像往常一样到道口去。他知道这

浮云苍狗

一日子不太好，但他还是去了。后来就有一些故事发生了。

他看到了一辆车。一辆红红、小小的大发。道口的警报器这时呜呜咽咽惨惨烈烈地吼叫起来，道口两旁装着轱辘的铁制栏杆在轨道上迅速开始合拢。那辆大发车像粒火星一样擦着即将合拢的栏杆飞驰而过。然后铁制栏杆发出合拢后的沉闷呆滞的撞击声。

他看到了那粒火星。在后来的日子里他觉得就是那粒火星点燃他的思路。他的思路原本是一堆纸、一堆布或一堆干柴，需要的就是那么迅捷闪过的火星，然后它们就被点燃、就被它们自身燃烧的火焰照耀得通体透明。

他算了一下，故事应该发生在十二月八日。

他喜欢道口。管信号灯、管道栏、挥红绿信号旗的小伙子是他五叔家的幺儿子。堂弟从来不问他为什么到道口来。堂弟知道他是干哪一行的。堂弟知道他有时候婆婆妈妈多愁善感。昔日的荣光已被狗眼带走，堂弟不可能知道他的过去。

你可以想象一下列车驰过城市铁路道口的情景。在黄昏，在那样的时刻列车轰轰隆隆驰过来了。夕晖漫漫迢迢铺展到天尽头，你可以想象夕阳就是一条道路，在狭仄的城市空间，这是唯一的无涯无涘的道路。你的视野随着闪亮的铁轨绵延，你的心被拓宽。大地微微有点颤抖，那轻微的颤抖总会让你想到摇篮想到初恋的时光，而列车在这时一去不复返。这是一条河流，一条真正的你不可能两次跨入的河流。你凝望着河流远去，你被城市平凡单调的节奏压抑得过分拘谨的想象豁然开朗。一些人离你远去，而另一些人正迎着你奔驰而来，他们果真像一条河在你面前流淌。

也可以收回想象之缰。有许多往事沿着铁路展开。往事羸弱又显得茁壮，如同春天从铁路路基的石子堆里蹦出来的荠菜花。母亲在铁路边沿的泥径上采撷过野荠菜。母亲说，不叫采，叫挑。然后她挎着满满一篮野荠菜，踩着枕木格子里的夕阳像踩着一首古老的歌谣回家。那一次她没有听见长鸣的汽笛。那一次一列从乌鲁木齐到上海的53次直快在她身后停下。她距离列车五公尺。五公尺的距离使得司机的詈骂很清晰地传入她的耳中。她脸色苍白站立在列车之前，回家后却笑得像个孩子。

在铁路的另一侧，他的一个朋友死去。朋友丢下了一个老婆、一个孩子。朋友死的时候天上下着雨，雨使得他的死有了理由：他劈头盖脸裹着一件雨衣迎向了飞驰的14次特快。

在铁路沿着上海站的方向绵延时，有另外一些往事萦绕着大蛮。那时，沪宁沪杭两条轨线在那儿合拢。从很高的地方往下看，铁路完成了一个"人"字。"人"字的弧度使得列车的速度渐渐放慢。那时候有许多人就在那儿练习飞车。大蛮是练飞车的一个。那是一九六八年，那年大蛮十六岁。

他问大蛮，为什么要飞火车呢？

大蛮说，火车上有煤。

他说，煤球店里也有煤。

大蛮说，那不就对了，火车上的煤与煤球店里的煤都是一个样的，都黑，都能烧。

大蛮为煤差点付出死的代价。

你无法想象，一列火车曾经轰轰隆隆地从大蛮头顶驰过。他的脑袋紧挨着枕木与枕木之间的凹陷处，他的四肢、他的腹部、胸部紧紧贴着枕木、贴着大地。他从来没有如此紧密地和大地相亲相近过。然后那列火车就从他的身躯之上呼啸而过。

他已经无法记清大蛮为什么会躺在枕木之上。二十多年的时光匆匆而过，至今让他激动的只剩下那场面：一个活生生的人躺在列车之下，他的头或许不能抬高半公分，然后成吨的重量擦着他的头皮呼啸而过。巨大的涡状气流曾在那一瞬间吹动他的头发。他的头发在那一瞬间曾出现过什么样的形状呢？

在经历了如此巨大的死亡威胁之后，一个人对生命可能持什么样的态度呢？至少有两种态度：一是把生命当作一样捡来的东西，随意挥霍、随意轻抛；二是倍加珍惜生命，捏紧它、榨取它。但无论哪一种态度都改变不了这样一个事实：生命如同童年时玩的洋泡泡。你随意轻抛它，它可能升高，也可能在升高的过程中爆裂；你紧紧捏着它，须臾不敢忽视它、漠视它，它也可能在你并拢的手掌之间爆裂。

故事确实已经开始了。

他策划了这一切。在铁路那儿他就想好了这一切。他想到了大蛮。二十多年前有一列火车轰轰烈烈从大蛮身上驰过。他想象那是一列客车。那样就有数不清的男女老少，唱着或沉默着、闹着或端坐着、快乐地或忧伤地从大蛮身上驰过。

大蛮拥有的就是这样的生命。他想我也应该拥有这样的生命。在火车呼啸而过时能够辨认出生命曾经承受过的一种东西。他说，只能说是东西。在汉语中它既能够指代精神，也可以指代物质。或许还存在着一种既非精神又非物质的东西。

他排列了参加者的名单。这是一份跨越城市中心区和棚户区、文化区和工厂区的名单。他们都是他的朋友，或者是朋友的朋友。

说吧，我说，有哪些人参与了这一案？我觉得我的声音在审讯室的四面高墙中找不到出口。它们聚集在那儿产生了一种变形。或许变形的不是我自己的声音，而是由于我面对阿伦的缘故，因为我毕竟不是第一次在审讯室说话，但阿伦是第一次，或者说我是第一次在审讯室面对阿伦说话。我觉察出了自己的声音有一种蔓延着的陌生感，它们似乎不是来自我的肺部、咽部和声带。

和他们没有关系。阿伦说。

有哪些人参与了这一案？我继续问。

和他们没有关系，确确实实没有关系。是我策划、组织、实施的，确确实实和他们没有关系。

我们已经知道哪些人参与了这一案。我说。我说这段话时比之以前说类似的话要诚恳得多。

阿伦抬起了头。他看着我的眼睛。我想我的眼睛诚恳、真挚。在那儿阿伦应该看得到瞳仁深处蔓延开来的辽阔和深远。

阿伦忽然说，我不明白我为什么还活着？我的那辆桑塔纳不是擦着栏杆栽倒了吗？我不是被甩出车门了吗？

我说，你撞在车门上了。你撞昏了。我承认，在这一刹那我被阿伦反诘式的悲怆问句感动了。在我眼圈周围蔓延开来的除了辽阔和深远还多上了一层温柔。

我说，不论怎样，还是说吧。起码，你现在应该说。

阿伦说，你们真的都知道了？

我说，真的。

一九九〇年十一月十四日。岑珂。

现在，他站在一九九〇年十一月十四日的岸边，远眺逝去的一九七八年。

那是春天。一个青蛙、蛇和油菜花都苏醒的季节。同时苏醒的还有知识，对阿伦来说，还有青春。

在那个季节里阿伦听到了《红河谷》。现在你听惯了迈克尔·杰克逊和布鲁斯·斯普林司汀，听惯了齐秦的《大约在冬季》或是童安格的《让生命去等候》。那些音乐之鸟的热烈或舒缓的翅翼已经习惯于降落在你的肩头。但在那个春天，阿伦听到《红河谷》舒缓忧伤的旋律时，鼻腔竟然冒出一股酸楚。紧接着，他才在这首加拿大民歌的召唤下看见草原、森林和无涯无涘的河流。这时他正在东大拥挤的学生食堂中打饭，播放出如此美妙旋律的大喇叭悬挂在东大学生食堂被油烟熏得发黑的一个角落里。他相信随着这首《红河谷》的出现他会找到他梦寐以求的心爱的姑娘。这恍惚忧伤的旋律似乎来自于他的宿命，来自于一个他早就相识并且苦苦思恋苦苦寻觅着的姑娘的召唤。

果然他认识了岑珂。

岑珂是东大外语系的，但他结识岑珂却不是在东大。东大有那么多好地方，雾岛、荷花池、杨柳岸、图书馆红楼、文史楼的辽阔平台以及十九世纪古堡般幽深潮湿的地下人防工事……那些好地方孕育了许多故事，但阿伦结识岑珂的地点却不是在东大的那些好地方。他结识岑珂的地点是在校外的一所医院里。那所医院是东大校医院的上级医院，他就在那所医院萦绕着来苏水的气味中结识了岑珂。

那里有几把椅子，逶迤着排向内科诊室。他坐在那把椅子上，岑珂也坐在那把椅子上。那把椅子可以坐五六个人。她紧挨在他之前。她有着他喜欢的一束马尾。下午的阳光从窗户那儿斜射过来。阿伦小心翼翼地眯缝起眼，将眼光的方向与阳光斜射过来的方向拉平，这样那束马尾自然而然横在他的眼光与阳光之间，透露出充分的棕色意味，像一支年深月久的箫，似乎只要他的手指摩挲上去，它就会发出他久久期待的声音。

她手里捧着一本书。他对她捧着的书不感兴趣，因为他手里也捧着一本书。在一九七八年有许多人喜欢捧书。他感兴趣的是她覆盖在书之下的病历卡。那本小学生练习簿一样的病历卡让他着迷。那卡的正面有着"单位"一栏，他想凭此搞明白她是否和他一样来自东大。

终于有了那么一瞬，压在病历卡之上的书裂开了一道缝隙，透过这一缝隙阿伦成为一个窥视者。他看到了一个熟悉的"大"。那"大"字的一撇被处理成粗犷的一捺。这一捺如同一只愤怒的脚在蹬踢着大地。阿伦在这愤怒的蹬踢中兴奋不已。

看病啊。

这是阿伦对岑珂说的第一句话。这句话在当时就让他感觉到命运的力量。这句话似乎穿过了许多夏天才来到他的身边。他就这么平平常常轻松自如地吐出了这一句话。

接下来他想问：看什么病？但他没问。这不礼貌。他想。似乎还不仅仅是个礼貌问题，似乎还牵涉到一个秘密。那本书压在病历卡之上，像雪压在原野之上，有一些秘密就这样被雪掩盖了。这是一本关于她身体的记录，她护住了这些莫非如同护住她自己的身体？

看病。她回答他。她漫不经心的语调仿佛表明他和她早就相识，早就存在着某种默契。

他和她就这样相识。但她回答他的第一句话就带有保护某种秘密的审慎或者说带有某种制谜的癖好。病，如同水果，如同燃料，这个词既非纯粹的抽象，也非彻底的具象，它表达了什么，又省略了什么。她说看病，她没有说看什么病。而对他来说，从那一个词出现的时候就有了一个秘密等待他去破译。他甩不开这样一个念头，那本如同小学生用的练习簿一般的卡上到底记录了一些什么？能够肯定的仅仅是那薄薄的几页纸用另一种语言描述着她的身体。关于她的鼻子或眼睛，关于她的心脏或胃或肺或那仿佛会融化的薄冰似的皮肤？

一个制谜者与一个解谜者。他和岑珂的关系在那一天已被决定了。那是六月，那是初夏的一个下午。

雨在八月总是暴雨。她在话筒里清晰地听到雨打在那个公用电话亭玻璃钢凉棚上的声音。

喂。她说。

他听出她的声音了。

你是在加拿大还是美国？百分之七十的人说你到加拿大三十说你到美国。不管怎么说，这是个越洋长途吧？

叫电话的说是长途？

我小妹说是长途。

我还——没走。飞机票，后天的。不是加拿大……是日本。

……一衣带水。

……你有空吗？她不明白她的声调里怎么会有了一丝哀求。以前常常是他这么问她：你有空吗？明天晚上……

有空。他爽快地答应了。

在一只话筒与另一只话筒之间，现在是电流穿越的嗡嗡声。接下来应该由她来定地点定时间了。她不习惯这么做，许多年来是阿伦后来是桥本定地点定时间。她习惯的是在某个时间到某个被指定的地方去。那时间那地点也就坚实地成为她的回忆她的生命的一部分。她的回忆她的生命是被给定的。但现在，在不知不觉间她到了另一个位置上。有一个人在等待着她说出一个时间一个地点，然后那个人就会出现在那个时间那个地点。

……我现在住在希尔顿1104室。整个晚上我都在……。她没有说晚上7：00时，希尔顿1104室，我等你。她说的是我现在——以及整个晚上。她放出了一只巨大的鸟，似乎这只鸟越是巨大，它所能负载的东西也就越是坚实而牢靠。

不去。他说。

他说不去。他说不去时刚好有一道闪电从希尔顿深不可测的楼谷间斜劈而过。在过了两三秒钟后，在她估计雷声应该出现的时候，她说：你那儿在打雷吗？你听你听——

199

她把话筒从床头移到了那巨大的落地钢窗前。她把话筒的送话器紧紧贴在玻璃上。水在玻璃的另一面濡濡而下。那只预期中的惊雷没有响起。他听到的是雨水流过玻璃的声音以及塑壳的送话器与玻璃摩擦的声音。

她把话筒重新拎到耳畔时，她听到他说出一个时间和一个地点。

今天晚上 7:00 时，香潭路 1007 弄 29 号。我等你。

你——

她知道他表达了什么意思。香潭路 1007 弄 29 号是她的家。由于没有父亲的允许，他从来没有踏进过她家的门槛。

不行。父亲今天晚上要从深圳飞回来。隔了许久她又说，我只有一个父亲。我要走了。到很远的地方去，他赶回来送我。

他没有吭声。

她说，你说话呀。

我说过了。他说。

唯一的吗？长长的停顿后，她说。

唯一的。他坚定地说。

好吧。她的口气中再次出现了一丝哀求。哀求在这一个白昼成为频繁使用的标点。

在这个标点之后他表现出了宽容。他说，飞机几点钟到？

晚上 8:00 时。

那么好吧。现在是上午 10:00 时，一个钟点以后，我们在香潭路 1007 弄 29 号见面。

雨在他走进这间屋子之前已经停了。八月的阳光尾随着他走进屋子。在浓重的阴影里，他愈发感觉到阳光像一张烤热的膏药敷在他的皮肤上。

他在一面很高的壁橱前站住。站在这儿可以看到盥洗室的立地大镜子，也可以看到整个巨大的房间。

你的父亲呢？他快活地明知故问。他用屈起的食指敲了敲壁橱的茶色门板。壁橱发出很空洞的声响。仿佛它在回答他的询问，又仿佛一扇在深夜紧闭的门拒绝着一个陌生的来访者。

他不在里面。他的大衣、衬衣还有袜子、鞋在里面，但他不在里面。岑珂说。

他在。他说。

她没有理睬他。她的视线从他手臂弯成的 V 形区域穿越而过。她感到了某种惶惑。她不知道此刻是否应该把视线降落在他身体的某个部位。

他没有提希尔顿。他把希尔顿看作了一个谜面，她想。在他嘴边有一句话窝着藏着，但他没让那句话溜出来。你为什么住进希尔顿？似乎他知道希尔顿与另一个国度另一个人的关系。但他提到了她父亲。这让她感动，一种被他记住的感动，哪怕他记住的是……仇恨。

现在是一九八七年八月，距离那个初夏的下午已经过去了六年。

他说，他在。他能够很平静地说，他在。如果他不在的话他到香潭路 1007 弄 29 号还能有什么意义呢？这座城市有许多地方适合于告别，但对他来说适合于告别的地方是唯一的。

他想他热爱这个地方但这个地方却不热爱他。于是他只能选择这个地方作一场告别。

他走进盥洗室。他走进这个地方就把自己看作这个地方的主人。在盥洗室的大镜子前他毫无顾忌地脱掉他的 T 恤。

不给条毛巾？他叫道。他用右手沿着左面的腕部撸到肩部，撸出一把很有分量的汗水，然后他带着愉悦将那把汗水甩在地板上。

她觉察出他的忌恨。他叫道，不像个绅士对吗？一看就知道是从哪儿跑出来的对吗？纽约南布朗克斯区，伦敦东区，在上海它叫闸北，以前它叫老闸北部。还是老闸北部好听，有古典情调对吗？

她咯咯笑了。这笑声表示了亲近也表示了遥远。她知道他的忌恨、他的老闸北部习气正在离她远去。她是在大海中漂离岸的一桅篷帆，她将离开这里漂到另一个陌生的国度去。但在此刻，她觉得她是岸，他的忌恨、他的一览无遗的野蛮人的气息反而像一艘船里装填的货物，在离开她的港湾，在向着远处的另一个港湾开始漂泊恍惚的旅程。那是一个她永远不会抵达的港湾。

给。她从闪着黄铜光泽的毛巾架上抽出一条毛巾扔给了他。

谁的？他可疑地俯身盯视着那条白底蓝条子毛巾，像是要看出另一个人的影子。

这是洗脸用的，不是洗澡、不是擦脚的。她无可奈何地解释道。

我问谁的？

爸爸的。我爸爸的。她选择了一个很亲昵的字眼：爸爸。她本来想说，我父亲的。但她还是说了我爸爸的。

他把那条白底蓝条子的毛巾球成一团，然后用力掷向浴缸方向。

我从来不用陌生人的毛巾。他说。

这是我的。她递上了另一条毛巾：橙黄的底色，长着几棵树。他满意地把树在他的胳膊、腿部和脸部滚动起来。毛巾迅速涨满另一种气息。她有点迷惑不解地望着他，为什么先擦胳膊、腿，最后才去擦脸？

喝点什么？她说。岑氏家族或许善于发出这一个词——喝。她说喝这个词的时候果然伴有好听的咕咕声，像一只快活的鸽子。

他听到了这个词。他站着听到了这个词。他站在她父亲的酒柜面前。酒柜琳琅满目，他如同站立在她父亲面前。麦哆利、金利莱、大将军、黑牌和红牌，这些液体以一种固体的形态在他面前表达着傲慢和不屑。他知道她的父亲能够熟练地将这些液体从色泽到口味都变幻出另一种模样。他是兑酒师。他的人生是一种酒与另一种酒的关系。在这种酒与酒之间的关系中他生活了几十年，并将继续生活下去。

这些液体以它不曾被披露的形态启示他如何保持仇恨的烈度。

喝点什么？她重复问道。

波尔图。他说。

你在……妒忌。她显然想到了另一个国度、另一个人。她想到的是妒忌而不是仇恨。

波尔图是一种酒，但更是一种氛围和方式。她循循善诱地教导着他。还是来点雪莉，好吗？吃点水果或奶酪？

冰镇过的雪莉果真令人心旷神怡。阿伦想象，他在雪莉的刺激下或许会快活起来。

他看了看墙上挂着的老式挂钟，长针和短针正行走在十一时至十二时之间。他还能在这个房间逗留七个钟点左右。或许他的整个一生只能在这个房间逗留七个钟点左右。

他知道在这七个钟点里应该做什么，应该怎么做。她同样知道。她坐在沙发上以一种他熟悉的姿态等待着他。

做笔录的小王突然插上一句：是陈？——科？——耳东陈，科学的科？

阿伦愣了一下，说：你，你们并不知道？

我说，现在知道了。

阿伦说，你……你们不可以这样。

我是为你好，阿伦。我说得语重心长。

在语言的缓慢节奏中我想到了一九七八年。我们并不容易，阿伦！平工村我们这一代人中就出了你我两个大学生。一九七八年的夏天是我和你的。我们接到录取通知那天正赶上苏州河发大水，潮汛差不多与防洪堤齐平。它往常是黑色柏油般的液体，在那一刻它美丽极了。浊黄的流水气韵生动，盈溢着海洋的气息也盈溢着田野的气息。它像一棵硕大无朋的金黄的玉米棒子。我们跳进河里贪婪地啃着这棵玉米棒子。你应该看见我瞳仁里的那股流水。

说吧，阿伦。我继续说。

一九九〇年十一月十四日。中午。
香潭路 1007 弄 29 号。
一棵紫槐树的阴影覆盖着 29 号的瓷质门牌也覆盖着阿伦。
他摁下了红色的电铃按钮。

再一次重复，十一月十四日。

这就是岑珂。她依然真实，就是说她依然楚楚动人。她站在他的面前时，店堂里一片狼藉。深秋，差不多晚间十点，这样的时辰对于孤身一人来到这个不起眼的点心馆的女人来说，显得奇兀也显得残酷。她正在等待生煎馒头。炉火在夜间显得温暖，由于临近打烊时分，这温暖正在趋向寂灭。已经没有砸碎的蜂窝煤往炉膛里填塞。温暖临近结束也就有了临近结束时的缠绵无力。当最后一批生煎馒头下锅的时候爆出的声响冗长而沉闷。

他已经知道她需要什么。不远处中国城、文华大酒家灯火烂漫，隔壁的西点房汉堡包芬芳可人，那不是岑珂所需要的。岑珂需要的是面对一片狼藉。桌子上残醋四溢，瓷盅里、醋罐里兑过水的劣质米醋散发出筷子、汤匙浸泡消毒过的可疑气息。她需要的仿佛就是这些。

他站在她的身后。他在瓷盅淡褐色的米醋里瞧见了她的脸部倒影的很小一部分：一只小巧的鼻梁，幽深的鼻孔和很性感的嘴唇。

他拍拍她的肩。她的肩有一阵颤栗。他知道这就是邂逅了，是对于中午虚幻的门铃声的一种报答。然后他想时光换来的就是这肩部的一阵颤栗。接着它就消失了。现在他的手停留在她的肩部。右肩，离颈窝二十厘米左右有一粒米红色的痣。或许他正停留在这粒痣上。

水貂毛的？他揉搓着她的肩说道。对于邂逅他说出的就是这么一句话。

她抬眼望了望他。他看到几条线状的沟壑在她眼角处若有似无的起伏。她把残剩的几只生煎馒头和一碗尚有余热的牛肉线粉汤推给了他。

不够？我再去要一点。她说。她说得温馨自然，似乎并不存在三年多时光的分别。此刻只是昨日的一种衔接、一种绵延。

他说不要。他指了指肚子。这儿有三两五粮液，还有河鳗猪肝猪脚爪什么的。社会主义撑起一个很浑圆的肚子。他说。

送我回去吗？走出店门，她问他。

送。他说。

还是香潭路吗？他又想到中午的电铃，还想到铃声在房间里如何蹁跹飞翔。

换了。南宁公寓。听说过吗？

听说过。美国标准牌洁具。还听说那种洁具对便秘挺管用。

岑珂很快活地笑出声来。深秋的薄寒使这笑声染上一层弥漫开来的意味。它的尾音在空寂的马路上久久徘徊。

在南宁公寓的电梯间那儿，他站住了。他注意到电梯是迅达公司的产品。他还注意到电梯的液晶显示仪显示出电梯正从 24 向下一格一格地跳动。南宁公寓有二十四层楼。他想。

她告诉他，她住在十七层。她还告诉他，桥本在日本忙一桩很大的买卖。买卖的东西是水泥和钢筋。两个星期后他到中国时会带来很多水泥和钢筋。他会雇一只船。他现在还在日本。两个星期后他才到上海来。

他说，我结婚了。

他瞧见红色的液晶显示仪已在闪烁4，接着是3，接着是2。他说，我该走了。

秋天无故事，对吗？但他最终还是来到了南宁公寓十七层。是下一班电梯。在岑珂上去之后他忽然拼命想达到岑珂的高度。

阿伦的叙述要简洁得多。如此冗长而乏味的展开来自于我的职业想象。我对老石复述阿伦的作案动机时换了一种语言，它比之阿伦的叙述更为简洁。

老石说，你说那个女人有金卡？渣打银行的金卡？

我说，是渣打银行的金卡。我想老石想到的是渣打银行的金卡意味着起码有三十六万港币作为底数。

老石又说，一共七辆车，谁先到达终点赢得三万，是吗？

我说，是这样，三万。我明白老石的意思，一个起码拥有三十六万港币的女人是不应该为了三万元人民币去冒玩命的风险的。简单地说，岑珂的动机不应该是钱。

老石说，是什么呢？寻求刺激？

我说，差不多可以这么说。

老石说，如果没有钱的因素，又能有什么刺激呢？

我说，也有一些东西很有刺激，它可能并不亚于金钱。

老石说，你说说看。

我说，比如比如……比如……爱情。

老石说，他们有爱情？就这样爱？驾着奥迪驾着桑塔纳你追我赶就叫爱——情？

我说，不是这么简单。没有这么简单。它很复杂……

206

老石说，你倒是说呀！

我只能继续展开我的想象。我的想象沿着阿伦的简要叙述展开。阿伦的叙述是简要的虚点，我的想象却是流畅细腻的线条。线条覆盖着虚点。

一九九〇年十一月十六日。扳道房。

他五叔家的幺儿子在浓重的夜色中迎接他。

来了？他说。

来了。他说。

一把小竹椅，一只方机凳，一杯酽酽的龙井放到他的面前。铁轨在星光熹微中绵延远去。绵延远去的铁轨像两根筷子插进云堆。很宁静。这时的扳道房异常宁静。在这时他听到一种声音，一阵吱嘎声。它们似乎来自于他，又似乎将远离他。吱嘎声在暮秋的深夜里播撒得远远的，像谷种在早春被播撒得远远的，然后在另外一个季节冒出来。吱嘎声在城市的另一个地方冒出来。他听见在城市的某一个地方冒出了他的声音。在暮秋空旷寂寥的深夜里，那种转动着的吱嘎声确确实实给了他一种在生长、在弥散的生命的动荡感。他插过队，他知道种子是如何在大地的泥层之下拔节、灌浆、孕穗的。他知道它们生长的每一个阶段所发出的声音与他现在听到的声音相似。

它来自于他臀部之下的竹椅。在深夜的扳道房，他可以清晰地听见它强壮的声音。黑暗在这时会消失它视觉上的意义，会成为一种声音的衬托，就是说黑暗也会在听觉上成为一种意义。

信号灯由红转黄，接着转绿。它们在听觉的意义上转换得如同此起彼伏的口号。接着，他的整个对于声音的生命感被破坏。他听到道口的铁制栏杆合拢时辘轳滚动的哗啦哗啦声。那种钢铁的声音在幽深绵长的暮秋之夜显得很不真实。

洞拐八腰。五叔家的幺儿子对着电话机复述道。

0781。他以自己的语言对自己复述。

军列。放下电话机后，五叔家的幺儿子对他说道。

他点点头。仿佛知道什么，又仿佛什么都不知道。他知道的是他在等候一列客车。0点49分，133次，它们被固定着。在它们之上有许多许多他不认识的人站着、坐着、躺着或者蹲着从他面前驰过。这时，在一片寂寥的大地上，在黑暗四处流动的广袤空间，他会蓦然被一种生长得茁壮无比的生命气息所激动，似乎整个城市在这时流动起来。他在这时会深深地眷恋扳道房，如同眷恋童年时的生日眷恋自己曾经占有的生命时光。

在133次列车通过后，他将回家。

一九九〇年十一月十八日。

距离十二月八日还有四个巴掌，二十天。

他并不觉得十二月八日要发生的事情有多么重大。这一天只是在迎接他，让他怀着某种期待。

这就够了。

父亲很苍老了。他摇着铃从平工村的东头走到西头。他的声音浑浊不堪。他叫着：关门关窗，火烛小心。为他这浑浊不堪的声音，居民委员会每月付给他十五元钱。在心情安宁的时候，他喜欢听父亲浑浊不堪的声音。它是属于尘世的一种绝响，它正慢慢走向寂灭或死亡。在偌大的城市，在哪儿还能够听到如此苍老、如此沙哑、如此浑浊不堪的声音在叫唤着对于火，对于盗亦即对于生命，对于生活的一种关心呢？或者说，在哪儿还能够听到一种濒临绝灭的声音沿着七拐八弯的小巷被不绝如缕地释放着呢？或许存在着许多苍老的声音，但是这种苍老的声音若没有小巷、没有相应的古老内容又有什么特殊的意义呢？

平工村的人们对父亲苍老的声音已经浑然不觉。唯独他对于父亲苍老的声音有一种与生俱来的敏感。在心情安宁的时候他喜欢辨别父亲的声音在平工村东头和西头激起的两种回声：在东头它们有一种 G 弦般浑厚的共鸣，然后蓦然递进至 a 弦的尖细，接着迅速消失。他知道这是因为平工村东头首先是小巷然后是骤然开阔的中心环路；在平工村西头，父亲的声音会被河湾的平滑水面所接受。父亲苍老的声音在水面上会不可思议地生长出一层春天绒毛般的湿润，会让他萌发对于帆樯的遐想，那当然是缀满补丁阳光欲滴的棕色帆樯。

他就是在父亲苍老的声音中充满了对于十二月八日的期待和想象。在很小的时候他就不愿作父亲的孝子。他知道十二月八日是对父亲的一种背叛。他用他苍老的声音和步伐换来了每月十五元钱，他在十二月八日却有七分之六的可能输掉三千元。

父亲现在已经走到了平工村东头。他想父亲又挣得了五角。接着他突然想到了岑珂。岑珂，你又在哪儿呢？在淡褐色的、被稀释的米醋里你有很好看的倒影，可惜它们仅仅来自于你身体的很小一部分。他想今夜可能会失眠，因为他毫无缘由地把岑珂排列在父亲的声音之后。

或许存在着某种缘由。父亲在晚饭时告诉过他：摇完了这一个月，他就不再摇铃了。一个比父亲年轻一点的老人将顶替父亲。父亲的神情相当忧郁相当痛苦。在那一瞬间他也很忧郁很痛苦。

早让你不要摇了不要摇了，还缺那十五元钱不成？他吼道。

父亲像一个做错事的小孩说，不摇了不摇了。

他被父亲感动着，但他却不知道他的痛苦究竟来自何方。为父亲即将失落的工作痛苦？还是在为父亲分担着痛苦？抑或是被父亲的痛苦激怒而痛苦？

然而只有沉浸在这种无法被分析被肢解的痛苦中，十二月八日才会变得临近变得有鼻子有眼变得像一个人站立在他面前，唤起他对于岁月的一种柔情。

十一月十八日之后是十一月十九日。薄暮。

在扳道房，他听到过父亲的摇铃声。它们遥遥迢迢朦朦胧胧，如同路基之旁泥径之上的野菊花团团簇簇缤缤纷纷。它们在薄暮时分格外朦胧，父亲的摇铃声在薄暮时分却格外响亮。似乎这是一个命定的时辰、一个无法被复制的时辰。这时的铁轨会变幻成另一种颜色，铁轨之上的釉光会变得像童年时祖母手中缠绕的白色线团一般沉着，含着难以诉说的温情。似乎它们不再是钢铁铸就，而只是一段线，一段被遗忘了的时光，它们之所以被枕木烘托在那儿，被围墙庇护在那儿，是因为一本打开的书里有线，一件迎风飘逸的风衣里有线，一只展平的手掌中有线，一段生命长旅中的短暂滞留和羁绊中有线……

他就这样想到了他祖母的儿子曾是一个黄包车夫。他熟悉城市线状的弯曲，他知道城市在哪儿有坡度和弧度：桥在他的脚下也在他的头顶。他的脚掌结满厚厚的茧皮，它们与卵石路面、柏油路面竞相摩擦。它们在摩擦中曾爆发出火星。它们消失了痛感。在七月，柏油路面融化了，沥青嗫嚅着喘息着挤进他的脚趾缝里；在十二月，枯叶、鸡屎、哈巴狗屎相互旋转着挤进他的脚趾缝里；在四月或五月，他的脚掌浸淫在梅雨之中，发黄的茧皮开始泛白、变软，像馒头像泥土也像祖母渐渐花白的头发。他的腿精瘦，一层黑皮如铁坚实地将它们包裹起来。它们不可能变得粗壮，它们在铁皮的封闭之中机械复机械地迈动着、奔跑着。它们无需变得粗壮，没有一个黄包车夫的腿是粗壮的。粗壮的腿是职业的耻辱而不是荣光。他握紧车杠。桉木车杠在他手掌的紧握中一日更比一日消瘦，在两端各显示出一个凹形的弧度。他的双手卧在这样的弧度中变得安宁仿佛找到神示的归宿，也仿佛一些女人们的手在貂皮手套之中找到弧度和归宿一样。

他拉男人，拉女人；拉中国人，拉外国人；拉老人，拉小孩；拉富人，拉穷人；拉带枪的，拉不带枪的；拉穿旗袍的，拉不穿旗袍的；拉烫发的，拉不烫发的；拉戴帽子的：橄榄帽、大盖帽、礼帽、罗宋帽、瓜皮帽……；拉酗酒的拉跳舞的拉拉皮条的拉买卖股票的……；拉寻欢作乐的拉形单影只的当然也拉谈情说爱的，他甚至拉过许多在黄包车上做爱的。

他放下车篷，或者是车篷早被另一双男人的手放下。在呢喃之声向暴雨之声过渡的时候他找到了间歇。他放下车杠，坐在马路的水泥边沿上或是大桥的栏杆上，掏出他的烟袋抽上两锅。烟火相伴都市的霓虹灯明明灭灭。

加倍？

那还用说。五个铜板变十个铜板，十个铜板变二十个铜板。瞧着不顺眼的敲他三倍四倍。

不怕？

怕×。那时辰十个男人十个乖。

他知道父亲。他是父亲的儿子。他在父亲躺在床上、躺在竹榻上时研究过父亲的脚板。这双脚板无论在什么样的情况下都不会发生异味。它们的汗腺早就如同枯井一样壅塞。他想象过它们奔跑疾驰在亚尔培路、极司菲尔路、霞飞路、公园桥和无数卵石小径上的情形。他知道它们曾经有过的业绩与创造的荣光。

一九四六年一月八日辛报

在滬盟邦美軍，倡始選舉"人力車皇后"，一時轟動全滬。由外灘集合人力車數十輛，每輛坐各國籍的，在美軍機關服務的少女一人，同時出發疾駛，以亞爾培路為終站，最先到達的瞿大根竟獲獎金貳佰萬圓（偽幣）。

那就是父亲。那最先到达亚尔培路终站的就是他父亲。

我拉的是荷兰人。父亲说。

中看吗？

洋毛子的事，说得清吗？蓝眼睛、高鼻梁，一笑两酒窝。

高吗？

高。妈的要高出我半个脑袋。

头发黄吗？

黄。有麻油那么黄。金灿灿香喷喷的。

平工村的无数男女老少与父亲作过这样的对话。在很长的一段时间内，父亲与人们的对话总是这样开始，已经成为一种仪式、一种无可更改的程序。

父亲珍藏着一九四六年一月八日的辛报。它被一层油纸包裹着，与父亲的存折、与父亲一九五六年获得的先进生产者的奖状一起被放在一个木制盒子里。除了那张存折，它们将一起被父亲带到另一个世界去。他决意让它们在将来的某一时辰、在火化炉的烈焰之中与父亲一起升华。它们所代表的荣光是属于父亲的。

在十一月十九日的薄暮时分他仍然没有搞清亚尔培路是今天的什么路。在一片夕晖之中亚尔培路只是像一座温馨的岛浮出了水面。他感谢父亲，在这一刻极大地激发起他创造的欲望。他想到了十二月八日。这是一个被假定的日子，但这个日子却肯定会有七辆或雪铁龙、或奥迪、或皇冠、或桑塔纳的小车从昔日的亚尔培路出发。昔日的亚尔培路在这个黄昏、在他想到父亲时被肯定为始点。终点是另一个地方，在以后的日子里它才渐渐被肯定为快活林酒店。在这里，终点和十二月八日都是被假定和虚拟的，只有亚尔培路是一种历史、一种确凿的历史存在之绵延；十二月八日和终点快活林酒店只有在有了亚尔培路作为始点之后才有了一种坚实的依托，像一本书有了骑马钉之后才有了书脊和扉页。

一九九〇年十一月二十日至一九九〇年十一月二十二日。南京。

老邬把一张红蓝白三色相间的飞机票推给他。道林纸质地的飞机票在写字台的玻璃台板上滑行得像一张冲浪板那般洒脱。老邬也很洒脱地说：南京。三天。

此刻按照程序他应该把头抬起来，给老邬一个感激的微笑，会心的微笑。他的头开始微微上升。他看见了老邬的下巴。

一个专题片。每人三十张分。老邬说。

他的手在这时接触到了飞机票。道林纸的质地唤醒了他对于另一张纸的感受。它们一样的柔滑细腻。那是一张一万元人民币的存单。岑珂把它塞进他的口袋。他把它从口袋里捏出来放回她的手掌。

他拉起西装领口指指里面的插袋说，庙太小，容不下大菩萨。谢谢啦。

不是他的。是我的。我赚的。岑珂说。

那更要谢谢啦。他说。缺的话我会找你。他又说。他把手压在她的手背之上摩挲了两下。

现在，就一定要拒绝吗？岑珂淡淡地说。她的神情表明她在例行公事。她料到事情的结局只能是这样。她把一万元放在茶色玻璃茶几上。

我收了这个我就什么都没有了。他说。

他拥有什么呢？其实他说不清楚。其实岑珂也说不清楚他拥有什么。他只是出自本能地觉得不能拿。似乎岑珂也知道他的本能，也同意维护他的本能。一万元依旧安安静静躺在茶几上，在一片茶色之中宛若凋谢的白色花瓣。一阵暮秋之风从十七楼窗口那儿吹进来时，它打了个旋转飘在墨绿的地毯之上。没人再注意它，就是说房间里的两个人都没再注意它。但墨绿的地毯似乎给它注入了一种生机、一种它所需要的山坡的颜色。它理应在绿色地毯之上而不是在茶色茶几之上。

他能够对老邬说，谢谢，然后推开那张质地同样柔韧绵长的道林纸吗？

他说，行，老邬。什么时候我对你说出个不字。他把手伸出去压在老邬的掌心之中然后互相并不握拢再然后他的手和老邬的手像秋千一样荡到一个小小的高度之后迅速分离。

往往在雨后，他觉得他的那位朋友很幸福。他披着一件雨衣，就这么走了。在雨衣里他看不见他的妻子和他的孩子。一列火车从他的身上碾过。有很多人坐在、卧在、站在那列火车上。

他坐在扳道房里，常常在雨后这么呆呆地想。雨气沿着铁轨沿着枕木沿着枕木当中的碎石缓缓地贴地升起，笼罩他遮盖他淹没他。他的五叔家的幺儿子已经习惯把泡好的一杯龙井放在一只机凳上。

一九九〇年十一月二十四日。狗眼。

他把这一天分配给了狗眼。其实他始终给狗眼留着个位置。他的人生只有在狗眼出现时方才显得出完整。

狗眼发了。但是狗眼没有搬离平工村。但是平工村也找不到狗眼。狗眼是个狡兔。狗眼在这座城市有三窟。平工村是一窟，老窟。他在老窟不显山不露水该藏的藏该披的披，时常套着件蓝的卡的中山装坐在麻将桌上。狗眼说，玩麻将穿中山装方便，四个袋这个袋那个袋都能够藏钱还藏得多藏得深。郊县有一窟，是别墅。狗眼在别墅里养花养狗，但不养女人。狗眼迷信，狗眼以为女人是狐狸是吸男人精血的妖魔。狗眼说，拴在女人的裤腰带上干不成大丈夫的事情。狗眼粗通文墨，狗眼是《薛仁贵征东》那类说书故事滋养成人的。市中心还有一窟，是狗眼谈生意的地方。昔日的法租界，钢窗蜡地，门高窗高房间高。在这里狗眼的头抬得也高。他花钱买了两室一厅换了这不足二十平方米的一间。有人说不值，说狗眼亏了。但狗眼说值，说他的梦就值这么多。说不值的人肯定不了解狗眼的童年，不了解昔日的法租界在狗眼心目中所占据的位置。

一九七八年后，从阿伦进大学的那一天起，狗眼没有主动找过他。狗眼从来不到他的大学去。你要好好读书，狗眼说，狗眼说得像他的兄长像他的父亲那般多情诚挚。我去了，你就读不进你的书。狗眼那时知道他对阿伦的诱惑力。狗眼知道他就意味着人生的另一种方式，一种热烈蓬勃对阿伦充满诱惑力的方式。匕首挑开皮肤，角铁敲击脑袋，拳头砸向腰脊，像一幅又一幅灿烂无比的画幅。狗眼知道他就是这些画幅中的长轴，收起了他也就收起了画幅。

他想象不出狗眼谈生意时用什么样的姿态，用什么样的语言与人交往。让狗眼说话时不带标点符号是极其困难的，那样他可能说不成一个完整的句子。但狗眼居然有了一个谈生意的房间。有空调有落地音响有转角沙发有地毯有铝合金玻璃窗的房间。

他站在这个房间之前时，他仍然难以想象狗眼如果出现的话会是怎样一种效果。内心里他希望不要在这儿撞上狗眼。

他在另一个地方看到了狗眼。那个地方与狗眼很般配。隔着雾尘隔着水泥涵管隔着许多年的时光他与狗眼再度相逢。

远郊，一条崭新的沥青路的尽头。搅拌机轰轰隆隆，黄沙、石子从搅拌机的一头进去，又从另一头出来。它们被机器强力粘合在一起，然后它们被浇灌在一条延伸出去的马路雏形之上。空气中弥漫着一种物质与另一种物质粘合之后的特殊气味。

他觉得狗眼没变。仍然一只真一只假半边真半边假左边是真的人眼右边是假的狗眼。那只狗眼仍然奇怪地比之人眼更为灼灼逼人。一阵狂喜之情泛滥于他的眉梢之上。他知道这是因为自己变得太多的缘故，是因为自己周围许多人变得太多的缘故，而狗眼没变。

狗眼像一个工头骂骂咧咧。他骂人的声音响亮宛若铜钟。他横眉竖眼对那些民工们狂轰滥炸，然后又友好地拍拍民工们的肩。他应该有根鞭子并且把鞭子在空中抡得呼呼作响但绝不落下来。阿伦这样想。但这就是他想象中的狗眼形象。狗眼应该这样而不应该坐在那间有空调的房间里。他承包了这个工程。他是这个工程的主人。

他看到了军长。军长脚套高腰雨靴像一个军人脚套马靴。他肩宽、腰窄，威武挺拔。军长对狗眼说，老板，省点给我骂骂，都让你骂完了，我骂什么？

妈的，你骂什么还要我教你？狗眼骂了句更粗的话，军长哈哈大笑。在他们的笑声中往事历历在目。一种阔别的情感蓦然涌上阿伦心际，阿伦如同一条浪迹海洋的鳗鱼蓦然回归当年出发的水草丰美清波粼粼的河川。

他没有想到狗眼会拒绝他。狗眼说，好好读书，有什么难处尽管找我。狗眼说得动情，他的那只狗眼也温柔得像一只轻摇的船。但现在狗眼拒绝了他，尽管这种拒绝只持续了三秒钟，或许比三秒钟更短。

消失的仅仅是一种感觉。

军长逃到了桥上。军长站住。和军长一起站住的还有蚌壳，还有麻皮。军长看了看桥的两头。桥的一头是他和狗眼，桥的另一头是大蛮和天兔。汽车在桥面上轰轰隆隆驶过，军长没有看驶过的汽车，军长的双眼紧张地逡巡着桥之下的河面。河面之上飘忽着蓬蓬勃勃的灯影：淡黄、赭黄、粉红、大红、翠绿、湖绿，所有的灯影投在黑魆魆河面之上皆如地狱之中顽强浮现出来的微笑。现在他回想起那个夜晚的摇曳灯影仍然觉得它有一种逃逸的形态和色彩。军长差不多作出了那个姿态：双手紧张地依靠在桥面的水泥栏杆上，两只脚尖微微踮起，然后只要双脚猛一用力，军长就可以轻松地栽进河里。这是最好的结局了，与狗眼打架能得到这样的结局应该说还不错。但那个夜晚在哪儿发生了差错他不知道。现在他能够想起的或许是那夜很冷，是 1977 年初冬的第一次寒潮降临，寒潮降临后的河面不适合于游泳；或许是军长、蚌壳、麻皮那时刚出道正年轻，年轻得像一只整天惦念着咬人衣襟、汪汪乱吠的小狗崽子。事情只能是他们作好了跳河的准备却没有跳河。

他们逼近了他们。他们如同在桥上漫步那般轻松。像往常一样，在他们的袖管里窝着刮刀、角铁、洋元。他瞧见狗眼嗖地抽出了洋元，他想接下来应该听到一声惨叫。他没有听到。他瞧见洋元停留在天空之中，它永远停留在天空之中了。那是一个很优美的弧度，洋元划出了一个浅浅的很妩媚的弧度。这就是结束。血迅速洇湿了狗眼的袖管，漫不经心地滴落在褐黑色的桥面之上。他瞧见军长捏着弹簧刮刀的手在颤抖。军长没有想到事情会是这样。他也没有想到，谁也没有想到——除了狗眼。

大蛮抢起了角铁，天兔作出了猛虎扑食的姿态，他摆出了野马卧槽的架式。大蛮一声狂吼：反了你，小子！

住手！狗眼叫道。

这就是结束，是一种岁月的结束。其实当他瞧见狗眼的洋元甩出之后缺少以前的那种过渡时他就有了一种预感：会有和以前不一样的事情注定要发生。只能解释为狗眼主动承受了军长的一刀。狗眼需要这样的结束，只有这样的结束才可能成为结束——狗眼不为自己打架当然也不可能为别人打架。

狗眼对军长说，兄弟，你帮了我。

狗眼对他们说，收道了。

一九七七年初冬的一个夜晚，他完成了一场告别，他的少年时代的伙伴们和他一起完成了那场告别。他们轻易地滑入了人生的另一个阶段。洋元从桥面落到了河面，角铁从桥面落入了河面，还有匕首还有刮刀。

他现在仍然觉得他们扔那些铁制物件的姿态古怪极了，像一场祭奠也像膜拜和祈祷。河面上隐隐传来铁制物件落水的声音。从桥面到河面有着十几公尺的落差，这落差使那落水的叮咚之声很不真实，同时使得河深不可测，使得整个城市深不可测。

许多年过去了。

狗眼站在岸上。狗眼说，开船吧。然后狗眼离他越来越遥远。他就是狗眼放逐的那只船。

那一夜洋元、角铁、匕首入水的声音仍然入梦，只是在后来才渐渐稀疏。他知道他被书本、被大学改变了。他离狗眼越来越遥远。狗眼像他的父亲像他的祖父一样希望他成为一个有知识的人，他成为一个有知识的人后离狗眼就越来越遥远。他不知道狗眼在当年对他说你要去读书时是否会预料到日后的变化。或许狗眼早已预料到了，但他还是说：去吧，兄弟。他把一只船放到了河道里，然后他就像岸那样伫立不动。

许多年过去后，他知道了莱尔纳多·达·芬奇，知道了莱尔纳多·达·芬奇说过的一段话：我们在河里接触到的水，既是逝水的水尾，又是来水的水头；眼前的日子也是这样。那一夜他望着波光闪烁、黑鱼一般丰腴肥实的苏州河的水面，或许也曾冒起过如莱尔纳多·达·芬奇一样的感受，只是在那时他还不知道感受可以被如此表达。

那一夜是在苏州河畔的一个小酒馆里结束的。狗眼点了很多菜，要了很多酒。在刚刚举杯的时候他就明白，不喝醉的话是无法逾越那家小酒馆狭窄的门槛的。清纯的白酒和泛着泡沫的啤酒在蓝边白底海碗中倾泻流荡。他们一盅盅喝，一碗碗喝，然后一遍又一遍跑到苏州河畔的一只便池里撒尿。

以后干什么呢？狗眼茫然，那只狗眼仿佛在山谷和河谷里转悠，他不知道长长的峡谷是否会有尽头。他们这一伙的头不知道以后该干点什么。他知道的是以后不能再干什么了。他还知道阿伦以后该干点什么。

狗眼说，你一心一意读你的书。考大学。有什么事尽管找我。我今后不打架了，但你找我我还得打。有打架的事你就找我。

军长说，找我吧。

狗眼说，也行，找军长吧。不过——狗眼的那只狗眼突然之间温柔无比地眨动起来，他想了想断然说道：不行，军长。找我不行，找你也不行。读书人不能再揽打架的事。别人打你一拳你得忍着，打你两拳三拳你都得忍着。说完，狗眼伸出那只拳头对准他的后脑勺就是暴力凶狠的一记勾拳。

无数星星在诡谲的苏州河河面上闪烁。他不用推窗远眺就知道它们闪烁得异常温柔。狗眼像抓也像扶将他的衣领拿捏在手中，狗眼说，君子动口不动手，记住了？

他咬牙切齿地说，记住了！

若干年后，一九九〇年十一月十九日的落日黄昏，在城市远郊的一个筑路工地上，狗眼拒绝了阿伦。黄沙在此刻像黄昏的阳光一样纷纷扬扬洒落在搅拌机的漏勺里、洒落在阿伦的眼帘之下。

三千？拿三千元去玩命？军长充满疑惑地问。他的手里正捏着一把十字镐，随着他的疑惑镐头在泥地上砸出一声同样滞重沉闷的疑问。

狗眼说，缺钱花的话就拿三千去，五千一万也不妨。

他想狗眼拒绝了他。狗眼就是这样拒绝人的。狗眼总是这样拒绝人。在狗眼的眼光中他到达了另一个地方。他开始回忆。那个地方就意味着回忆。他把回忆写在自己的眼睛里让狗眼一目十行地看他的回忆。那个地方也有黄昏也有铁路。狗眼知道那个地方，那个地方叫左港。他们在那儿共同度过插队的岁月。

狗眼凝视着他的双目。狗眼在凝视以往的一段岁月。对于只有一个真眼而另一个是假眼的狗眼来说，任何凝视都是货真价实的凝视，如同手扣扳机瞄准准星的那种凝视一样。然后狗眼说，我去，兄弟，我去。

军长说，老板，要有个闪失这公司……

狗眼说，嘴巴闭拢吧，这里面的事你不懂。

军长说，那我跟你三千吧？阿伦，行吗？你输我也输你赢我也赢。

狗眼说，那你输定了。

在一个叫左港的地方，有一条铁路。铁路是浙赣线的一条支线。铁路的始点叫向塘，铁路的另一个始点叫江边村。两个始点构成了一条铁路线，或者说两个终点构成了一条铁路线。始点和终点每天互换一次位置，就是说每天只有一列客车在这条线上往复折返。

铁路在左港显得孤独。左港是片蜿蜒起伏的红色丘陵。丘陵上偶尔有几棵马尾松。偶尔的马尾松使得丘陵的荒凉不伦不类。铁路在这不伦不类的荒凉中蜿蜒。大片的红色中两根锃亮的铁轨像被包围着，又像在作出某种突围的姿态。

他见不得铁路。狗眼说，二十多年前他就见不得铁路。他见到铁路就他妈的婆婆妈妈的。

他在铁路中间睡觉。

赌命。狗眼说。

他说他能在枕木之上睡它一觉。他确实睡着了。那是年轻的毛茸茸的脸与苍老的刻满皱纹的枕木互相对峙着。他的头枕着一根铁轨，腿肚子搁在另一端铁轨上，两只脚越过另一端铁轨悬在路基的碎石之上。

火车轰轰隆隆开过来了。是下行方向的客车，是江边村往向塘再沿浙赣线经东乡江山余姚可以到达他的故乡的客车。有许多人站着、坐着、躺着、卧着或者蹲着在这列客车上。火车裹着它制造的旋风吹乱他的头发。或者说他的头发本来就凌乱不堪，而火车制造的旋风使它们在一刹那间出现了向上向后竖立的秩序感，只是在旋风消失之后它们才还原为凌乱，或者说更为凌乱。在这同时火车碾碎他的身体的影子。他的影子在黄昏落日的丘陵地带巨大无比。他的头部、颈部和肩部的影子在铁路的这一端，他的整个胸部的影子横亘在两根铁轨之间，他的胯部、腿部和足部越过两根铁轨达到另一端，并且起伏在路基旁的一堆狗尾巴草丛和一条没有水的干沟之间。火车轰轰隆隆从他的胸部影子上碾压而过。他感觉到他的整个身体被一劈为二，然后有久久的震荡和抽搐。再然后他带着痛苦带着惆怅也带着满足望着火车轰轰隆隆远去。他的巨大的影子仍然完好无损。他赢了。赢了一包烟。

威震一方的狗眼把烟递给他的时候，不敢碰他的手，不敢凝视他的眼睛。他的手冰得瘆人。他的眼睛里有丘陵苍茫的红色并且有一条铁路在固执地蜿蜒。他的眼光像冬夜的铁轨披着霜粒但狗眼觉得它们更像赤裸无皮的死蛇泛射的黯淡之光。

一九九一年冬末春初。

我守候在狗眼市中心谈生意的房间里。狗眼离我并不遥远。他在房间的另一个角落打电话。我的守候就是这么一段距离。我的职业习惯使我了然明白狗眼并不喜欢跨越这么一段距离。这么一段距离是一个停顿，是一个 1/2 拍的休止符。他在休止符的另一头或许表明他需要一小段时间来思考与我的谈话。或许他想的是另一码事，他放下电话机面对钢窗的飘忽的眼神表明他怀着某种期待。那种期待似乎来自于钢窗之外。

过了片刻，在电话中的忙音反复出现之后，狗眼温文尔雅地走到我的面前说，对不起，让你久等了。

狗眼单刀直入。与此同时我打开了笔录本。

我不答应他行吗？我见到他的眼神，怕！×他的——，我就想到左港的那条铁路。他还就能睡得着。

你搬他的？我问狗眼。

当然我搬他的。我不搬他他不早成肉泥了。

十多年前的事你还记得住？

二十多年前的事也记得住，就看值不值。

你能肯定他睡着了？

当然。你还可以问大蛮。我和大蛮一起搬的。火车还有四五根电线杆远我和大蛮一起上去搬的。搬下后，把他扔路基上。他还是没醒透。我当时就服了。火车开过来他才醒透。醒了就伸手要烟。他说他赢了。我们说好他在铁路上睡一觉赢一盒烟。

签个字吧。我合上笔录本，对狗眼说。

这也要签？

要签。

会判吗？

难说。也可以说他未遂。他受伤了。

这时我看见一辆桑塔纳的红色车头出现在钢窗的一只角上。初春的阳光斜斜地打在车头上，使得车头的光泽像烤熟的肥蟹那般诱人。接着我听到车门打开的一声钝响。随着那声钝响我看见一团蓬松柔圆的女人的黑色发髻，它被包裹在一层丝质的黑色网络之中。黑色网络缓缓上升，我看见了一个女人的颈部、肩部和胯部。因为钢窗的阻隔，我只能看见胯部以上的地方。我看见胯部优美地扭动起来。我想我该告辞了。我想在狗眼谈生意的地方出现女人并不奇怪，这与我所接手的这桩赛车赌博案即将结案毫无关系。它仅仅表明我和狗眼的谈话或者说狗眼既不生涩也不流畅的回忆是在什么样的环境和氛围之中展开的。

在日子一天接着一天向十二月八日逼过去的时候，他问过自己为什么一定要这么干。他想不出充分的理由来证明一定要这么干。但也没有理由证明一定不能够这么干。一个女人有着渣打银行的金卡却喜欢孤身一人到杯盘狼藉的小吃店去吃生煎馒头和油豆腐线粉汤，一个男人拥有三窟却喜欢在工地上骂娘骂别人祖宗，都没有什么过分的理由，可以这么干也可以不这么干。重要的是十二月八日像一座桥梁，它把一些散漫如流水的日子与另一些散漫如流水的日子连接了起来。他可以坐在南宁公寓 17 层楼的套房里想狗眼想插队的日子，他也可以龟缩在尘土飞扬的筑路工地上想岑珂想恍如隔世的大学时光。

他现在就坐在南宁公寓十七层楼的一间套房里，想一些和南宁公寓无关的事。他可以看散漫的秋天的日子在十七层楼之外的辽阔天宇间随意点缀。他可以漫不经心地回答岑珂的任何提问也可以漫不经心地向岑珂提出任何问题。

岑珂在试验一条围巾。一条红得鲜亮的围巾绕过她的脖子。她不照镜子。她试验的是围巾的质感而不是它的色彩。他突然说，你知道亚尔培路吗？知道它今天叫什么路吗？

不知道。你为什么问这个？

十二月八日我们要从那儿出发。

那你总该知道。

当然。那当然。它就在窗外就在这许许多多道路中间。

她把手指从围巾的结眼中退出来，等待他继续说下去。他却戛然而止，他说，你到十二月八日，不，十二月七日就会知道。

她不再追问他。只能解释为她已经习惯于他这么做。或者说他这么做是对她有过多的了解的缘故。他让她更强烈地感觉到十二月八日的神秘，十二月八日所隐含着的期待和刺激。她被他迷惑了。她不知道他仅仅在几小时之前刚刚在巴罗克风格的图书馆中查明亚尔培路是今天的什么路。他的口吻他的神情仿佛表明亚尔培路是他与生俱来的一条路，是藏匿于他手掌之间的一条纹路或是悬在他额前的一条皱纹，他的一举手一抬头都和亚尔培路有一种联系。

在深深的迷惑之后她忽然说，你和我合一辆车吧？

……输算你的，赢算我的，对吗？

你愿意这样？

我不愿意这样所以我不愿和你合一辆车。他说。他知道自己回答得很不诚实。十二月八日的参加者都是他的好朋友，或是好朋友的好朋友，他如果与她合一辆车她就是他最好的朋友，好得与别的好朋友有重要区别的好朋友。他想她不是。这个世界上他没有一个这样的好朋友。以前狗眼是，现在狗眼也不是。他不能为了她得罪其他好朋友。

如果我很想和你合一辆车呢？她说。

那就不要这样想。

她只能说，我要赢你！

只能有一个人赢。有六个人会输。七个人中只能有一个赢家。他说得无情无义无肝无肺。

她不再言语。她在回味他的言语中的挑衅意味。她不再言语时的神态与她生气时的神态差异不大。她凝望着窗外的天空如同凝望着他的内心。在这种凝望中她明白了她与他的关系处于一种什么样的状态。这种状态不为婚姻而存在，同样也不为友谊而存在，它们只为自身而存在。因为它们存在过，所以它们延续下去。存在本身囊括了一切。它们被吸引，它们又被排斥。她伸手可触的两片染有阴电或阳电的云朵在十七层楼之外做着同样的游戏。

他觉察出了她的情绪。他讨好地说：要不我给你找一个司机吧？他是我接触过的最好的司机。他叫猛子，很猛的猛，猛烈的猛，猛张飞的猛。怎么样？

她笑了。她说，只能有一个人赢，你却把最好的司机让给我？

他几乎答不上她的话。他只是本能地觉得在此刻不能语塞，随便说点什么都行。他说，你知道田忌赛马的故事吗？

事实上他们的谈话与田忌赛马毫无关系。相同点仅仅有一个"赛"字而已。

她迅速沉浸在田忌与六匹马的寓言之中。她的聪颖与她的记忆力使得她的这种沉浸过分迅速并且过分深入。她迷茫的神态表明她已经由喻体过渡到喻义。她说，我知道但我不懂。

她不懂田忌赛马的故事与即将来临的十二月八日的赛车有什么关系。每位参加者只备一辆车而不是三辆车。他也不懂。他嘿嘿笑了起来。意味深长或故作高深的笑意像一把匕首插在他嘴角旁隐隐约约的一条刀疤之上。他离开转角沙发。他离开转角沙发后他的笑声在整个房间东奔西突。他的赤裸的脚掌这时充分接触到了宽厚绵软弹性十足的波斯地毯。地毯淹没了他的脚掌的声音。也就在这时他的想象力被激活了。那在脚掌之下丧失的声音似乎上升到了他的喉管。他说,田忌赛马意味着可以不择一切手段去获得终极目标。在田忌那儿手段本身成了目标,没有手段也就没有目标。司机只是手段之一而不是手段的全部。

所以我即使拥有最好的司机也未见得能获得目标?所以你愿意把最好的司机让给我?她颇有点兴奋地坠落在他草草设计的寓言地带之中。她从一只金黄的藤编榻榻米上挪到了紧靠窗口的巨大的写字桌上。她坐在写字桌玻璃板下她与桥本的合影之上。她的坐姿在他看来离寓言很近。她现在离窗外的白云更近了。

但拥有一个好司机仍然很重要。拥有一个好司机等于胜利的一半。他的后半句话近似于口号。既然已把猛子让给了她,他就不想贬低猛子的作用。强调这样的作用意味着他表达了另一则寓言,在他和她之间的寓言,如同在很久很久以前他说"看病啊?"他表达的是语言之外的意思一样。

一九九〇年十一月二十六日。亚尔培路。

厂子坐落在昔日亚尔培路的一条巷子中。厂子很干净,厂子的历史也很干净。在它三十年的历史中它从来不生产钢铁的、水泥的、塑料的物品。最早它生产女人们用的东西,后来它生产半导体零件,然后是黑白电视机,现在是集成线路的平面直角彩电。

他们今天不可能捧回一只平面直角 51 厘米屏幕彩电。但他们肯定会拎回一只沉甸甸的马夹袋。马夹袋已经错错落落码在会议室的一个角落里。厂长很热情。他说他是老三届的,在一座海岛上生活了八年。他给他们每人一张名片,名片上很清晰地标明他的身份:厂长。在厂长后面紧跟一个美丽的括弧(相当于正处级)。

他无声无息地退了出来。他想一个人清净一会儿。在他即将完成退出的时候,博士在楼梯口那儿撞上了他。哪儿去?博士问道。

他说我去看看我老爸。博士说，你老爸住这儿？他说，我老爸住平工村。博士说，平工村在这条路上？他说，不在，平工村在中山环路上。博士说，那你……。他说，我老爸怀旧，我替他怀怀旧。博士愣了半天没明白是怎么一回事，最后无奈地夸奖了他一句，看不出，你还挺孝啊！

走廊的另一头有人在叫博士。博士匆匆关照他，不要走远，解馋的时候马上就到。

厂子令人纳闷地有个操场。操场上有个沙坑。他踱到沙坑那儿，因为沙坑那儿刚好能把视线从一条弄堂笔直地送出很远，隐约能见昔日亚尔培路的绰约风姿的很小一部分。

他很快就疲倦了。即使这条弄堂很宽，它也不适合于视线像弓一样拉直。它或许更适合于一只鸟如此盘桓。

在这时他听到细沙在他的脚底发出嚓嚓嚓的被挤压的声音。他已经行走在沙坑上。他不明白他为什么会行走在沙坑之上。他来来回回往往复复地走着，似乎走到了一条完全陌生的路上。他想或许是沙粒给了他的脚掌完全不同的感受。在沙粒上他时时有陷落的感觉，又时时有挣脱陷落的微小的快感。那越积越厚的微小的快感自然而然地积聚成一种新的感受：对于脚掌而言它迥然相异于踩在柏油路、水泥路、卵石路以及乡间的泥土小路乃至南宁公寓 17 层楼的波斯地毯之上。

老邬从三楼的窗口探出脑袋，同时和他的脑袋一块探出的还有一架摄像机枪口一般黑洞洞的镜头。他在沙坑上来来回回往往复复的样子已经进入老邬的镜头。当然，这样的镜头不会出现在电视台的发射台上，不会变成电磁波飞向千家万户。几分钟后，它仅仅成为他们这一次午餐时开胃的笑料，如同山楂片如同岑珂所说的雪莉酒的功效一样。

开饭啦！他听到博士在三楼叫他。同时他听到了一阵轰笑声。

在餐厅门口博士对他说，是十一月，油菜花早谢啦，你是发哪门子的邪劲？要送你到龙华吗？那儿的主治大夫我上个星期刚采访过。他说有事尽管找他。我说不会不会。可你看还不正是给他说中了。

老邬对博士说，这你就不懂了，这叫忧郁！

他从博士的脑袋后面送去一记勾拳，说：懂吗？这叫忧郁狂躁型精神分裂症。

在沙坑之上的姿态构成了他生活中的一种姿态。

在紧邻亚尔培路的那家厂子里，他还做了一件事。他面对齐齐正正的沙坑，忽然有了一种冲动。它应该藏匿一些什么。读小学时，他常常在学校的沙坑里藏匿一些什么。弹弓、玻璃弹子或者香烟牌。他掏出了那张名片。它坚硬的纸质与香烟牌子相似。他把右手的食指和中指并拢深深插进沙坑。表面的沙粒被秋阳晒得泛出一层燠热，底层的沙粒深藏着真正属于秋天的凉意。他的指尖接触那层凉意，细沙随着那层凉意钻进他的指甲沟缝。他藏匿了那张名片。然后他吃菜、喝酒、大声嚷嚷与厂长告别。最后他把那只沉甸甸的马夹袋拎到家中。

现在他们得为马夹袋贡献他们的力量。老明端坐在沙发之上，一杯清茗一枝万宝路，低着他的花白脑袋正在审片。他的花白脑袋中央是一块寸毛不生的静静的湖泊，宛若镶嵌在雪峰峰巅的一颗明珠。屏幕上正闪现出郊野的河流与渔网，银鲤在网中跳跃闪烁。在这鱼们的悲剧之后该轮到昔日亚尔培路上的那家厂子了。

老邬问他，这次用哪村的高招？

他想了想，方雯不在，没有长发长腿在关键时刻拖着老明说话捱不过去。老明的兴奋点在他面前没有那么容易转移。他对老邬说，你守在139旁边吧。到时候我给你发信号。

银鲤在网中蹦跶一阵之后，屏幕在转换节目时发出一阵沙沙声。雪花状的波纹在屏幕上无限扩大着，如同波浪在无限蔓延又在无限生长和毁灭。

他走到电话机那儿。他只要拨139，与守在139旁的老邬说一声"开始"，在他挂下电话后，老邬的电话就会追踪而至缠上老明。老明只能一心二用心不在焉又打电话又审片，结果只能是电话中老明语无伦次，听着老邬在139那儿描述特大喜讯或是一只麻雀正敛翅栖落在27路的电车辫子上，还要老明发表评论，你说奇不奇？说呀，我要不要抢拍？

然而就在他走向电话机时，他忽然觉得心灰意懒。他好像忽然丧失了对这个电话意义的判断。老明瞟了他一眼，但他忽然心灰意懒的情绪和老明瞟来的那一眼并无太多的联系。很长时间了，他常常如此。夏天的时候在海滩、在浴场，这样飘忽而至的情绪险些使他葬身鱼腹。

五点半涨潮，现在四点半，还能游一个钟点。海滨浴场的头老张对他说。他说一个钟点够了，一个钟点肯定要不了。老邬说，我不下海了，到你该往回游的时候我给你发信号吧。我一挥裤子你就往回游。老邬挥了挥手中漂亮鲜艳的红色尼龙游泳裤。

他下海了，在海中自由自在地漂泊，像一条鱼一样没有思虑。但在老邬挥动那条红色游泳裤时他也像鱼一样消失了对岸的眺望和渴望。他忽然像鱼一样惧怕岸。他忽然不想再游了。岸并不遥远也并不贴近。他的身体感觉到了海在涨潮之前的那种轻微的摇晃和抖动，像分娩之前的母腹所传导出来的颤抖一样。他躺在海浪之上平静地等待那一刻的到来。在远天有一道隐隐约约的灰线铺展过来的时候，老张驾着汽艇翩然而至。

找死啊！老张爱怜地怒吼。

他说，我没看见老邬的游泳裤。老邬的游泳裤太现代，巴掌大一块我在海里看不见。

老邬拍拍他的肩，说，蛮好用方雯的。方雯的又大又古典。用方雯的你准能看见。

倘若他不拨139，这个世界会因此而生出什么变化吗？

一九九〇年十一月二十八日。大蛮。

大蛮缺少机遇。大蛮有几次差点发起来，但最终还是没有发起来。大蛮一次次借贷，一次次投资，一次次失败。大蛮失败的最终结果把一个泼辣温柔凶狠善良美丽的拉萨输给了猛子。大蛮对拉萨说，你还是跟猛子吧，我这辈子八成发不起来了。拉萨于是捏大蛮的肩、背、胳膊，在那儿捏出一道又一道拔火罐般的血印子。大蛮不吭声，大蛮不叫疼，大蛮也不说你再捏呀掐呀。大蛮像一截木头也像许多年前躺在火车轱辘下那样一动也不动。大蛮觉得这样的时刻是他最像一个男人的不多机会之一。

他有时卖外烟。

他有时到乡下帮拉萨贩鱼。

他做过的最大生意是到他插过队的江西乡下去。他雇了辆卡车，装了一卡车的蛋到乡下去。蛋是白勒克种鸡的蛋，他想让美国白勒克代替江西的草鸡。他想在左港办个养鸡场。然后他可以把一卡车又一卡车的白勒克从左港运回城市。他以为他运去一卡车的白勒克的蛋，他将运回十卡车、百卡车的白勒克的蛋。但他失败了。养惯了草鸡的江西水土和江西农民无法养活白勒克。雪白雪白的白勒克与那片蜿蜒的红色丘陵缺少缘分。

他找到大蛮时，大蛮正在为一包万宝路的价钱与一位烟客讨价还价。昔日悍勇刚烈的大蛮此刻温柔如同伏槽啮草的小马驹。在这一刹那，他迅速掠过一丝忧虑：要大蛮吗？三千，整整三千啊！但他同样迅速地为自己近乎于背叛的念头而感到羞愧。

大蛮捣了他一拳。大蛮兴奋无比。大蛮说，兄弟，你还没忘了我！

大蛮说，我们喝酒去。

一九九〇年十一月二十九日。博士。

博士的父亲对博士说，去，你去！老头说得斩钉截铁，容不得博士有半点疑惑和犹豫。

他觉得不可思议。他像看着外星人一般看着博士和博士父亲。起码有两点让他惊讶。第一，他不会预想到博士会拿这样的事情去征询他父亲的意见。第二，他更不会想到一个温文尔雅、一派绅士风度，蝴蝶斑满脸满手臂飞舞的老头会如此坚决地支持自己的儿子去参加赛车——这一热烈疯狂奇罕的赌博形式。他对老头油然而生莫可名状的敬意。

谁想起来的主意？老头问。老头正慢条斯理地用一柄银制的小匙在一只瓷盅里调匀咖啡。

我！他响亮地回答。口气中已含着邀宠的意味。他极想获得老头的肯定，而老头的肯定在他看来已是毫无疑义的事。

可惜——老头却迎着他的期待话锋一转，然后没了下文。他的皱皱巴巴的嘴唇再度捭阖纵横的时候只是吐露出浓郁的雀巢咖啡的味道。

他只知道老头以前很富。他还知道老头现在依然很富。不过，现在的这种富裕只剩下一个骆驼的架子。冰箱是上菱而不是松下或阿里斯顿，彩电是 20 吋但不带遥控，角也并非直角，而是有一个浑圆的弧度。它们添置得很早。它们都是国产的。他得出这两个结论以后得不出第三个结论。或许重要的是有或者没有，而不在于怎样有。比如说，静静地悬挂在百页窗窗框之上的乳白色空调却是最新的一种款式：分体壁挂式。而且还是松下 12 000 大卡的。再比

调酒师的女儿

如，老头握在手中的那种长柄银制小匙，它上面有隐约凹凸的图案，但非龙非凤。那介乎于变形与写实之间的图案似乎表明它是来自于法国十九世纪末的遗物。它的图案是一个裸浴的女人，但你无法说清她是圣女或是拾麦穗的苗壮无比的农妇。

老头说可惜——

是说他抑或是喟叹自己抑或是说他正在品味着的咖啡呢？老头正在调匀咖啡、搅拌咖啡，而不是在煮。一个鲜明生动的动词已经消失，已经无影无踪。或许在这一个消失的词的背后曾经生机盎然活动过一个煮沸的时代，一个老头曾经占有过的时代。

走出博士家的花园小洋房时，博士告诉他眼前这条路的昔日名称。博士说，以前这条路叫亚尔培路。

他点点头。他说，我知道。

博士接着说，那儿以前叫回力球场。博士的手指着昔日亚尔培路与昔日霞飞路的十字交接处的一幢建筑物告诉他。从那幢建筑物内正传出咚咚咚的排球弹落在地板上的声音。建筑物的霓虹灯招牌之上斜逸出一条横幅：四国女排邀请赛。

他摇摇头。他说，我不知道。

博士说，老头就在这里面发过一回，狠狠的大大的发了一回。红蓝大赛，他买的博赛票叫"独赢"。后来他靠着这笔钱开商店盖工厂。那笔钱是个雪球，他在回力球场捡到个雪球。

他说，这回你也想捡个雪球？

博士莞尔一笑。No。我想捡回一种精神。博里面有一种精神，这种精神源自于人的本能但又不是纯粹的本能。谁都相信自己的命运，不管这种命运以一种什么样的形态出现。但仅仅停留在这一层次上并没有超越本能，原始人也是这样相信的。博士或然停住话头转而问他，你看过《飞行器史话》吗？看过。那好，那也是一种博。本世纪二十年代中期，英国政府悬赏，谁能够驾机飞越大西洋谁就可以获得一万五千英镑的巨款奖励。无数人死了，为了飞越大西洋也为了一万五千英镑。每一个死了的人在出发时都相信自己的命运可能会改观，可能和前面的人不一样。但他们都死了。他们博输了。但他们的精神超越了博从而也使他们超越了本能而走向造福人类的永恒。

他对博士说，你也挺孝。看不出你也挺孝啊！

博士说，你说什么？

他说，十二月八日我们就从那儿出发，亚尔培路、回力球场。以前它叫回力球场，对吗？

博士说，还叫过中华运动场。

他说，还叫过上海市体育馆。公元一九九〇年十二月八日上午9：00时，我们从陕西南路卢湾体育馆出发。

博士报以会心的微笑。这时，一个趿拉着拖鞋、套着皮裙的女孩刚好从博士的微笑前匆匆走过。然后女孩蓦然回首冲着博士叫了声：舅舅。

女孩拐进了一条弄堂。

他没有问女孩为什么管博士叫舅舅。女孩与博士匆匆打招呼匆匆告别表明他们相互很熟。女孩让他想到博士是在亚尔培路上长大的。

一九九一年初夏。刑事侦查队办公室。

新民晚报。一九九一年六月二十一日。体育新闻版。

中日围棋天元战花絮

林海峰天元和聂卫平天元昨天分别对今天对局日中午休息时的饮食提出认真的要求。林海峰说，他明天中午希望能吃到一杯淡淡的牛奶，而且规定了喝牛奶的时间：12点10分。他希望要准时喝。

聂卫平的午餐照例是西瓜,但这次他提出,西瓜切得无论大小,但必须是四块。

我在这段文字之下划上粗粗的一道红杠,然后把它推给老石。

此案在结案时老石问过我,他为什么如此痴迷铁路?我说我无法解释。老石说,必须解释。我说那就解释为某种精神障碍。老石摇了摇头说,也只能如此解释了。

现在我把这张晚报的花絮新闻推给了老石。我想老石这回该为我上次的解释感到满意了。作为博弈的围棋在"博"的范围之内,当然,那是一种更宽泛的"博",在"博"之中的阿伦痴迷铁路或许和林海峰的牛奶、聂卫平的西瓜如出一辙。

在铁路边沿,在扳道房,他慢慢品味五叔家的幺儿子泡好的龙井,慢慢品味自己说不上冗长也说不上短暂的一生,像在精心为自己撰写一篇悼词。钟琴就是在这悼词的氛围中渐渐凸现渐渐聚焦渐渐凝固为一个标点一段漫不经心的文字。

在他的家园,在平工村,苏州河在那儿很潦草地甩出一个湾。他的童年在那儿也就被很潦草地书写着。

那时钟琴的家是船民。在平工村公共给水站那儿有块瓷质招牌:船民用水,免费供应。那块瓷质招牌在他童年时总以为是为钟琴家而竖立的。后来那块牌子没有了。后来钟琴的家上岸落户在平工村。

沿着一艘船的行板他从岸上到船上去。他十二岁,或者比十二岁大一点。夏天,船上很滑,船首的甲板涂满桐油。夕阳坠在船尾的河流中,隐隐的红色从河流中漫出来,反射光洇湿船首的甲板,使得桐油的光泽叠上一层暗红。在河流的轻轻拍击中,那层暗红游动起来,像蚯蚓在夏日的黄昏拱动泥层。

现在他不可能想明白那年的夏天他为什么总是喜欢到船上去。他想或许在于船是漂泊无定的。从一个地方到另一个地方，从一条河流到另一条河流，它动荡而缺少宁静。十二岁的少年或许喜欢动荡。那些艄公们沿着船帮赤脚来回奔走，篙子在他们的奔走中飞快地起落。钢铁的篙尖深深地插入河底又高高地脱离水面，在它脱离水面的时候他闻到了河底淤泥的气息，似乎也就闻到了漂泊流浪的感觉。一个孩子对流浪也可能产生一种感觉或一种向往吗？

他到船上去，大蛮也到船上去，大蛮总是和他一块儿到船上去。大蛮那年十五岁，或许比十五岁还大一点。大蛮和钟琴的哥哥一样大。

船上人家升起了蓝色晚炊，一艘船接着另一艘船。蓝色晚炊使得河流富于生气。它们袅袅升腾款款盘桓仿佛对它们暂泊的城市倾吐着某种依恋。在河流的波光反射中，它们近乎透明。在这样一个黄昏，钟琴被近乎透明的蓝色晚炊包围着。

他记得她说：我要洗澡。

她哥哥尴尬地瞧了瞧大蛮，瞧了瞧他。

她妈妈从船舱里升出脑袋说：小小丫头，在船舱里洗就是了。

不要。钟琴说。

洗！她妈妈说。

钟琴噘嘴翘牙手指着大蛮说：你走！又指着他说：你留下！

钟琴后来与大蛮有过一段暧昧的时光，大概在这一个黄昏已被确定了。但那时他只有十二岁，一个十二岁的少年不可能懂得一个十三四岁的女孩子已经能够凭着某种直觉去把握与她以后命运可能相似的人。她在这时最需要排斥的正是这样的相似者。她容纳了他。他离她过于遥远。他在十二岁时已经有了一种悲天悯人的气质。钟琴对他说：我妈说，你将来要成大器的。什么叫大器？就是比船大比飞机大的容器吗？

他告诉过岑珂这段故事。在故事进行到此刻的时候，岑珂说：别转移话题。你看了？

他说：我听了。

在那个蓝色弥漫的黄昏他听到了水流的喧响。它们哗哗啦啦杂乱无章，像一窝鸡雏叽叽喳喳。它们不是河流的喧响却萦绕在河流的喧响之中。

一九九一年冬。车在疾驶。

车在爬桥。桥是苏州河上的一座新桥。新桥的高度使得坐在车里的老石和我能够将苏州河尽收眼底。

一列很长的驳子船在苏州河上逶迤西行。钢铁的挂钩和缆绳将它们一艘又一艘紧紧串连在一起。它们像水上列车。它们装载着冰箱、洗衣机，它们也装载着废铜烂铁。从它们装载的货物情况来推测，这是一列由城市驶往乡镇的驳子船。它们将穿越太湖、古运河，然后在某一个黄昏或清晨到达里下河或射阳河一带。

钟琴也拥有这样一个船队。

我想老石已经由这样一个船队想到了钟琴。老石说：他和钟琴就这点瓜葛？

当然不止这些。我说。

还能有什么呢？老石自言自语。小车在老石自言自语时已经掠过桥头。

我们不可能知道。我说。和案子无关的事我们不可能知道。我又补充了一句。

钟琴有能力参加这样的豪赌。这毫无疑问。但这里面仍然有个动机问题。老石说。老石的语调与车窗外的冬日的阳光一样，懒洋洋之中蕴含着一种热切。

我感觉到这种热切。我能够感觉这种热切说明我和老石有着相同的职业习惯。

一九九〇年十二月三日。

抒情的历史可以结束了。

一般来说女人是男人的竖琴，如同漫无际涯的芦苇是夏天的竖琴一样。但是现在是秋末冬初，芦苇枯萎萧瑟。在铁路边沿的河沟里，那里在夏天曾经冒出过一丛孤独稀疏却也碧绿盎然的芦苇，但现在是秋末冬初的日子，它们秉承它们的家族遗传静静地干枯了。

他神情忧郁地注视那丛孤独的芦苇。在他注视它们的时候他想到了岑珂。这时铁路像城市里的山谷那般安详宁静。暮风吹拂芦苇的枯叶，它们中的一叶在他的注视下訇然折断。他想他看到了一根琴弦的断裂。一种巨大的悲哀和屈辱在这一刹那完全地笼罩了他。他在芦苇折断的过程中看到了自身的渺小。他在回想与岑珂的再一次见面……

他在接到岑珂的邀请时曾经犹豫过。他并不惧怕与桥本的见面。桥本在明处，他在暗处。但他没有想到这样的邀请使他看到了一颗深不可测的女人之心。或许是这一个女人首先这样做了：点燃两个男人之间的仇恨火苗，然后她双手抱臂看着火苗静静地吞噬、蔓延，又渐渐化作呼呼作响的烈焰。

他还是去了。"谷"酒吧，坐落在一幢著名宾馆的斜对面。十九世纪法国乡村别墅的格局。门沿的墙壁粗拙地雕刻出一排紧紧拥挤着的树身。树皮的纹理清晰逼真，该有树疤的地方被刻意夸张过。它们被刷上一层黑漆。沉重无比的黑漆因为树的缘故显现出意想不到的效果：高贵又笼罩在童话的氛围之中。

门同样是黑色的。它的黑色与墙壁的黑色连成一个统一的整体。你只能想到这就是田野。有一束金黄的麦秆或稻秆的变形出现在门之上。它再一次强调了高贵也强调了童话气氛。

他没有进过这样的酒吧。他们学校的许多同学没有进过这样的酒吧。岑珂说，我要安排一次校友的聚会，你也来吧。他就来了。岑珂把聚会安排在此想显示什么呢？一掷千金的气度和潇洒抑或就是一种炫耀的浅薄？在没有推开"谷"酒吧的门之前，他曾这样揣度岑珂。但当他走进酒吧之后，他立即发觉他是以小人之心度君子之腹。他整个悲天悯人的气质不是来自于他的初恋就是来自于他对金钱的惧怕和挚爱。

岑珂只能够选择"谷"酒吧。她与"谷"酒吧的相得益彰如同一本书的封面和内芯的关系一样。他忽然明白女人不是一本书，女人是一个著作甚丰的作家撰写的一本又一本书的总和。把一个女人比作一本书是不可能理解女人的。

岑珂这本书现在的著者是桥本昌二。他坐在一个细脚伶仃的金黄色转椅之上。他的腹部和下巴都显示出他的身份和职业所需要的弧度。他沉默。他微笑。他以优雅的手势招呼女侍们斟酒斟饮料。如果桥本一直以这样优雅的表情和手势保持沉默和微笑的话，他想他不可能产生对桥本的仇恨。他已经被他征服了。他来自另一个国度。他和他之间隔着一个宽阔的海洋。他在海洋的那一边，他在海洋的这一边。他所撰写的岑珂与他所撰写的岑珂是两本书，既不同版别也不同语言。但他说话了。他一说话他的整个心情就彻底改观。他听到了一根琴弦在这时訇然折断。

他有很长时间与岑珂班上的一个女孩子怀着一样的心情。到"谷"酒吧的岑珂班上的同学并不多。被邀请者大多虽说毕业于东大但在校期间已是系里和校里的风云人物。可以看出岑珂精心安排过聚会的名单。这一份名单，可以从政治也可以从经济角度去找出岑珂邀请他们的原因。惟独那个女孩子是岑珂毫无理由或者说从一个女人内心深处的情感需要出发邀请而来的。他想象那个女孩子的心情，他也就看到了自己的内心。

她正手捏着一根特制的金黄的麦管，并把那根麦管深入到一杯橙汁的腹地。在这时她的指甲暴露无遗。她的指甲呈肉色，就是说是指甲本来的颜色。它与墙沿那儿浸润漫洇开来的淡绿色的脚灯灯光格格不入。这种格格不入的指甲色泽让他感到分外亲切。

　　她很响地吮吸橙汁。

　　他同样很响地吮吸橙汁。

　　在他和女孩之间坐着岑珂。她像圆规的轴心在他和女孩之间制造平衡。她时常给他一个眼神或一个浅浅的微笑。在他很响地吮吸橙汁时她的微笑明显地含有鼓励的成分。

　　"谷"酒吧的背景音乐朦胧低缓，若有似无。只有当你用耳朵去细心捕捉它的时候，你才会意识到它的存在。它来自山谷又似乎正缓缓飘离山谷。

　　他强迫自己走进音乐之中。他也想强迫自己和那女孩一样成为今天聚会的一种若有似无的背景。他在心里对岑珂说，我来自我五叔家的幺儿子守着的那个扳道房。那个扳道房守着的是城市里的山谷。我来自于那片山谷。

　　但就在这样的时候，桥本昌二说话了。他一说话他的整个心境被彻底搅乱。

　　桥本昌二说一口流利的上海话。其流利的程度你只能说他生在上海长在上海。在他的语汇中夹杂着上海在七十年代、八十年代曾经流行过的市井俚语。也就在这时，他产生了巨大的被欺骗感，继而是一种越来越强烈的失败感。

　　仇恨就这样轻而易举地产生了。是一个男人对一个女人的仇恨，同时也是一个男人对另一个男人的仇恨。

　　岑珂深情地注视着他的仇恨。

　　金·勃尼卡。她对吧台上的女兑酒师柔声招呼。她知道他喜欢这种酒。这种色泽像麦秆一般金黄、质朴的酒，是金和勃尼卡的黄金比例调和。

他已经从背景走到了前台。

芦苇孤独的剪影如此合拍地成为他的遐思和回忆的对应物。它们仿佛是为他的思想而生长并在一个秋天凋零的。他五叔家的幺儿子端出了机凳、龙井和小竹椅。他说，看你的芦苇去。

在这里他慢慢地回忆过父亲。父亲的摇铃声弯弯曲曲摇摇晃晃为他准备了回忆的摇篮。现在，他觉得应该想想岑珂父亲。他隐约觉得即将到来的十二月八日越来越多地和他们的父辈产生了一种联系。

他当然知道上海的哪些地方有酒吧。有酒吧的地方就有兑酒师。兑酒师是他的同行，他不可能不知道他的同行。但他真正声名大振不是在四十年代，也不是在五十年代、六十年代，而是在七十年代。那真是一个令人不可思议的年代，却也不可思议地造就了兑酒师的声名。

他们喝惯了金·勃尼卡，也喝惯了蓝·黑·红。喝惯了许许多多一种酒与另一种酒产生的微妙组合。但是后来他们突然失去了酒吧，同时也就失去了兑酒师。所有的酒吧停止营业，所有的宾馆里的吧台藏匿无踪。或许仍然有，但他们并不知道根底罢了。他们已经被扫地出门、游街批斗，然后在一些普普通通的房子里像普通人一样生活了。

他们的普通当然影响到兑酒师。在他的感觉中他要比他们更来得普通：一双调制鸡尾酒的手变成了一双调制开关、机械的钳工之手。他从一级钳工做起。手掌那儿渐渐生出茧皮，小腹那儿生出一块圆圆的同样硬如茧皮的东西——那个肚脐旁边的部位是钳刀经常顶住用力的部位。那圆圆的硬如茧皮的东西和钳刀的圆形顶盖一样大小。

一九六九年或一九七〇年的圣诞，或许再晚一点，一九七一年的圣诞。兑酒师差不多已经忘记了这一个节日。

有人摁响了电铃。来人是昔日赫赫有名的棉纱大王。兑酒师开门的时候他正用一双惴惴不安的眼睛扫视着兑酒师门前的一幅标语。标语的内容是打倒资本家的狗腿子之类。初冬的寒风使得那幅标语同样惴惴不安。

兑酒师说，你疯啦？

他问岑珂：还有标语？那不会是一九七一年，那应该是一九六八年。一九七一年上海的街头巷尾"打倒""炮轰"之类的标语已经相当少了。

岑珂说：那我记错了。没有标语。我记得来人伸出了一个巴掌，说五年了。一个巴掌刚好五年，从一九六六年到一九七一年。

昔日的棉纱大王说：我没疯。但再吃不上你兑的圣诞酒，我可是真要疯了。昔日的棉纱大王伸出了一个巴掌，继续说：五年了，我有五年没吃上你兑的圣诞酒，你兑的圣·克莱卡。这几天我整日整夜地想着你兑的酒。

昔日腰缠万贯不可一世的棉纱大王可怜兮兮地央求昔日的兑酒师开恩。昔日的兑酒师猛然之间有一种升高的感觉。在他的口中油然而生一种金黄的液体，苦涩芬芳如同农人所眷恋的麦秆中淌出的汁液。他说：我去！

岑珂说：不去！一个巴掌不去，两个巴掌还是不去，永远不去。

岑珂说：我只记得了巴掌，还记得那个圣诞之夜没有音乐没有灯光没有贺卡也没有圣诞树。外面很黑很冷。父亲回来时妈妈正在发高烧。我守着妈妈咒着父亲咒着棉纱大王又盼望着父亲早点归来。我记得妈妈说，今天是圣诞节，你爸爸不会很早回来的。在以前的日子，只要到了圣诞节，你爸爸都得等到圣诞钟声响过之后才能回来。在那一个圣诞之夜，母亲充满回忆。

他说：你的记忆或许还在哪儿出现障碍。你把比较的对象搞错了，那时没有圣诞节。那时不过圣诞节。许多年不过圣诞节。那你怎么区分一九七〇年的圣诞节和一九七一年的圣诞节呢？那时都不过。

岑珂说：我不是说啦，有巴掌。一个巴掌、两个巴掌。

他说：你那时多大？

岑珂说：不说了。没有像你这么不相信人的。再说哪一年就那么重要吗？

他说：说好不生气的。我只是想搞清你伸出一个巴掌的时候我在哪儿，在干什么。他扳过她的肩，用他的巴掌在她的肩部揉搓着。他把力的支点放在掌上的拇指往下的部位。他想象他的巴掌在她柔弱的肩部揉搓出一个很大的漩涡。

岑珂转过身，笑了。她的笑容明显地和她的兑酒师父亲的昔日荣耀有一种联系，并且因为他尊重了她对于父亲昔日荣耀的回顾而高兴。

他说：重要的是从那个圣诞节以后，你的父亲应接不暇。昔日的房地产大王、钢铁大王、面粉大王、股票大王以及他们的后裔们，纷纷托人或亲自上门来找你父亲，对吗？

岑珂说：是的。他们没有别的兑酒师好找。酒吧关门了，宾馆进不去。即使可以进去他们也进不起。即使进去了也没有兑酒师，更别说好的兑酒师了。

他说：你说过。

岑珂说：不听拉倒。

他说：听，很愿意听。

岑珂说：父亲兑出的酒有一种巴黎的情调。懂吗？巴黎的情调。

他只能承认他不懂。他只能承认昔日的黄包车夫的儿子可以通过图书馆、通过大学搞懂波特莱尔的巴黎的忧郁，但终究无法搞懂一种酒与另一种或另两种酒之间所产生的巴黎的情调。

他大声说：我不懂！

他听见那丛孤独的芦苇也瑟瑟摇响了一种声音。他不知道他对往事的回忆和这种声音有什么联系。或许有。

五叔家的幺儿子对他吼道：回来。洞拐三二要来了。

一九九〇年十二月六日。另一个故事。

他想象猛子度过的一个夜晚。在他的想象中那个夜晚失去了它本身的悲怆意味，如同落日在他的想象中无法沉沦一样。他总是想象落日的悲怆是另一个黎明的开始。它的沉沦也就是它的升起。

在这座城市的西北郊，坐落着一家规模巨大的水泥成品制造厂。在那里无数石头变成粉末然后再变成一根根粗壮的水泥电线杆，变成将要敷设于城市地下的水泥涵管。

他熟悉那些涵管。他特别熟悉那些巨大的涵管。它们有一人多高。它们往往被散漫地堆放在一块空地上。那块宽阔的空地隔着中山环路与平工村紧紧毗邻。在他的童年时代，他和小伙伴们常常在那些散漫的涵管里玩耍"官兵捉强盗"的游戏。他们喜爱它迷宫般的风格。它是他童年时代的宫殿。许多时光就在它的巨大的一个又一个洞口之间流走了。

他还知道，在孩子们的游戏结束之后，它们属于情侣们。在平工村，许多结成夫妻的男人和女人，都有过一段时光奉献给那些散漫无羁地堆放着的涵管们。它们是树，是平工村许多男人和女人筑巢之前赖以避风躲雨的生命之树。平工村人提起涵管就会泛起意味深长的微笑。

他已经看见猛子斜侧着身子躺在一只巨大的涵管之中。

猛子躺在 11 号涵管。猛子将所有的涵管，从东到西一一编号。

11 号涵管居中。猛子喜欢躺在居中的 11 号涵管中。

有一阵鱼腥的气息由远而近，渐渐弥集在涵管穹窿般的洞口。拉萨来了。拉萨的大腿雪白丰腴如同鱼肚，猛子常常在那儿捏出河流的喧响。拉萨是摆鱼摊子的。大多的时候拉萨是从钟琴那儿批货，只是钟琴那儿无货的情况下拉萨才亲自下河。女人不应该下河，猛子告诫过拉萨。

从涵管的洞口望出去，天圆圆，蓝蓝。猛子抬起头，刚好看见拉萨的身段衬在洞口的蓝色之中。秋暮冬初的迷离晚风轻易地从一只涵管的洞口徜徉到另一只涵管的洞口。猛子恍恍惚惚看见拉萨的两条长腿刀螂一般轻捷有力地蹬踢着。他放慢他的红色桑塔纳的车速，缓缓地跟在那双宛若剪刀起伏的长腿的扭动之后。拉萨在骑自行车。猛子喜欢看拉萨骑自行车的姿态。

我有了。拉萨说。

查过了？猛子说。

医生说，两个月。拉萨说。

猛子掐指默念。拉萨在猛子对面顺着管壁的弯势倚了下来。拉萨的脚抵着猛子，她的脚尖拼命蹭进猛子的脚心。猛子觉得脚心无比充实。在猛子的充实中，拉萨的眼睛悄悄瞥了猛子一眼，她的脚尖的运动没有妨碍她的思路。大蛮说：你得嫁给猛子。大蛮的话是拉萨的圣旨。猛子会发的，跟了他，亏不了你和孩子。

那你呢？拉萨像所有的女人那样悲怆地问道。

我？还会下牢。上山，进庙。大蛮说。

拉萨觉得大蛮说得没错。大蛮说自己的事不会说错。

掐指默念一阵后，猛子说：我娶你。

拉萨狡黠地笑了。两个月前，大蛮正在江西。大蛮永远落魄。她想猛子想到了两个月前大蛮正在江西，但猛子不会想到大蛮的落魄，想到落魄的大蛮会有他奇倔的"留种"的办法。是猛子的桑塔纳把大蛮送到了火车站，是猛子帮大蛮提行李拎包裹。猛子很大度。猛子让拉萨有一阵强烈的感动。拉萨给了猛子一朵温柔妩媚的微笑。然后她说了一句让猛子莫名其妙的话：是时候了。

猛子沉思了两秒钟后把拉萨的话视作一种信号。他迅速抽出被拉萨抵住的脚窝。接下来11号涵管像一只巨大的海绵筒子吸附了不断膨胀着的呢喃喘息之声。随着呢喃喘息之声的起伏，涵管由海绵筒子变幻成一只舢板，在充满节奏地颠簸摇晃。

现在轮到两个汉子走近涵管。他们蹑手蹑脚，瓦片在他们赤裸的脚下没有溅起声响。11号涵管没有意识到逼近他们的危险，依然故态，喘息之声呢喃如鸟语。一个汉子对另一个汉子说，推！声音咬得极轻却又极狠。两个汉子脚抵着另一只涵管作为阿基米德支点，手臂弯曲，然后一发力，伸直。在他们四条手臂平行伸直的时候，11号涵管如同压路机的轱辘一般滚动起来。这时从11号涵管的洞口清晰地传出绵软的物体击打在水泥壁上的轰隆之声，呢喃鸟鸣之声蓦然消失。

一九九〇年十二月七日晨。

一个打扮得雍容华贵的女人出现在平工村的陋巷之中。她在卵石小径上走得极为轻松熟练。在猛子家门口，她停了下来。

开门的猛子妈细一打量后惊叫起来：哟，这不是琴姑娘吗？哪阵风把你给吹来的？

接下来猛子妈看到了女人手里的两罐雀巢奶粉。它们叮当作响挤在一只网兜里，与它们挤在一起的还有猛子妈叫不上名的一些好东西。

女人淡淡地说：听说猛子昨晚摔伤了，我来瞧瞧他。

一九九〇年岁末。11号涵管之边。

老石告诫我：别卷进什么案中案去。案子就是一个，赌博案。

另一个算什么案子，你查个十年八载未见得会有结果。

我承认老石说得有理。我对涵管和阿伦、大蛮一样熟悉。我知道涵管就是迷宫。在迷宫里发生这丁点小事是不可能查出来的。搞我们这一行的都知道，案子越小越难办。

老石说：那个那个猛子，轻伤都够不上，对吧？

我说：是。

老石说：幸好是这样。在这七拐八弯的洞口，要发生个抢劫、凶杀、强奸，都够难查的。

老石的声音从一个洞口进去，从另一个洞口出来，传到我耳朵里时已产生了变形，相伴着一阵怪异的嗡嗡声。

老石继续说：回头让联防队把这儿管起来。

我说：不好管啊，这一大片洞口。你数过没有，上千哪！

老石想了想，说：倒也是。上千个洞口，但也得管，在马路上巡逻吧。

我说：好吧。我的眼光却没能离开洞口。这一只又一只硕大的洞口似乎贮满了某种静力，它们吸引着我，召唤着我。我豁然想明白了一些事。我对老石说：他制造了两个女人之间的仇恨。

老石说，他为什么要制造两个女人之间的仇恨？

我说，我不知道。

老石说，他用什么样的方式制造两个女人的仇恨呢？她们算不上很熟，对吗？

我说，是这样，她们很不熟。我忽然想到一个比喻，比如两只蟋蟀，它们很不熟，但他用草、用泥盆就可以完成一场残杀和斗殴。

老石说，我知道可以用草、用泥盆，我问的是他用了什么样的草、什么样的泥盆？

我说，我不知道。我还说，重要的是蟋蟀有一种好斗的本性。

老石暧昧地笑了。他说，你说得很对，有一只三尾子它们斗得更起劲更邪乎。

我说，或许有两只三尾子。

我只能说或许。11号涵管默不作声，洞口边沿的泥地上冒出了一片萋萋荒草。这儿的荒草比别处短些，但它毕竟仍有着荒草开始存在了。我在想，猛子和拉萨有好些日子没到这地方来了。

夕阳开始沉落。从一个洞口到另一个洞口可以望见不一样的夕阳。这里有密密麻麻上千个洞口，这里可以望见上千个不同角度的夕阳。

我对老石说，走吧！因为我看见一对恋人犹疑地朝我和老石凝望着。

一九九〇年十二月七日上午。扳道房。

你不在这个时候来。你从来不在这个时候来。

十二月七日上午。雨。他裹着件雨衣到扳道房去。五叔家的幺儿子对他说：你来啦？

他说：我来了。但他知道五叔家的幺儿子说的是另外的意思：你不在这个时候来，你从来不在这个时候来。在一九九〇年十二月七日上午，究竟是他产生了一种预感，还是他五叔家的幺儿子产生一种预感呢？

他告诉了他在十二月八日可能发生的事情。一共七辆，他说。

你来，就为了告诉我这些？

三万元。

就这？

我要赢。

我能帮你什么呢？

十二月八日上午 10∶10 分到 10∶20 分道口有车通过吗？

五叔家的幺儿子很快明白他为什么这么做。他说：你会赢的。会的。然后他到扳道房的里间去了一会儿后告诉他：有一列上次方向的直快，158次，10:07分通过道口。

他说：知道了。

一九九〇年十二月八日。终于。

现在他看见了两个女人间的仇恨，它们在秋末冬初的阳光照耀下，以一种灿烂的形态出现在他的眼前。

他站立在昔日亚尔培路的阴影之下。在有关亚尔培路的历史掌故中，他知道他现在站立的地方是昔日的一个赌窟。它的楼顶呈哥特式的几何形状，他就站立在这几何形状投下的阴影之中。上午的阳光平静。平静之中散发出一股绵绵软软的穿透力。它照耀他，也照耀离他三十公尺的两个女人。他看得见她们，她们看不见他。现在他把阴影看作了树心之中的黑暗，他在阴影之中如同藏匿于树心的黑暗之中。两个女人的互相仇恨如同树心之外的枝条、叶瓣和花蕾，即使与他有着距离也脱离不了同一个树根。他的视线是树心与枝条、叶瓣和花蕾之间平静的过渡。

钟琴先到。她今天拥有的是一辆黑沉沉的奥迪。他不明白昔日的船家女为什么会选择这么一辆黑沉沉的奥迪。那沉沉的黑色庄严、骄傲，或许就是庄严和骄傲使得钟琴选择了它？他却在这黑色中想起了苏州河潦草地书写的那道湾，想起了涵管与透过涵管所看到的黑色夜空。黑色奥迪与黑色夜空或许更为相近。

在他的想象中，猛子应该从这辆车中走出来。然而没有。从司机位置走出来的是一个他不认识的小伙子。

紧接着，岑珂到了。这是一辆洁白的林肯。这也是这次赛车唯一的超豪华型车。闪耀着生命灵气的白色是一种喧哗和辉煌，如同青青草地上的白色奶牛如同海滩上毫无羁绊的青春胴体。它裸露在那儿，裸露在路人惊羡和赞叹的目光之中。

他看见岑珂款款拉开林肯的车门。他看见她披着洁白的马海毛衫装。

从林肯司机位置那儿走出来的是猛子。这一刹那他看见的就是仇恨，并且看见仇恨迅速在钟琴目光中放大。

白色的林肯尾部挂着的牌子是一块黑色长方瓷牌。有耀眼的"领——57"炫目如一团电光疾速掠过。仇恨在这里再一次表现得具体而可以触摸。

岑珂抬腕看了看表。他本能地同样抬腕看了看表。现在是一九九〇年十二月八日上午 8:50 分，离正式预定的赛车时间还有十分钟。他对自己说，过五分后我从阴影里走出。

像为了某种平衡，他同样看了看钟琴。钟琴的司机正在摆弄一只葫芦大小的东西，红色，顶端长出一根尖锐的金属的长刺，如戟一般直指天空。警报器，他知道这就是警报器。赛车规则没有规定不可以安装警报器。他再一次看见仇恨在这个秋末冬初的上午无声无息地左右了两个女人的行动。

该来的都来了：狗眼、大蛮、博士以及军长。

他兴奋至极。

一九九〇年十二月八日上午。城市道路之上。

他像岑珂充满快意地看着他和桥本昌二之间的仇恨一样，眯缝着眼打量前方两辆车的追逐。鲣鸟一般飞掠的白色林肯和拉着呜呜作响警报器的黑色奥迪各不相让。它们呈直线或者呈 S 型赶超了一辆又一辆卡车、面包车、旅游车、吉普车、越野车。它们使得城市在这一刻目瞪口呆。因为紧随在林肯和奥迪之后，他不断听到一声又一声詈骂传来：疯子！找死啊！撞你个婊子养的！

在这一刻他很快活。

在很快活的时刻他隐约听见奥迪的车首与林肯的车尾相互擦碰后发出的嘎嘎的钢铁声音。白色的漆片和黑色的漆片在灰濛濛的水泥路面上有着触目的遗落。

两只鸟在搏斗之中继续翱翔。它们毫不理会在搏斗中掉落的羽毛，它们渐高渐远。桑塔纳无法赶上它们的速度。9:30分，它们从他的视野里消失。

现在车已奔驰在城市西北部的中山环路上。在拐向快活林酒店的两条岔路口，他听见司机问他：往哪儿开？他看了看腕上的表，时针指向9:50分。他知道他面临一个选择：过皋蓝路立交桥或者抄近路过道口。

能在10:07分之前赶到道口吗？他问。

难说。司机说。

不管它。过道口。他心一横。

在即将拐向道口的新晃路上，他看见两摊殷红的血。在血泊中歪倒着一辆黑色的车和一辆白色的车。他看见这一场景的时候，事故显然刚刚发生。在黑车、白车和血构成的三色图案旁，依稀只有三四个围观者，其中还有一个孩子，不知所措地捏着一筒冰淇淋。交通尚未中断，仍然有车擦着血泊擦着歪倒的车疾速驰过。

城市在这时很镇定。他也很镇定。他们的桑塔纳是擦着血泊擦着歪倒的车继续前进的车流中的一部分。

是谁的血呢？在他的脑袋中曾经冒出过这样的念头。但车在这时已经接近道口。他看见了那丛芦苇，看见了五叔家的幺儿子挥动着的红绿信号旗。道口的警报器呜呜作响。栅栏即将合拢。滑轮的滚动声已经骤然响起。

冲！他说。

赢了给你一万！他继续说。

接下来，他仿佛听到一阵轰轰隆隆的爆炸声。他有一种腾空飞起的感觉。在这种感觉中他觉得自己在笑，很痛快很淋漓的笑，嘴角旁的咬合肌无法合拢。

大蛮看见了快活林酒店。大蛮还看见了另一些车从另一条路上即将拐向快活林酒店。

大蛮快活地高声叫嚷：快！快！这时前方蓦的跳出红灯。按照城市交通规则，大蛮的桑塔纳必须停下，而另一些车，比如雪铁龙、皇冠和桑塔纳们则可以在另一条路上向左拐弯直指快活林酒店。

管它个×！冲！大蛮对司机吼道。

冲你妈个魂！司机还敬大蛮。赢了你拿三万。我他妈的扣执照、罚款、停业，放三千的血都不止。

大蛮掏出匕首。大蛮的匕首沉闷地穿过大蛮洗得发白的牛仔裤。匕首拔出后跳出"噗"的一声。血溅得不算高，约摸半尺。然后大蛮说：冲！

司机说：别滴到毯子上。

桑塔纳在快活林酒店门口停下的时候，警察驾驶着摩托随后而至。

警察对司机说：执照。

司机用嘴呶了呶大蛮的腿。血在这时已经濡湿了墨绿色毯子的一部分。然后司机说：去医院。

警察说：那还不快走。

在这时，坐落在市郊的快活林酒店门口，出现了雪铁龙、皇冠、桑塔纳们。尖锐的刹车声此起彼伏。这在快活林酒店的历史上是空前的。一个围着白色裙兜的伙计笑容满面地迎出酒店门口。

一九九〇年十二月八日中午。城市电台。

……现在是交通气象节目。据市公安局交通处 11:05 分报道，在今天上午 9:50 分左右，中山环路新晃路口发生一起重大交通事故。两男两女在这次事故中受重伤。目前已送医院抢救。事故的原因正在进一步调查之中。上述路段交通受阻，市公安局交通处希望驶向上述路段的车辆能够绕道行驶……

尾　声

大蛮赢了。大蛮是唯一的赢者。我在大蛮的名字下划了一道很粗的红杠，并通过这道红杠把这个名字过渡到十二月六日夜和 11 号涵管之下。

我还划了另一道红杠，这一道红杠依然通向十二月六日夜和 11 号涵管，红杠之上的名字是：钟琴。

但我没忘记老石说的那句话：案子就是一个！你别再琢磨什么案中案的。这一个就够你受的。赌博罪、交通肇事罪，数罪并罚！

老石说得有理。

附录一
陈晓明所论中篇小说《浮云苍狗》

　　北京大学中文系教授陈晓明在其当代文学史著作《中国当代文学主潮》（第二版）中这样评价中篇小说《浮云苍狗》：

　　值得注意的还有李其纲（1954—　）的《浮云苍狗》（《上海文学》1988 年第 7 期）。这篇小说在当时可能并不好归类，以至于并未引起足够的关注。① 这篇讲述知青故事的小说，也包含表现底层生存事实的内容，同时还带着先锋小说的叙述方式。这使我们在某种理论命题下来归纳某些作品时，要考虑作品文本自身的复杂性。这篇小说以"我"哥哥"狗眼"为主人公，狗眼来自底层平民，小小年纪捡破烂捡到一只手榴弹，放在火上烧木柄引发爆炸，炸掉了一只眼睛，结果装入一只狗眼，由此得了这个诨名。狗眼去到南方江西插队，同去的有她的妹妹、邻居和同学。小说以第一人称"我"来叙述，是"我"的眼里看到和后来了解到的哥哥姐姐的插队生涯，着力表现来自底层的狗眼和天兔以及来自知识分子家庭的一锐等人在农村所经历的种种冲突。与史铁生的《我的遥远的清平湾》不同，在李其纲的笔下，狗眼们并不能融入农村，也不可能接

---

　　① 吴俊：《小说：对一种文体的追求——李其纲小说简析》，《当代作家评论》1991 年第 6 期。吴俊认为，李其纲的小说在当时具有与众不同的艺术追求，但未引起文坛足够的注意。

受贫下中农的再教育，他们带着城市贫民特有的流氓无产者的那种气质，与当地农民格格不入。虽然，二牛之类的农民与他们也有生活上的接触，但留下的倒是当地农民的记恨。以狗眼为首的那帮城市贫民知青，在这里展开了他们的青春意气横行的生活；他们保留了城市底层人的粗野、豪放和旷达，而且在这里延伸了与城市干部子弟的天然对立。这一切又因为阶级错位的爱，产生出新的矛盾（一锐与英子的恋爱因英子的死去而终结，并且引发知青与农民的械斗）。小说着力刻画的是狗眼为代表的城市贫民子弟在农村的那种粗野刚强的性格，他们对生活始终不变的豪迈和自信。他们有自己的生存品格和人生智慧，有自己的友爱和义气，没有什么苦难和灾变可以把他们击垮，底层并不是只配受到怜悯和同情的弱者，也无须所谓的启蒙。这篇小说在那样的时期显然有着非常不同的新写实态度，这不只是处理生活的观念问题，还有小说叙述方式。第一人称不断插叙带动的叙事，显然也把客观记忆的整体性和真理性进行重新结构，哥哥的那种英雄主义豪情也只是"我"的叙述，"我"并不能保证那个宏大的知青历史叙事如何，只是叙述"我"的哥哥的历史。这段历史对于狗眼们来说具有悲剧性，更有其悲壮性，因为狗眼们就是一种活法，这是城市无产阶级平民的生存态度。狗眼们历经磨砺，有一种精神在那种历史中存留下来。浮云苍狗，世事多变，知青的历史已然终结，记取的是这代人曾有过的活法。这是李其纲与同时期的知青小说、新写实小说以及先锋小说颇为不同之处。这篇小说对知青历史的重写带有难得的新写实态度，它要还原的是这代城市平民青年的历史遭遇和他们天生的反叛精神。它实际上是中国现代革命的基础，但在70年代却以革命的名义消解在农村，这是对这个时期的"继续革命"理念的深刻反讽，虽然这并非作者有意表现的主题，但却不无耐人寻味之处。

附录二
小说：对一种文体的追求
——李其纲小说简析

吴　俊

一

托尔斯泰说过的这句名言，现在几乎已经被用滥了，叫做："幸福的家庭是相似的，不幸的家庭各有各的不幸。"这里，我稍稍将它改窜一下，变做："幸福的小说家是相似的，不幸的小说家各有各的不幸。"当我读李其纲的小说时，我尤其为自己的这一改窜自鸣得意。在众多的读者和批评家面前，作为小说家，许多人是相当幸福的。且不说诸如莫言、马原、史铁生这些成名已久的作者，即如余华、苏童、格非等，也早就被当作"新潮作家"中人倍受文坛舆论关注了——当然，他们的成名自有他们必然和肯定的理由，在我把他们同李其纲的不幸相提并论时，我并不想抹煞这一点。甚至，在我看来都是些俗不可耐的所谓小说及其作者，竟也会得到某些据说是批评家的人的青睐——我不想指出这些人的名字，其动机说得好听一点是与人为善，而实际上却出于我刚学会不久的那一点世故——那么，李其纲的受冷落，恐怕连不幸也不足以形容其极，而要说是悲惨的了。除非，我们的批评家都是些口是心非之徒。抑或，他们是出于某种偏见？

255

在以前的某一场合，我曾特别强调：批评家应当与作家保持一种距离。这种距离既是指批评家和作家的私人关系，同时，也是指批评家对于文坛舆论的某种超然态度。从很大程度上来看，只有这样，才能使批评家较大可能地摆脱既定的个人感情好恶和其他的先入之见，从而保证批评的最基本的公正性。但是，我非常清楚地意识到，我所说的这种距离，其实不过是一种批评的理想状态。在许多时候，我们都或多或少地逾越了这种距离，并且，这种逾越对我们来说还是无法避免和选择的。毫无疑问，这使许多人有足够的理由对批评家的评论失去信心，甚至不屑一顾。所以，在我即将进行的对于李其纲及其小说的评论前，我必须反复告诫自己，应当力争做到最大限度的小心谨慎。原因除了上述的以外，至少在目前，我已经把自己放在了一个非常明显和确定的位置上了，即我是作为小说家的李其纲的不幸的同情者，并且，我还为他的不幸而谴责了批评家的不公正。

在诸多的作家中，有相当一部分人都是因其某一部作品而顿获声名，身价暴涨的。仿佛昨天还在为退稿发愁，一夜醒来，环顾四周，不期小说家的桂冠美誉已翩然而至。于是，在短暂的惊悸之后，他们立即变得左顾右盼，踌躇满志起来。正是由于这种现象在文坛上屡见不鲜，才使我不解和惊愕于为什么批评家们会对诸如《浮云苍狗》一类的小说缺乏最起码的敏感。因为在我看来，即使我们把考察的范围扩大到以七十年代末至九十年代初这一囊括新时期文学的全部阶段，李其纲的《浮云苍狗》仍不愧为其中最出色和优秀的小说之一，尽管这篇小说至今没能获奖，但显然，它令大多数获奖小说相形见绌，并深刻地反映出我们所谓的文学评奖有多么的虚伪和缺乏赢得公众信赖的真正普遍的权威性。

但是，我的谨慎现在已经开始使我隐隐约约地感到，我的这种评判性的口吻和判断，似乎正在诱使我不知不觉地要跨过那段不应该逾越的距离。必须在还没有丧失清醒的公正立场之前，就制止这种带有极大惯性的诱惑。因此，我觉得我的工作应该以另一个角度，用另一种方式重新开始。

二

我想我最好应该以李其纲的小说《曾经有过的小路》中的这两段话重新开始我的分析：

现在那条小路像一条鱼，潜游在我的大脑沟回中。我写它时，我的感觉是从我的大脑沟回中摸着、逮着一条鱼，然后我把它甩在写字桌上……

在记忆之树上能够作窝的是感觉的蛇足……

第一次读到这些语句，老实说，我无法掩饰自己对它们的欣赏。事实上，类似的精致语言在李其纲的小说中是颇为多见的。以我的阅读印象来说，它们或许构成了我对李其纲小说的最初也是最强烈的感受和记忆。很明显，李其纲是一个非常娴于用一些别人意想不到却又决不孤僻的文字来组合成能够表达自己的感觉的独特性的小说家，并且无疑，他所驾驭的文字及其组合同他的感觉一样，都是倾向于小说的。而我之所以说这些是"倾向"于小说的，实际上也就是暗示着，我同时又认为李其纲对于文字和语言的处理，在某种程度上还是与我所说的小说有一定距离的。从阅读的过程来分析，我个人的体验是，李其纲一方面正以其独特的文字魅力使我情不自禁地进入他所精心设计的小说世界，但几乎同时，我似乎分明感觉到，李其纲另一方面又在时时打断和阻止我进入他原来希望读者能够进入的世界——直言不讳地说，正是由于李其纲本人的原因，破坏了人们对他的小说的阅读感觉。

现在恐怕连小学生也已经知道了这个故事：罗丹曾经把他的《巴尔扎克》雕塑中的这位伟大小说家的双手砍掉了，原因只在于这双手塑造得太出色了，以至于影响甚至破坏了人们对整个艺术品的总体欣赏。但是，我之所以引用这个故事，倒并不仅仅想说明，李其纲小说中个别和部分东西的处理可能显得过于突出，使读者在阅读过程中会因这些突出部分而感到兀然。其实，就像我上面所例引的，某些用以表达自己的独特感觉的文字和语言在小说中的出现，与其注重它们有可能给读者造成的突兀感，不如让我们由此去剖析和认识它们的作者作为一个小说家的能力与才智。我所想强调的主要是，李其纲小说的某些叙述手段和方式以及由此而反映出的他对于小说文体的刻意追求，已经给他的小说创作带来了一些令人不安的后果。

从小说的叙述对象来看，李其纲是非常倾向于演绎他的记忆或者说往事的，这也可以说是李其纲小说的一个显著特点，我们几乎能够在他的绝大多数作品中认定这一点。——关于记忆，李其纲自己曾在一部作品中有过这样一段话："记忆只是一种情绪，情绪只是一段往事，一段收了秋庄稼只剩下断茬的田野上裸露的往事。"（《秋天里的羁绊》）——但是，就像人们现在已经普遍认识到的那样，作为叙述对象的记忆或往事，它们在小说中的特定形态和面貌，是同小说的叙述手段和方武密切相关的，甚至，还是由小说的叙述手段和方式所决定的。如果从这一观点来看的话，那么，我们立即就会非常敏锐地感觉到，尽管李其纲极为强调他的小说的故事性——也就是我刚才已经指出过的所谓记忆或往事，但他同时也在不遗余力地突出其叙述的"现在进行时"。这给人的印象似乎是，叙述者是在与读者的阅读完全同步的状态下叙述故事或小说。应该肯定，对于读者来说，李其纲小说的这一叙述特点，无疑会使人产生一种明显的亲切之感。在这种亲切氛围的环绕和引导下，李其纲与其说是作为一个小说的作者而存在，毋宁说他就是那个时常坐在我们身边来与我们共同回忆往事的老朋友。他的人情味也随着阅读的进行而弥漫于作品与读者之间。

但我认为非常不幸的是，李其纲似乎过分沉湎于他的这种小说氛围的特有魅力之中了，他对他的叙述技巧过于热衷和自信了。他忽视了一句流传甚广的中国成语，叫做"过犹不及"。对一个颇具才气的小说家来说，这可能是最易犯的却也是最致命的一种错误。这种错误干扰和破坏了小说的整体阅读感觉。

详而论之，我觉得由于李其纲是在用一种极其自觉的态度来叙述他的故事，他对他的故事的各个部分的处理都异常关注，因此他的小说不管是在个别的字眼、语言和细节处理上，还是在情节的发展、结构的编排和氛围的营造等方面，都显得过于精致。往事或记忆的叙述与叙述的现在进行时态，使李其纲的小说相当频繁地出现着各种蒙太奇剪接和组合。为了使这些蒙太奇手法不落俗套，他又采取了各种各样的剪接和组合技巧。这些技巧不仅使李其纲小说的细部显得异乎寻常的精致，而且连他的整个小说结构面貌也可以使人明显地感到一种人为雕凿过甚的痕迹。曾有一位熟悉李其纲小说创作的朋友告诉我，说他的新作《坐在草底下的人》显示了作者小说境界的一大提高，是创作转折的一种标志。但是，在我仔细读了这部作品之后，我的感觉却仍然是，这部中篇不过是最为集中地凝聚和体现了李其纲以前的小说的所有特点罢了，当然也包括其中的长处与缺陷。可能我的这种评价过于苛刻了吧。不过，尽管这样，这篇小说同时也证明了，李其纲是一个具有深刻潜力的作家，他对小说这种特殊的文体的把握能力丝毫也不在当代任何一位最成功的小说家之下。李其纲的不幸只是在于，他对小说创作和小说文体的认识过于清醒也过于清晰了。他在创作的时候也常常用理性来观照自己的小说，理智干扰了他想象的混沌状态。使原来浑然一体的小说世界出现了裂缝。一言以蔽之，我对李其纲小说的批评，主要是由于发现了他不仅是凭借"自然"，而且有时也试图运用理智的介入来达到他观念中的小说文体的完满状态。他这样做的结果当然会适得其反，并且也会在他的小说的所有叙述手段、技巧和过程中流露出来。《坐在草底下的人》就是这样。

这篇小说颇长，但故事并不复杂，特别是"题记"中引用的这句话——"没有人造成历史，也没有人看见历史，如同没有人看见草怎样生长一样"——使这篇小说的篇名和意蕴也仿佛得到了一种介乎朦胧与确定之间的诠释和揭示。我想是不是可以这样来理解：如果历史原本就是朦胧、不确定甚至不可知的，那么，一旦把历史比拟成草的话，所谓"坐在草底下的人"——也就是被"草"所遮蔽的人——就将更是不可捉摸、无法猜破的谜了。我觉得李其纲创作这篇小说可能就是出于这样一种观念吧？他设计了一种谜一样的氛围，阅读这篇小说也就是一个猜谜的过程。或许我还可以说得更彻底一点，《坐在草底下的人》本身就构成了一个大谜，一个任何人——包括作者自己——都无法猜知其谜底的大谜。不是吗？请看小说的最后一句话是这样写的："对我来说，紧接着的难题是怎样获得那封信？"小说结束了，但谜依旧。从小说所试图表达的观念角度来说，我可以肯定地说，李其纲触及到了一个相当深刻的思想，不管这一思想以前是否已有人进行过阐释，并且，我还认为，他用设谜——猜谜——设谜的方式，不仅强化了他的思想如谜一般的深幽，也赋予了他的思想如谜一般的生动。

但是，小说毕竟不是谜，写小说也不是设谜。如果小说只有谜或只是谜，那么，小说也就不成其为小说了。操纵文字者最易犯的毛病就是故弄玄虚，故弄玄虚正是小说家的大忌，而谜的妙处却又尽在玄虚之中。是耶非耶，何去何从，全凭作家的一支生花妙笔。

由此，也就有了优秀作家和平庸之辈的区别。这里，人们千万不要以为我是在有针对性的乱下褒贬。有一句俗语说得好，叫做"任何比喻都是蹩脚的"。我的比喻也是这样。我刚才曾把李其纲的中篇《坐在草底下的人》比作一个谜，但我丝毫也不想因此接着说，李其纲是一个只会设谜的小说家；相反，我倒恰恰认为，正因为李其纲太谙于小说之道，太孜孜以求小说的文体性，才使他的一些作品欲巧反拙。而如果只是一个平庸的作者，那么他的小说是绝不可能充盈着如许灵气和精思的。说到底，现在的这种结果，只能归咎于李其纲自己，是他自己授人以柄。因此，在我以下的这个仍然不恰当和蹩脚的比喻中，也就流露了我对李其纲小说的某种评价：李其纲是用一种类似于设谜和猜谜的方式来叙述他的故事（小说）的。我们只要品味一下诸如《坐在草底下的人》这类小说，就会体验到，神秘的历史感同小说的结构和叙述方式是如此紧密地结合在一起，难以分解，但时时，叙述者却又过多地和不合时宜地要显示自己的存在与高明。他来提醒和强调一些读者应该去注意的事实，然后，又把这些事实弄得扑朔迷离。这个过程恰似设谜和猜谜。可能，作者想由此营造并强化小说的结构感和文体性。事实上，在许多不露痕迹的地方，作者已经成功地做到了这一点。可惜的是，有时那个操纵谜面和谜底的人却被人们发现了，于是，人们对他的谜也就大加怀疑，兴趣顿减。因为这毕竟是小说而不是谜。小说内在的整体性——历史感和叙述方式浑然一体的境界，被刻意追求技巧的努力多少有些败坏了，小说的文体性也被结构上的极端雕凿倾向而削弱了。对一部有可能成为最优秀作品的小说来说，无疑这是一个莫大的悲剧；而对一个出色的作家来说，这又不能不是一个难以补救的遗憾和无可饶恕的错误。

以前，我曾有一次机会同李其纲以及其他几位朋友在一起讨论小说的问题，题目就叫"小说本体与小说意识"。正是通过这次讨论，我发现李其纲对小说这一种特定的文体有着极其浓厚的探究兴趣。这种探究兴趣既基于他的小说创作实践和经验，也同他的小说观念——一种理性的或倾向于理性的认识有着必然的联系。李其纲不仅是作为一个小说家，同时也是作为一个批评家而活跃于创作领域。因此，当他在运用一系列的概念名词分解小说时，他一点也没有感到力不从心，甚至还由于他是小说家的缘故，他的理性思考比一个职业的批评家更生动。这是李其纲一个值得自豪和夸耀的特点。必须看到，并不是人人都能够拥有这个特点的，即使他可能是一个出色的小说家或批评家。但是，古人说得好："福兮祸所伏。"如果我们在批评家李其纲的笔下看到了小说家的影子，还算是一件值得宽慰的事，那么，一旦我们在小说家李其纲的身上嗅到了批评家的气味，就有些悲哀了。李其纲的失误，他的有些很可能不同凡响的小说之所以最终未能达到他所追求的文体之极境——一种浑然一体却又清晰鲜明的境界，我认为就在于他时时不能忘情于用批评家李其纲的眼光去观察、监督、左右和检验作为小说家的李其纲的行动。实际上，这也就带出了一个非常古老的话题：创作与批评、实践与理论、小说家与批评家等等究竟是什么关系？

人们常常说，理论指导实践。此话似乎不错。但我们接着说，批评指导创作，可能就会有人提出疑问了。如果我们继续说，批评家指导小说家，我想马上就要被人嗤之以鼻，讥为荒谬了。事实上，创作与批评，小说家与批评家的关系，并不像诸如实践与理论之类似乎还较为明确——在许多人看来，这种明确也是很有疑问的，甚至它们的关系在有些关键问题上还是南辕北辙的。如果就某些宏观方面来看，批评和批评家倒或许能对一些作家的创作施加一定的影响，但在许多创作的细节和具体问题上，批评家像煞有介事地振振有词，往往是小说家们的笑料。在小说家看来，天下最不懂小说的恐怕就非批评家莫属了。批评家们常常把小说家弄得哭笑不得。一个个性鲜明的成熟的小说家，肯定不会为批评家所左右；只有庸才才会被批评家的概念组合唬住。因此，尽管我出于某些原因，不得不将我的文字用小说批评的方式表达出来，但我没有任何理由要求李其纲必须听我的，并且我认为，小说家的唯一使命是创作，就让那些批评家们去唠叨吧。不过，批评既是一种有影响的客观的存在，批评家难道仅仅是在无事生非、炫耀自身的博学和口才的雄辩吗？就我个人而言，尽管我还称不上是一个最起码的批评家，但仍可以问心无愧地说，世界上可能再也没有一种像批评家这样对创作现象投注这么多的热情的人了。相比之下，小说家往往要显得自私多了，他们往往只对自己的作品感兴趣，而批评家的职业决定了他是一个以关怀他人为前提的人——并且这仅仅是对批评家的生活的最基本层次的说明。实际上，正像小说家一样，批评家也时刻生活在一种激情之中，不过，这是一种思想的激情。这种激情促使批评家去侵入小说家的世界，把他们碾碎，并在废墟之上建立一个理性的王国——而小说和小说家，则是他们的宠物和客人。我认为，小说家和批评家就是这样一种关系。

然而，现在李其纲却似乎要将他们调和在一起。他的天才，他在创作和批评两方面的激情，使他几乎就要成功了。但理想境界毕竟是难以企及的。我曾经说过，李其纲对自己小说的文体要求极高，为此，他不惜一切努力在谋篇布局，乃至遣词造句上呕心沥血。从刚才已经提到过的《坐在草底下的人》、《曾经有过的小路》和另外几篇如《秋天里的羁绊》、《二十啷噹岁的少男少女》以及《大都市上空没有飘过蘑菇云》等中，我们都能体会到这一点。与同时期的一些作家相比，李其纲堪称是一位文体作家，准确点说，是一位自觉的文体作家。正是这种自觉，使他的批评家个性在他的小说家身上作祟。李其纲为什么不努力只扮演一个角色，小说家或批评家？

263

三

现在，可以让我的话题回到本文开始后不久就被打断的地方了，即我在《浮云苍狗》中看到了李其纲作为一个纯粹的小说家的形象。如果把这篇小说同李其纲的其他作品比较而言的话，我认为它在叙述技巧方面是最自然的，也就是最成熟的。即使同《坐在草底下的人》相比，《浮云苍狗》也显得最少矫揉造作。说句可能是夸张的话，小说的故事或者说叙述的对象，在李其纲的某些小说包括《坐在草底下的人》中，往往都被折磨得死去活来。在这过程当中，李其纲可以说是欣赏到了自己的叙述技巧有多么的娴熟，它能将一切发挥和表演到淋漓尽致、曲尽其妙的境地。但《浮云苍狗》却最大限度地避免了作者在其他小说中所经常出现的过度追求技巧的习惯倾向。而恰恰又正是这篇小说，是其作者在文体上最为成功的作品。

从传统的题材角度看，这篇小说的知青题材并没有任何特别和新颖的地方。但同绝大多数所谓知青小说的不同是，知青生活与其说是这篇小说的故事线索和框架，不如说是其中人物的生存环境和背景；知青生活是作为人生和命运的一种挑战而具有象征意义的。我觉得小说的作者对这一点有着相当深刻的领悟。小说中的许多细节、对话、行动和转折变化，似乎都具有某种暗示的意味，特别是，狗眼、天兔、地兔和一锐们在同各种自然环境与人为境遇的对峙、搏斗中所凝聚成的个性面貌和群体肖像，更突出地显示出人在命运挑战面前的挣扎与顽强。但其中既没有英雄和英雄意识，也没有神秘的宿命，只有生活——一种生命的境遇。在一场充满了血腥味的大械斗之后，作者写道：

一堵巨大的暗影，随着河道的突然打转，黑黢黢地压了过来。

还差那么一拃宽，竹筏就要撞上那堵暗影。天兔一个下蹲，地兔随即稳稳抱紧天兔身子，天兔借势用脚拼命蹬在了那堵崖壁上，哧溜一声，竹筏溜下了丈许。惊魂甫定，前方又是一个跌水，竹筏如箭要朝跌水中的漩涡里射，但后面的冲浪又把竹筏搽出跌水。筏上的人相互紧紧抱着。

月光淡白雅致。高高的崖头有几棵孤孤零零的野柿子树，有几丛灌木，影影绰绰。贴着河的另一边岸，势却极低，沿岸生着竹丛、草丛和苇丛。有野鸭在苇丛中被惊起，扑楞楞要飞出夜的边缘一般，苇喳子喳喳地叫唤个没停。

似乎只是如实的描述，分不出有什么言外之意，但读来却总有某种深深的蕴藉意味，令人回顾。而叙述上的张弛急缓，又是如此顺理成章，丝毫不露雕凿的痕迹。这正是叙述的最大成功。它使人忘情和投入。在李其纲的小说中，能够使人全身心地投入其中的小说，大概要首推这篇《浮云苍狗》了，其他几篇则大多只让读者滞留于旁观者的地位，只是读读故事，置身事外。因此我说，《浮云苍狗》的成功，并不是故事的成功，而是叙述的成功，是小说的成功，或者说，是一种文体的成功。一篇小说或一种文体上的成功，自然是免不了精心雕凿的，但人们在赞赏一部技巧性极高的作品时往往会这样说："雕凿之极，则近自然；不显山露水才见真功夫。"从一种极致意义上说，《浮云苍狗》或许并没有达到小说可能达到的峰巅，但它在整个叙述上的成功，则已经显示了这种文体可以企及的境界，至于这篇小说对其作者李其纲本人的意义，我想还是在其次的吧。

在这篇文章即将结束之际，作为朋友，我想请李其纲能够谅解我在其中对你的小说的苛责。而这又决不是我的故作谦和之举，实在是有感而发。我既不能保证笔下的文字都是不刊之论，也不能说其中全无偏见，我只是做了自认为是应该做的事。一位也是从事文学批评的朋友说得好："批评就是责难。"如此而已。最后，我还想说一句，如果李其纲今后还继续写小说的话，那么，到目前为止，他的最为成功的作品就还没有问世。时间会证明这一点的。

（原载《当代作家评论》1991 年第 6 期）